마트에 가면

마트에 가면

새소설
12

마트에 가면

마트에 가면

김종연 장편소설

자음과모음

차례

소비의

집

누구도 배급 줄을 흩트리거나 먼저 앞서 나가려 하지 않았다. 바깥에서 온 사람들은 오랜 전쟁에 지친 얼굴을 하고 있었다. 저마다 조금씩 지켜낸 무언가를 안고 있었지만 그 때문에 더욱 초라해 보였다. 새로운 장소와 사람을 경계하는 표정이 역력했다. 기존의 주민들은 남보다 한발 앞서 나가버리는 실수를 하지 않으려 서로 눈치를 살폈다. 두 부류의 얼굴은 서로 다른 생각으로 조금씩 닮아가는 중이었다. 그것은 이곳을 유지하는 단 하나의 질서였다. 생존의 문제 앞에 와서야 근원적인 진리를 깨달은 인간이 마지막으로 의지하는 희망이자 믿음이었다. 어쩌면 요행을 바라는 마음이었다.

그럼에도 잘 되어가고 있다는 낙관론은 어디든 떠돌았

다. 낙관은 주민들 모두가 함께 양육하는 아이 같았다. 처음에는 슬픔 앞에서 모두가 무력했다. 잘 재건되지 않는 삶은 무너진 모습 그대로 사람들의 새 일상이 되었다. 사람들은 각자의 잔해로 들어가 살아남은 기쁨이나 사랑, 희망 같은 마음을 구조해냈다. 누군가는 빠져나오지 못한 채 슬픔의 영원한 집이 되어주기도 했다. 여기까지 온 사람들은 한 번의 참사에서 여러 번 살아남은 생존자들이었다. 어찌할 수 없이 지속되는 삶과 일상은 환멸을 가져왔다. 독주를 마시며 더는 이렇게 살 수 없다고 부르짖어도 다음 날 어느 하나 다친 곳 없이 깨어나곤 했다. 그럴 때마다 아프지도 못할 무력감이 찾아왔다.

그때 슬픔 가운데의 기쁨은 마약 같았다. 슬픔의 밑바닥에 닿을수록 가끔의 기쁨은 사람의 마음을 더욱 높은 자리로 날려 보냈다. 긴 낙차는 떨어지는 내내 살아 있는 기분을 느끼도록 해주었다. 슬픔인지 기쁨인지 모를 감정에 중독되는 사람들이 많아졌다. 저마다 숨어들 만한 자리를 찾아가 기억을 되새기며 울다 웃길 반복했다.

그러다 보면 서로의 슬픔이 약분되어 사라지기도 했다. 기억을 붙잡고 떠올리지 않으면 슬픔도 잊어버리게 되었다. 각자의 사연을 묻지 않는 건 불문율이었다. 이곳에선 슬픔이 큰 사람이 왕이었지만 사람들은 왕좌를 비워두기로 했다. 비관이 금지되자 낙관은 유행처럼 찾아왔다. 그 뒤로는 모든 것이 간명해졌다. 사람들은 아주 조금씩 회복되는 일상이 주는 낙관을 비축했다. 그러다가 몇 달에 한 번씩 찾아와 현실을 자각하게 하는 비관의 증인들을 잘 섞어 희석시키기만 하면 되었다. 낙관은 도저히 끊어낼 수가 없었다.

"어디서 왔어요?"

1층에 사는 할머니였다.

"안산에서요."

초등학생쯤 되어 보이는 남자아이가 작은 목소리로 대답했다.

"씩씩하네. 이거 먹고, 또 먹고 싶으면 1층으로 와요."

할머니가 아이에게 옥수수 통조림을 건넸다. 오늘은 할아버지가 보이지 않았다. 사람들이 할머니에게 할아버지의 안부를 물었다. 초등학교 교사로 근무한 노부부는 퇴임한 뒤 남해에 함께 살 집을 샀다고 했다. 첫 번째 모임에서 들은 이야기였다. 정말 친절한 사람들이었다. 낙관을 공동으로 양육하는 건 모두에게 책임감을 주었지만, 누군가는 한 사람분 이상의 책임을 지고 있었다. 우리가 어느 날 이 모든 상황에서 해방된다면 그간 키워온 낙관의 양육권은 분명 그들이 가져가게 될 것이었다.

노부부는 주민들 간의 모임을 주선한 인물들 중 하나였다. 그들이 가끔 모임에 참석하지 않는 날엔 제법 많은 사람이 세미나실 중앙을 비워둔 채 복도에 서서 노부부의 이야기로 말문을 트곤 했다. 나 역시 노부부와 매번 안부를 주고받고는 있었다. 하지만 애석하게도 나와는 조금 결이 다른 부류였다. 그들은 항상 들을 자세가 되어 있었지만, 나는 말할 자세가 되어 있지 않았다. 그래서 그들이 내게 안부를 묻는 등 인사치레를 할 때마다 귀를 벌겋게 물들이며 횡설수설하곤 했다. 다행히 그런 어색한 상황이 그리 오래가지는 않았다. 모임이 시작되고 몇 달이 지난 뒤에 그들이 진짜 부부가 아니라는 이야기가 돌았던 것이다. 그들은 소문에 대해 해명하려 하지 않았다. 그러나 전보다 더 많은 말을 하기 시작했고, 언제나 듣는 동시에 말할 자세를 취하고 있었다.

이번에는 넉 달 만이었다. 안산은 상권이 꽤 조밀하게 발달한 도시라서 첫 이동인 사람이 상당히 많았다. 처음 이동한 사람은 언제나 티가 났다. 옷이든 아니든 상관없이 입을 수 있는 것은 뭐든 입고 쓰고 차고 두른 채였다. 또 다른 지옥이 반복될 거란 무력감에 빠져 있던 그들은, 얼핏 보면 천국 같기도 한 이곳의 모습에 기대를 품기 시작했다.

물론 천사랄 만한 사람은 없었다. 신 또한 적어도 이곳에는 살고 있지 않았다. 확실하게 알 수 있는 몇 가지는, 누군가 들어오면 누군가는 떠나게 된다는 사실과 순번은 모두 정해져 있지만 떠나게 되는 순간까지는 아무도 알 수 없다

는 사실이었다. 그리고 그 구원 같은 일이 사실은 약간의 일
상을 회복하는 정도에 그친다는 것도.

　그때 스피커가 켜지고 약간의 노이즈가 들리기 시작했
다. 이제 노래가 재생될 차례였다. 우리가 여전히 살아 있다
는 감각을 깨워주는 오래된 블랙코미디였다. 바깥에서 온
사람들의 얼굴이 조금씩 씰룩거리다가 한 무리의 관객들처
럼 무너지듯 웃음을 쏟아냈다. 우리가 어디에 살고 있는지
잊을 수 없게 하는 노래였다.

　난 난 난난난난 난난나 라라라라 랄라라 랄랄랄랄 랄라라
난나난나 난나 난난나 해피해피 해피월드 나나 나나 나나나
나난난나…… 해피해피해피 맑은 날 우리 가족 손잡고 함께
가요 이마트 행복해요 이마트 해피해피해피 이마트 이마트!

　우리는 이마트에 산다.

*

"삐!"
2리터들이 물 여섯 통.
"삐!"
영양바 12개짜리 한 박스.

13

"삐!"

맥주 6개짜리 한 번들.

"어? 맥주는 제 거 아닌데요?"

뒤를 돌아보니 과자 코너를 서성이고 있는 아저씨가 보였다. 상품 분리바도 없이 맥주를 올려두고 간 것이었다. 마트의 사람들은 종종 서로에게 지나치다 싶을 만큼 무지하고 무례했다. 함께 극복해야 할 난관 앞에서 다 같은 아군이 되었다고 생각하는 듯했다. 그러나 개인 간의 관계는 별개로 따져야 했다. 서로의 어떤 생각만을 지지하고 있을 뿐 그 사람의 전체를 지지하겠다는 뜻은 아니었다.

"전체 9800원에 나라도움카드, 생필품 적용해서 1960원이네요. 차감으로 할까요, 누적으로 할까요?"

"누적으로 해주시고 영수증은 버려주세요."

물과 영양바가 담긴 카트를 밀면서 무빙워크로 향했다. 1층으로 올라가니 내가 지내던 남성 화장품 자리에 새로 들어온 사람들이 보였다. 지나다니는 사람들이 많아 어수선하다는 점만 빼면 괜찮은 자리였다. 식당가와도 가깝고, 내가 종종 시간을 보내는 2층 앵무새 코너와도 가까웠다. 가장 좋은 건 무빙워크와 화장실이 있는 끄트머리 근처여서 씻거나 볼일을 보기가 아주 수월했다. 과민대장증후군이 시작된 재작년 이후 화장실은 내 생활에서 가장 먼저 고려해야 할 필수 요소가 되었다. 그러자 삶에서 절반 이상의 공간이 사라졌다. 교통수단에서도 고속버스와 택시가 사라지고 지하철과 기차만 남게 되었다. 하루아침의 일이었지만, 나는 어제와는 다른 사람이 되어 대안 세계로 진입한 듯했다. 모든 것을 비슷하게 영위할 수 있었지만 언제나 평소와는 달랐다. 약불로 내내 끓는 냄비처럼 겉으로는 달라진 게 없어 보여도 속으로는 쉴 새 없이 끓어오르는 내용물에 골머리를 앓아야 했다.

3층으로 올라와 키즈 놀이터에 마련된 쉘터로 들어갔다. 새로 배정받은 이 쉘터는 아주 좋은 편에 속했다. 흔치 않게 출입문이 있었으며, 가구라고 부르기엔 옹색했지만 여러 놀이기구 덕분에 입식 생활이 가능했다. 가장 좋은 건 볼풀이었다. 소등을 하고 볼풀에 누우면 무중력 공간에 떠 있는 느낌이 들었다.

볼풀 안으로 들어가려던 나는 묘하게 달라진 분위기에 걸음을 멈췄다. 플라스틱 볼 몇 개가 바닥에 떨어져 있었다. 누구일까? 순간 볼풀에 누워 했던 생각들이 떠올랐다.

볼풀에서 나올 때는 들어갈 때와 달리 허우적거릴 수밖에 없었다. 나는 수영을 할 줄 몰랐다. 몸에서 힘을 뺄 수가 없었다. 정확히는 몸에서 힘을 포기할 수가 없다. 미약한 힘이지만 내가 의지할 수 있는 건 나뿐이었다. 그런 부끄러움을 누군가 액자 속 그림처럼 구경하고 갔다는 생각이 들었다. 부정적인 생각은 일단 시작되면 멈출 수가 없었다. 그날 이후 이재민들에게서 가장 먼저 사라진 건 생각을 멈출 브레이크였다.

어릴 적 닫아둔 문을 벌컥벌컥 열고 들어오던 가족들이 떠올랐다. 문을 열면 자녀의 컴퓨터 모니터 화면을 볼 수 있도록 책상을 배치해야 한다는 이야기가 돌던 때였다. 같이 TV를 보던 부모님이 내게 물었다.

"너 이상한 거 보는 거 아니지?"

나는 본 적 없고 앞으로도 볼 일 없다고 대답했지만, 학교를 다녀오니 내 책상이 창문 밑으로 옮겨져 있었다. 모니터가 창문을 가려 방이 어두웠다. 꺼져 있는 모니터에 내 얼굴과 문 바깥이 비치고 있었다. 나 때문이 아니라는 듯 다른 방의 가구들도 이리저리 옮겨져 있었다. 들킬 것도 없으면서 다 들켜버릴 걱정에 발소리만 나면 심장이 떨려오던 시절이었다. 나는 대학에 가며 집을 떠났고, 열 살이 된 동생이 그 자리를 물려받았다. 동생은 불만이 없었다. 그저 컴퓨터를 갖게 된 것이 너무나 행복하다는 얼굴이었다.

바닥에 떨어진 플라스틱 볼을 보고 가장 먼저 떠오른 얼굴은 고등학생 둘이었다. 같은 날 마트에 들어왔고, 처음에는 데면데면한 듯 보였지만 어느 날부터 함께 다니기 시작했다. 이곳에서 배정된 학교가 달라 서로 다른 교복을 입고 있었다. 그 둘은 마트에서 노부부 다음으로 유명했다. 나는 이들이 유명해지게 된 상황을 직접 목격한 사람들 중 한 명이었다. 지난여름이었다. 남학생의 어머니가 식당에서 소리를 질렀다.

"한창 공부해야 할 때인데 그거 알면 서로 자식 간수 잘해야지. 우리가 여기 피서 온 것도 아니고, 도대체 생각이란 게 없어요?"

남학생은 고개를 푹 숙인 채 두 손으로 얼굴을 감싸고 있었다. 사람들이 애써 지키던 조용한 유대감이 무너지고 있었다. 여학생의 부모는 최대한 교양을 지키려고 노력했지만 목소리에 과한 억양이 실려 있었다.

"갑작스럽게 화를 내시니 저희도 당황스럽네요. 그리고 이렇게 많은 분들 앞에서 이야기할 만한 게 아닌 것 같습니다. 일단 밖에서……."

"이 마당에 안이고 밖이고 무슨 상관이래? 딸 간수 잘 좀 하시라고!"

남학생의 어머니는 좀처럼 화를 가라앉히지 못했다. 여학생의 아버지는 허리춤에 손을 올린 채 남학생과 남학생의 어머니를 번갈아 바라보며 아내 뒤에 가만히 서 있었다. 서로 지키려는 게 다른 세 사람이었고, 그래서 싸움은 금방 마무리됐다. 뒤늦게 화장실에서 돌아온 여학생이 눈치를 챈 것 같았지만 별다른 말없이 부모와 함께 식당을 떠났다.

그날 밤엔 여러 쉘터에서 늦게까지 말소리가 들렸다. 그중 대부분은 다투는 소리였지만, 다음 날 아침이 되자 식당에 모두가 그대로 앉아 있었다.

현재로서 가장 유력한 범인들이었다. 둘은 그날 이후 항상 멀찌감치 떨어져 있었다. 공식적으로는 그랬다. 그러나 나는 혼자 시간을 보내러 가는 자리에서 함께 있는 둘을 종종 마주쳤다. 나는 비밀을 지켰다. 사실 비밀이랄 것도 없었다. 그런 것에 신경 쓰고 싶지도 않았다. 그들을 마주칠 때마다 모르는 척 지나쳐 구석에서 시간을 보냈다. 큰 위험을 무릅쓰고 있다고 생각할 그들의 모험담에 배역이 되어주고 싶지 않았다. 나는 그걸 가족에게서 배웠다. 모든 실수와 잘못을 극복해야 할 시련이라고 생각하던 사람들이었다. 내가 처음으로 학교에서 친구와 다투고 돌아온 날, 그들은 내 손을 붙잡고 신에게 기도했다. 모두 부모의 잘못이니 불쌍한 어린 양을 품어달라는 내용이었다. 그들은 매번 그랬다. 하지만 내게 필요한 건 용서가 아니라 대화였다.

나는 나이가 들수록 가족들을 용서하는 데 실패했다. 점점 불화하는 시간이 늘어갔지만 아무리 노력해도 싸움이 되지 못했다. 나는 그들과의 싸움을 포기했다. 그들은 나를 극복하는 데 성공했지만, 그것은 내가 그들의 시련이 되지 않도록 노력해서 얻어낸 결과였다. 나는 덕분에 그들의 관심 밖으로 밀려날 수 있었다. 내가 극복한 시련이었다.

그 과정에서 둘은 내게 유대감이 생긴 듯했다. 내게 함께
인 순간을 들킨 후에도 아무 일이 없었으니까. 그러자 너무
많은 정보가 주입되기 시작했다. 남학생은 중학생 때 부모
의 이혼을 겪고 어머니와 둘이 살고 있는데 감정적으로 너
무 많은 의존을 당하고 있다는 것. 반대로 여학생은 부모와
함께 살고 있고 남학생의 세심한 면모가 좋아서 함께 다니
기 시작했다는 것. 알고 보니 둘은 사귀는 사이도 아니었다.
좋아하는 사이인 건 분명했지만 있는 힘껏 관계를 미뤄두
고 있었다. 그 둘은 마치 로미오와 줄리엣이라도 된 것처럼
굴었지만, 내게는 그다지 아름다워 보이지 않았다. 그저 너
무 긴 예고편 같았다. 굳이 영화를 보러 가지 않아도 될 만
한. 본편에도 아름다운 장면들이 많겠지만 그런 건 한 시절
이 지난 어느 밤 우연히 채널을 돌리다가 보게 될 것들이었
다. 회한에 몸을 떨면서 이러지도 저러지도 못 하는 채로.
하지만 이런 말을 해줄 수는 없었다. 마트에서 쉬운 건 침묵
이었고 어려운 건 이야기를 만드는 일이었다.
　그러나 그들이 느낀 유대감이 어떻든 간에 남의 쉘터에
허락도 없이 들어온 건 잘못이었다. 그리고 그보다 큰 잘못
은 흔적을 남긴 것이었다. 흔적이 남았기에 사람이 다녀간
게 중요해졌다. 모를 수 있었는데 알았다는 건 그러지 않아
도 되는데 그래야만 하는 숙명 같았다. 도무지 저항할 수 없
이 내 손으로 내 목을 졸라야만 하는.

그들이 갈 만한 장소는 이미 훤히 꿰고 있었다. 적당히 간추려보니 예닐곱 군데 정도로 압축이 됐다. 나는 그들을 찾아다녔다. 지하 1층 고객센터 대기실, 제빵실, 육류 진열대 옆, 1층 식당 퇴식구 옆, 2층 주차장 옆 상설 매장 자리에는 없었다. 남은 두 곳 중 1층 화장실 옆 EPS실에 있을 거란 생각이 들었다. 가장 편한 장소였고 가장 먼저 의심한 장소였지만 마지막에 들르면서 화장실도 다녀올 참이었다. 다시 무빙워크를 타고 내려와 EPS실 문을 열었다. 역시 그들은 거기 있었다. 나는 지체하지 않고 바로 물었다.

　"너희 혹시 내 쉘터 왔었어?"

　"아니요?"

　그들은 스피드 퀴즈를 풀듯 곧바로 대답했다.

　"아, 그래?"

　아니라고 하니 할 말이 없었다. 아니라는 대답을 바랐던 것 같기도 했다. 다행이었다. 이거면 된 것이다. 나는 범인을 찾아내야 하는 의무를 수행했고, 어떤 갈등도 일어나지 않았으니 최선의 결과였다. 남은 건 범인을 찾아다녔다는 것 자체를 주변 사람들에게 조금씩 알리는 것뿐이었다. 그러면 범인은 다시 나타나지 않을 것이다. 그런데 아이들의 눈치가 이상했다. 무언가를 뒤에 숨기고 있었다.

　"뒤에 뭐야?"

　"네? 어……."

둘은 서로 눈빛을 주고받더니 양쪽으로 갈라서서 뒤에 있는 것을 보여줬다. 아기였다. 다시 봐도 정말 아기였다.

마트에서 아기는, 특히 이런 유아는 전혀 찾아볼 수 없었다. 마트에도 가끔 임산부가 배정되긴 했지만, 그들은 공동주택 공급 대상자 1순위였기 때문에 자리가 날 때마다 수시로 이동하곤 했다. 게다가 만삭이었을 테니 마트에 그런 임산부가 있었다면 분명히 눈에 띄었을 터였다. 머릿속이 새하얘졌다. 아기에게 손을 댈 수도 없었다. 그들은 나를 바라보고만 있었다. 어른이 필요했다. 아기를 키워봤을 만한 어른이 필요했다. 할머니. 할머니에게 가야 했다. 여기서 가장 어른은 할머니였다.

"여기서 기다려봐. 내가 얼른 가서 할머니 모시고 올게. 아기 춥지 않게 이걸로 좀 감싸주고."

나는 외투를 벗어주고는 할머니에게 달려갔다. 이야기를 들은 할머니는 많이 놀랐지만 이내 몇 사람을 대동하고 EPS실로 향했다. 문을 여니 아이들이 앉아서 아기를 안고 있었다. 놀란 사람들이 웅성거렸고 예상치 못한 주목에 놀란 아이들은 당황하다가 다시 나를 바라보기 시작했다. 내가 말해야 할 차례였다. 그러나 나도 아기에 대해 아는 게 없었고, 말할 준비도 되지 않은 채였다.

"그러니까 그…… 아기가 어디에 있었던 거야?"

"여자 화장실에 있었어요. 이상한 소리가 나서 가보니까 아기였어요."

사람들 사이에서 탄식이 터졌고 저마다 질문을 던지기 시작했다. 첫마디로 질문부터 꺼낸 건 잘못된 선택이었다. 이들도 아직 어린아이에 불과했다. 나는 어느새 아이들과 멀어져 기자회견장에 앉은 기자 중 한 명이 되어버렸다. 이렇게 된 이상 내 말에는 특별한 힘이 없었다. 그때 한 여자가 사람들을 비집고 들어와 아기를 들어 안았다.

"저…… 지금은 그게 중요한 게 아닌 것 같아요. 어디 아픈 데는 없는지 확인하고 병원부터 데려가야죠. 병원이 4층이었나요? 한 분만 같이 가주세요."

아마 이번에 마트로 들어온 사람 중 하나인 듯했다. 사람들은 처음 보는 여자의 당돌한 행동에 당황하며 누구도 선뜻 발을 떼지 못했다. 내가 가야 한다는 생각이 들었다. 무엇보다 내게 쏟아지는 집중에서 어서 벗어나고 싶었다. 여자가 사람들의 시야에서 벗어나고 나면 이 의문은 온전히 나와 아이들에게 돌아올 것이 분명했다. 나는 손을 들고 나가 여자와 함께 걷기 시작했다. 등 뒤로 멈췄던 숨을 내뱉듯 말을 쏟아내는 사람들의 목소리가 들렸다.

달려가 무빙워크에 올라서는 순간 모든 상황이 현실로 닥쳐왔다. 무슨 말이라도 해야 했지만 어떤 말도 떠오르지 않왔다. 최대한 걱정스러워하는 표정을 지으려 애쓰며 여자의 품에 안긴 아기를 바라봤다. 그것이 최소한의 사회적 행동일 것 같았다. 나를 쳐다보는 여자의 시선이 느껴졌지만 나는 계속 아기만 바라봤다.

"여기 계셨던 분이죠?"

순간 마음이 철렁 내려앉았다. 대답을 해야 했다.

"아! 네. 아기 어떤가요? 괜찮나요? 저도 갑자기 이렇게 돼서 깜짝 놀랐어요."

횡설수설하는 나와는 달리 여자는 한 박자 쉬고 대답했다. 그 짧은 시간 동안 나는 모든 걸 다 들킨 듯한 묘한 죄책감을 느꼈다.

"저도 아기는 처음이라 잘 몰라요. 4층 어디로 가야 하죠?"

나는 너무나 잘 알고 있는 병원의 위치를 다시 복기해봐야 한다는 듯 인상을 살짝 쓰고는 말했다.

"아! 다 올라가서 오른쪽 악기 매장 따라 끝까지 쭉 가면 돼요. 제가 먼저 올라가서 말씀드려놓을게요!"

말을 끝내자마자 무빙워크를 뛰어 올라갔다. 한 층 한 층 올라갈수록 숨통이 트였다. 방금 전에 일어난 일련의 사건들이 악몽처럼 느껴졌다. 긴장한 탓에 세련되지 못하게 행동한 것이 후회됐다. 얼굴이 뜨겁고 손끝이 저렸다. 좀 더 어른스럽게 행동했어야 했다.

촌스럽지 않으려는 게 이십 대의 목표였지만 삼십 대가

된 지금도 쉽지 않았다. 나는 대학을 졸업하고 나서 더더욱 다른 사람들의 시선을 의식하게 되었다. 작년까지만 해도 대학생이었지만 지금의 나는 구직 중인 백수였다. 백수가 되자 내가 모르는 게 많고 알던 것도 갱신되지 않은 지 오래였다는 걸 깨달았다. 어떤 직장은 어떤 사람을 원하고, 면접 질문의 의도는 무엇이며, 책과는 다른 현실이 어떻다는 것을 나는 하나도 알지 못했다. 게다가 나는 현세대의 끄트머리였다. 심지어 다음 세대는 나와 완전히 다르다는 뉴스까지 나오고 있었다. 높은 이상을 꿈꾼 것도 아니었다. 이상은 낮았지만 현실이 그보다 더 낮았다. 자존감이 위태로워지자 새로운 사람들과 대화하는 게 점점 어려워지고 있었다.

그러나 지금은 당장 병원에 들어가야 했다. 방금처럼 허둥대지 않으려면 대본이 필요했다. 먼저 인사를 하고, 그다음에는 어떻게 이야기를 해야 할까. 먼저 아기가 있고, 어떤 상황인지 알 수가 없고, 누가 안고 오고 있고……. 여기까지 생각하니 병원 문 앞이었고 데스크에 앉은 간호사와 눈이 마주쳐버렸다. 이제 들어가야만 했다.

"안녕하세요. 저 그…… 1층 남성 화장품 코너 옆 화장실에서 아기가 나와서요. 지금 다들 놀라서 갔다가 어떤 분이 지금 안고 오고 계시거든요? 그래서 어떻게 접수를……."

"예?"

"아니, 그 어린 아기인데 건강 상태가 좀 걱정이 돼서 이

걸……."

"아기요?"

"네."

"네?"

그때 병원 문이 열리고 여자가 들어왔다. 그 모습을 본 간호사가 자리에서 벌떡 일어나더니 진료실을 열고 곧바로 의사를 찾았다. 여자는 나와 눈도 마주치지 않고 아기를 안은채 진료실로 들어갔다. 그러고는 이십여 분 후에 의사와 함께 나왔다. 다행히 별다른 이상 소견은 없지만 큰 병원에 데려가봐야 한다고 했다.

여자와 함께 EPS실 앞으로 다시 가보기로 했다. 아기를 감싼 외투를 보자 몸에 한기가 돌았다. 내려가는 동안 나는 여자가 마치 판사라도 되는 것처럼 방금 전의 상황에 대해 설명했다. 누군가 쉘터에 다녀간 것 같아서 범인을 찾아다녔고, 화장실 옆에서 아이들을 발견했으며, 아기를 데리고 있는 상황이었다고. 이 모든 과정이 내게도 너무나 놀라워서 당황할 수밖에 없었다는 말까지. 여자는 가끔 듣고 있다는 표시로 고개를 살짝 끄덕이기만 할 뿐 아무 말이 없었다. 대화를 통해 어수룩한 첫인상을 바꿔보고 싶었지만, 두 층을 내려간 후부터는 침묵만 이어졌다.

1층에는 아까보다 더 많은 사람들이 모여 있었다. 여자와 내가 보이자 사람들은 하던 말을 멈추고 우리를 쳐다보기 시작했다. 여자는 그들 사이로 들어가며 차분하게 말했다.

"큰 문제는 없어 보인다고 합니다. 하지만 언제 상태가 안 좋아질지 알 수가 없으니 큰 병원에 데려가보는 게 좋을 거라고 하네요."

말을 마친 여자는 사람들을 둘러보며 누구에게 아기를 넘겨주어야 할지 생각하는 듯했다. 그러자 할머니가 나와 두 팔을 벌리고 아기를 넘겨받으려 했다. 여자는 아기를 바로 넘겨주지 않고 뒤를 돌아 나를 쳐다봤다. 내가 당황해서 쭈뼛거리는 동안 여자는 할머니에게 아기를 넘겨주었다. 사람들의 시선도 그에 따라 움직였고, 서로 눈을 마주치며 고개를 끄덕이는 등 각자의 추측을 서로에게 확인받으려 했다. 그때 멀찍이 떨어져 있던 아이들이 내게로 다가왔다.

"여자 화장실 칸에 있었어요. 변기 커버 위에요. 처음에는 인형인 줄 알았는데 진짜 아기였어요. 그래서 경민이한테 얘기하고 바로 사람들한테 알리려 했어요."

여학생이 말을 마치자마자 화장실에 아무도 없었는지, 정말 커버 위에 가만히 놓여 있었는지, 너희는 왜 거기에 있던 건지, 왜 바로 어른한테 오지 않았는지 온갖 질문이 쏟아졌다. 여학생은 하나하나 대답하고 있었지만 질문하는 목소리가 더 커서 대답이 들리지 않았다. 그때 내 뒤쪽에서 누군가 큰 소리를 내며 달려왔다.

"이경민!"

남학생의 어머니였다. 순간 간담이 서늘했다. 얼른 고개를 돌려 사람들의 얼굴을 확인했다. 여학생의 부모는 언제부터였는지 이미 사람들 사이에 섞여 있었다. 나는 또 한 번의 싸움을 예상했다. 그러나 이번에는 달랐다. 남학생의 어머니는 사람들에게 눈길도 주지 않고 남학생의 손을 잡아챘다.

"가자."

남학생의 어머니는 짧게 말한 뒤 나를 노려봤다. 남학생은 눈치를 보더니 어머니를 따라 식당을 향해 사라졌다. 사람들 사이에 잠깐 정적이 흘렀다. 먼저 말을 꺼낸 건 할머니였다.

"지금 시시비비를 가리기보단 일단 애부터 병원에 데려갑시다. 성진 씨 차 좀 부탁해요. 저 옆에 대학병원 한번 가봅시다."

그러자 한 아저씨가 차 키를 가지러 뛰어갔다. 다른 사람들도 각자 할 일을 찾아 떠나기 시작했다. 몇몇은 여자 화장실에 들어가 안을 확인했고, 누군가는 담요를 들고 와 할머니에게 건넸다. 할머니를 따라가는 행렬이 생겼고, 이내 나와 여학생, 여학생의 부모, 그리고 낯선 여자만 화장실 앞에 남겨졌다.

마치 잘못 온 뒤풀이 자리 같았다. 다들 여기에 왜 남아 있는지, 아니 왜 남겨지게 됐는지 알 수가 없었다. 우리는 식당에 앉아 아까 했던 이야기를 한 번씩 되풀이하다가 여학생 가족을 시작으로 자리를 떴다. 벌써 저녁 식사 시간이 가까워졌고, 사람들이 하나둘 식당으로 들어오고 있었다. 아기에 대한 이야기가 퍼지기 시작하면 설명은 내 몫이 될 것 같았다. 그만 자리를 피해야 했다.

*

아기는 이런저런 검사와 예방접종을 마치고 일주일이 지난 후에 다시 마트로 돌아왔다. 아기는 생후 오 개월 정도로 보인다고 했다. 그러나 무연고 아기는 출생신고를 할 수 없었다. 마트로 돌아오게 된 건 할머니의 의견이었다. 마침 마트에 소아과가 있었고, 할머니와 할아버지가 사는 쉘터가 비교적 넓었으며 이런저런 가구가 구비되어 있었다. 게다가 각종 유아용품과 유모차, 분유, 상비약 등 거의 모든 물건을 금방 조달할 수 있는 장소이기도 했다. 그리고 아기를 두고 간 사람이 다시 찾아올 때를 고려한 판단이기도 했다.

사람들은 마치 내가 아기를 구하기라도 했다는 듯 나와 아기 사이엔 특별한 인연이 있다고 했다. 그날 이후 많은 것들이 달라졌다. 일단 여학생과 남학생은 서로 거의 마주칠 수가 없었다. 이야기가 마트 전체로 퍼지는 과정에서 둘이 함께 있었다는 사실이 중요한 사건으로 부각됐고, 심지어 둘 사이에서 아기가 생긴 건 아니냐는 억측도 나왔다. 여학생의 가족은 그런 소문에 정면으로 맞섰지만, 남학생과 그의 어머니는 사람들의 눈을 최대한 피하는 방법을 택했다.

　평소라면 마트에 새로 들어온 사람들과 기존의 사람들이 금방 어울렸겠지만, 이번에는 서로 잘 섞이지 못했다. 식당의 자리가 둘로 나뉘었다. TV에서는 완공된 공동주택이 곧 대량 공급될 예정이며, 보다 많은 사람들에게 혜택이 돌아갈 거란 뉴스가 하루 종일 흘러나왔다. 이 마트는 재난 현장에서 주택 공급 지구로 넘어오는 과정의 종착지에 가까웠고, 뉴스를 본 사람들은 이제 감정의 소모를 피하기 위해 새로운 만남을 꺼려 했다.

　내 쉘터에 들어왔던 사람이 누구인지 끝내 찾을 수 없었고 이제 더는 찾아낼 생각도 없었지만, 그날 이후 여기저기서 플라스틱 볼을 가지고 노는 아이들을 종종 마주치게 되었다. 장바구니에 볼을 가득 담아 쉘터 밖에 내어뒀더니 이틀 만에 모두 사라지고 없었다. 그러자 얼마 지나지 않아 마트 곳곳에서 볼이 굴러다니기 시작해 사람들의 불만이 덩달아 쌓였다. 그들의 절반 이상은 부모였기에 볼이 굴러다니게 된 연유를 모를 리 없었지만, 근본적인 책임은 내게 있다고 합심해버린 듯했다. 나는 장바구니를 들고 마트를 돌아다니며 볼을 수거했다. 미리 모아둔 볼을 잔뜩 담아주는 사람도 있었고, 함께 볼을 주워주는 사람도 있었고, 그러게 왜 사서 고생을 하냐는 사람도 있었다. 나는 그들의 얼굴을 최대한 바라보지 않으려 노력했다. 눈이 마주치고 나면 돌이킬 수 없는 편애와 편견이 시작되어버릴 것 같았다. 수거한 볼을 다시 볼풀에 쏟아버리고, 쉘터 입구에 '공 가져가지 마세요'라고 써서 붙여두었다. 이 쉘터가 온전히 내 것만은 아니었지만, 이제는 내 것이 된 듯한 기분이었다.

아기의 예명은 소수의 열띤 토론 끝에 겨울이가 됐다. 의견을 내는 건 양육에 참여하겠다는 의미와도 같아서 나중에 예명을 알게 된 사람들은 '그 아기' '그 있잖아' '걔' 등 제각기 다른 이름으로 겨울이를 불렀다. 그러나 겨울이는 이미 마트의 스타였다. 대화마다 겨울이가 빠지는 경우가 없었다. 겨울이가 온 후부터 주택 공급이 많아지는 걸 보니 복덩이가 굴러 들어왔다는 식의 이야기들이었다. 처음 봤을 때보다 더 작아 보이는 겨울이는 이 모든 상황을 다 알고 있는 것처럼 잘 울지 않았다. 오히려 잘 웃었다.

나는 이상하게 그 모습이 가끔 무서웠다. 아주 가끔씩은 그렇게 무서울 수가 없었다.

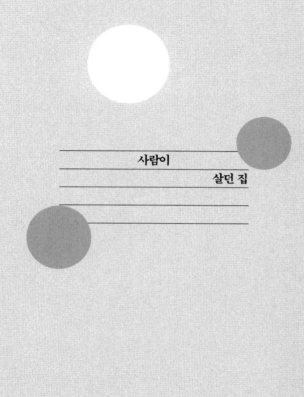

사람이
살던 집

벌써 올해 첫 얼음이 얼었고, 이제 조금만 더 있으면 완전
한 겨울이었다. 사람들은 저마다 겨울을 날 준비를 했다. 천
장에 달린 히터에서 따듯한 바람이 나오긴 했지만 밤을 보
내기에는 역부족이었다. 또 마트의 전력량은 정해져 있어서
모두가 함께 전열기를 사용하면 정전이 일어날 수 있었다.
겨울에 가장 부족한 건 전기였다. 사고 이후 한동안 나라 곳
곳에서 정전이 일어났다. 다행히 정전 현상이 오래가지는
않았다. 전력 수급량은 절반 수준으로 줄어들었지만, 전기
를 사용할 사람들과 사용처도 그만큼 더 줄어든 상태였다.
모든 국가의 기능은 중부와 수도권 도시로 집중되었다. 그
것은 지진 이전에도 마찬가지였지만 이후는 조금 달랐다.
그러한 선택을 비판하는 사람들에게 여론은 대안을 요구했

고, 그들이 내세우는 대안은 피해 지역조차 대변하지 못하여 양쪽의 공격을 받다가 금방 사라지곤 했다.

그때 내가 겪은 건 책에서 읽은 지옥과는 다른 모습의 지옥이었다. 집이 무너지고 도로에는 물이 넘쳤다. 파열된 수도관에 전기가 누전됐다. 마실 물도, 쓸 불도 없었다. 건물에서 도로로 쏟아져 나온 사람들은 갈 곳이 없었다. 길가에 세워진 자동차들에서 경보음이 울리다가 꺼지더니 곧이어 동사무소 스피커에서 울리던 비상 사이렌도 꺼졌다. 그제야 현실이 닥쳐왔다. 겉옷만 대충 입고 나온 사람들 중 몇몇이 필요한 것을 찾아 다시 집으로 들어갔다. 남은 사람들도 잠시 망설이다가 서둘러 집으로 뛰어갔다. 나는 그 사람들의 얼굴을 보지 않으려고 고개를 돌렸다. 누가 들어갔을지 모를 빌라 몇 채가 마저 무너졌다. 나도 두고 온 것이 떠올랐다. 우리 가족이 사는 아파트는 무너지지 않고 그대로 서 있었다.

계단을 뛰어오르느라 숨이 턱까지 차올랐다. 내 맥박 소리에 귀가 먹먹해졌다. 집에는 부모님과 동생이 남아 있었다. 여진이 오기 전에 당장 나가야 한다고 소리치는 나와 달리 그들은 침착했다. 베개며 이불을 머리에 올리고 몸에 감고 식탁 밑으로 기어 들어갔다. 나와 부모님 사이에서 잠시 고민하던 동생도 그들 옆에 자리를 잡았다. 그들은 내게 들어오라고 하지 않았다. 이게 가장 최선이며, 믿음이 우리를 지켜줄 거라고 했다. 편을 갈라야 하는 게임 같았다. 아파트가 무너진다면, 이 높이가 지면과 만나게 된다면 저런 것들이 몸을 지켜줄 수 있을 리 없었다. 나는 그대로 집에서 나와 비상계단을 뛰어 내려갔다.

지하 주차장에 도착하니 이미 내려와 있는 사람들이 많았다. 그들은 먼저 차를 빼겠다고 서로 아우성이었다. 단념하고 1층으로 올라가 안전해 보이는 자리를 찾아 공동 현관을 나섰다. 이 많은 아파트가 도미노처럼 무너지는 상상을 했다. 그러자 거대한 조감도 안에서 뛰고 있는 내 모습이 그려졌다. 안전하지 않다고 생각하면 모든 곳이 불안했다. 단지 밖으로 달려가 중앙분리대를 넘어 왕복 4차선 도로를 건넜다. 금방 논이 보였다. 막상 논 앞에 서니 바로 뛰어들 생각은 들지 않았다. 흙탕물에 옷을 버리고 싶지는 않았다. 고개를 돌려 아파트를 바라봤다. 내가 흔들리는 건지 아파트가 흔들리는 건지 잘 분간이 되지 않았다. 이 자리에서는 그들이 있는 호수가 잘 보이지 않았다. 옆으로 이동하려고 가드레일에서 손을 놓고 한 발을 떼는 순간 몸이 붕 떴다. 나는 그대로 논에 처박혔다. 초겨울이었지만 흙탕물은 아주 차가웠다. 그보다 수확하고 남은 벼 밑동에 찔리고 긁힌 자리가 너무나 쓰라렸다. 일어날 수가 없었다. 몸이 점점 개흙 속으로 빠져들고 있었다. 숨을 쉴 수 없을 만큼 공포가 엄습

했다. 목에 고인 흙탕물을 뱉어버리고 숨을 쉬면 되는데 도저히 할 수가 없었다. 인생에서 가장 긴 공포였다. 그 시간이 이 분, 정확히는 일 분 오십팔 초가량이었다는 걸 알게 된 건 며칠이 지난 후였다.

겨우 정신을 차리고 보니 스마트폰 인터넷이 모두 먹통이었다. 아파트는 여전히 멀쩡하게 서 있었다. 나는 다시 아파트 앞으로 뛰어가서 눈으로 1층부터 한 층씩 세어 올라갔다. 6층이 보였다. 저 거실 창문을 통해 나를 내려다보고 있을 것 같았다. 안도감과 함께 배신감이 들었다. 얼른 시선을 돌리고 지하 주차장으로 내려갔다. 위험하니 아파트에 남아 있는 주민들은 모두 밖으로 대피해달라는 방송이 들렸다. 서둘러 차를 빼다가 서로 부딪힌 차주들이 서로 과실을 가리고 있었다. 한구석에 세워둔 차를 확인하러 모퉁이를 돌자 헉 소리가 나왔다. 거대한 배수관이 떨어져 한 라인에 주차된 차들의 보닛 위에 얹혀 있었다. 무게가 여러 대에 분산되어서 그런지 파손이 심해 보이진 않았지만 배수관을 치울 엄두가 나지 않았다. 내 차도 그중 한 대로서 역할을 다하고 있었다. 삼 년 전 삼촌에게서 받은 2002년식 쏘렌토였다.

삼촌은 내가 생각하던 것보다 더 좋은 사람이었다. 그걸 너무 늦게 알아버렸다. 삼촌의 장례식장에는 사람이 많았고, 아빠는 그들에게 환대받지 못했다. 결혼을 하지 않은 삼촌은 나와 이야기하는 걸 좋아했다. 내가 고등학생이 되고 나서는 서먹해졌지만, 그건 아빠와 거리를 두려면 삼촌과의 대화도 줄여야 할 거란 나의 판단 때문이었다.

아빠를 대학에 보내려던 할아버지의 결정으로 삼촌은 고등학교를 졸업하자마자 일을 시작했다고 했다. 삼촌은 타고난 명석함으로 건설 현장에서 금방 팀을 꾸렸고, 아주 오랫동안 함께 일을 다니더니 작은 건설회사의 사장이 되었다. 쏘렌토는 매일 트럭만 타고 다니던 삼촌이 중고로 산 첫 승용차였다. 왜 이 차를 샀는지 물었을 때 삼촌은 뜬금없이 월드컵 이야기를 했다.

"그날엔 일 일찍 끝내고 모텔에서 다른 아저씨들이랑 같이 월드컵을 봤는데 이탈리아랑 하는 16강이었어. 근데 골든골로 기막히게 이겨버렸잖아. 다들 껴안고 난리가 났는데 경기 끝나고 광고가 나오는 거야. 리처드 기어가 모델이었어. 아주 말도 못하게 멋있었지. 이 유명한 배우가 우리나라 광고에? 싶었지. 그 광고가 바로 이 차 광고였어. 그때부터 꼭 사야겠다고 생각했어."

월드컵도 광고도 너무 어릴 때였으니 기억나는 건 하나도 없었지만 부끄러운 듯 웃는 삼촌의 얼굴만은 오래도록 기억에 남았다. 삼촌의 사인은 자살이었다. 아저씨들에 의하면 술 때문에 이미 삼촌의 간과 신장은 망가질 대로 망가져서 굳어가는 상태였다. 그래서 다른 사람들도 술을 권하지 않았는데 혼자 있긴 싫다며 굳이 따라와 맥주라도 한두 잔씩 마시고 돌아갔다고 했다. 그날도 마찬가지였고, 다음 날 연락이 안 돼 찾아가보니 문간에 목을 매어 이미 세상을 떠나버린 후였다고. 나는 삼촌의 영정 앞에서 한참을 울었지만 아빠는 울지 않았다. 멀찍이 서서 완장을 만져가며 옷매무새를 다듬고 있었다. 엄마는 그 옆에서 상복의 먼지를 털어내고 있었다. 그 모습에 너무 환멸이 들어 빈소를 나와 장례식장 앞을 한참 서성였다.

사람들이 삼삼오오 모여 담배를 피우고 있었다. 대화를 나누다가도 인상을 찌푸리며 먼 곳을 보고 연기를 내뿜는 모습이 참 어른 같았다. 내게도 내 마음을 보여줄 만한 반항이 필요했다. 매점에 가서 삼천 원을 내밀고 담배 한 갑과 라이터를 달라고 했다. 매점 주인과 눈이 마주쳤지만 별다른 말없이 거스름돈과 함께 담배와 라이터를 내어주었다. 심장이 빨리 뛰는 게 느껴졌다. 담배를 안주머니에 넣고 장례식장 밖으로 나와 주변을 살폈다. 아는 얼굴은 없었다. 주차장 구석에 주차된 버스 뒤로 돌아가 화단에 걸터앉았다. 담뱃갑의 비닐을 뜯고 뚜껑을 열어보니 은박지가 있었다. 은박지까지 뜯어내니 촘촘하게 가득 찬 담배가 보였다. 하나를 꺼내 입에 물고 라이터 불을 켰다. 충분하다 싶을 만큼 지지고 훅 흡입해봤지만 아무런 연기가 나지 않았다. 이런

저런 기억을 더듬어 불을 붙인 채로 담배를 힘껏 흡입했더니 기침이 나는 동시에 벌어진 입으로 담배가 쏙 들어가버렸다. 너무 놀라 곧바로 담배를 뱉어내고 연신 침을 뱉었다. 살짝 데인 입술이 조금 따끔거렸지만 다행히 입 안은 멀쩡한 것 같았다. 나는 담배를 화단에 올려두고 도망치듯 버스 반대편을 돌아 빈소로 돌아갔다. 가족들은 빈소 안쪽 방에서 밥을 먹고 있었다. 나는 바깥쪽에 앉아서 아직 긴장이 다 풀리지 않아 조금씩 떨리는 손으로 편육 몇 개를 집어 먹고 육개장에 밥을 몇 술 뜨다가 내려놓았다. 담배를 제대로 피울 줄 알게 된 건 그날 밤이었고, 지금껏 끊지 못했다.

부모님과 동생은 다른 입주민들이 모두 나오고 방송도 중단된 후에야 짐을 잔뜩 챙겨서 내려왔다. 곧장 나를 찾아대는 그들의 저의를 알 것만 같았다. 할 말로 가득 차 다가오는 얼굴을 외면하며 말했다.

"어디로 갈 거야?"

동생이 가방 하나를 건넸다. 내 방에 있던 물건들이 들어 있었다. 다행히 약통도 보였다. 곧이어 엄마가 말했다.

"거봐라. 거기 안 있었으면 이 짐들 다 어떡할 뻔했니. 너는 옷이 그게 뭐야? 피는 또 왜 묻어 있고?"

옷이 흙탕물에 젖어 엉망이었다. 손과 목, 발목에는 피도 묻어 있었다. 잠깐 잊었던 자리들이 다시 아파왔다.

"어디로 갈 거냐고."

"일단 너희 삼촌네 가야지. 차 어디 있어?"

예상은 했지만 부아가 치밀었다. 삼촌 집은 삼촌이 죽고 나서 가족의 별장이나 마찬가지였다. 처음에는 팔아서 현금화하려 했지만, 그 근처 부동산에 다녀온 아빠는 집을 팔지 않기로 했다. 호재가 있다는 소식을 들어서였다. 삼촌 집은 그때부터 빈집이 됐다. 언제 무슨 일이 생길지 알 수 없다며 전세나 월세도 주지 않았다. 사람이 살지 않는 집은 금방 낡아갔다. 덕분에 가족들은 관리를 한다는 명목으로 한달에 두어 번씩 찾아가 며칠씩 지내다 돌아오곤 했다.

"차 못 써. 고장 났어. 그리고 삼촌 집에 간다고?"

"그럼 어디 갈 데가 있어? 차는 왜 못 써?"

엄마는 이런 반응을 기다렸다는 듯 복잡한 심경이 담긴 내 말을 한마디로 일축했다. 아빠와 동생은 그런 우리를 뒤에서 가만히 보고 있었다.

"나는 안 가. 다른 데서 묵을 테니까 알아서 하고, 차는 내려가서 보든가."

"뭐? 어디 가려고? 야! 김성결!"

셋을 뒤로한 채 가방을 메고 아파트 단지를 나섰다. 더 이상 이야기하면 이길 수가 없었다. 이 관계를 이기고 지는 싸움이라고 한다면 난 항상 선수를 뺏기는 쪽이었다. 이성적인 답은 그들에게 있었고 나는 항상 감정에 못 이겨 눈물부터 나곤 했다.

이 동네에는 당장 갈 만한 곳이 없었다. 친구들은 모두 이곳을 떠났거나 나처럼 부모와 함께 사는 처지였다. 나는 대학 친구를 떠올렸다. 같이 자취를 했고, 매일 술을 마셨으며, 하필이면 인터넷에서 똑같은 리포트를 사다 제출해 학사 경고를 받다가 칠 년 만에 겨우 함께 졸업한 친구였다. 전공과는 전혀 무관하게 취미로 시작했던 작곡이 잘 풀렸다고 했다. 우리는 그때 서로의 음악 재생 목록을 보며 욕을 하기 바빴지만 결국에는 내가 진 거나 마찬가지였다. 친구는 프리랜서 생활을 하며 우리가 다니던 대학에도 강의를 나간다고 했다. 그 소식을 처음 들었을 땐 듣고 있던 음악이 모두 소음으로 느껴져 한참 동안 이어폰을 두고 다녔다.

친구는 여전히 우리가 살던 학교 근처에 살고 있다고 했다. 달라진 건 자취방이 아파트로 바뀌었다는 정도였다. 삼십 분간 공유 자전거를 타고 십 분을 걸어 버스 터미널에 도착했다. 기차는 선로를 보수해야 할 테니 시간이 얼마나 걸릴지 알 수 없었다. 가장 빠른 버스 시간을 보니 이십 분 후 출발이었다. 준비할 시간이 부족했다. 어쩔 수 없이 한 시간 사십 분 후 출발하는 티켓을 샀다. 한 시간 십 분 정도 앉아 있다가 약을 먹고 출발 이십 분 전부터 화장실에 가서 볼일을 다 해결한 다음 삼 분쯤 남았을 때 버스에 타는 계획을 세웠다. 다리가 떨리고 기침과 함께 구역질이 조금씩 나기 시작했지만, 지금은 어쩔 수 없었다.

　주변을 둘러보니 이제 막 터미널에 도착한 사람들이 매표소로 뛰어가고 있었다. 눈을 감고 다리 사이에 얼굴을 묻은 다음 귀를 막고 내 숨소리에 집중했다. 백 분이면 축구 한 경기의 시간과 얼추 비슷했다. 곧바로 축구 경기를 상상하기 시작했다. 킥오프를 하고 나서 열한 명을 모두 조종하기도 하고, 그중 한 명이 되기도 하고, 한 골을 넣었다가 또 한 골을 먹히기도 하고…… 점점 한 팀에 마음이 기울어서 질듯 말듯 하다가 결국 이기는 시나리오를 짜다가……까지 생각했는데, 어느 순간부터는 꿈이었다. 맞춰둔 알람 소리에 잠에서 깼다. 다시 긴장이 찾아왔다. 가방에서 약을 꺼내 먹고, 정해진 루틴을 수행했다. 최대한 몽롱한 상태를 유지하려 느릿하게 걸어서 버스에 탔다. 내 좌석은 제일 앞자리 복도 측이었다. 다행히 금방 잠들었지만 휴게소에서 깰 수밖에 없었고, 다시 약을 두 알 꺼내 먹고 화장실에 다녀왔다. 터미널에 도착해 완전히 어두워진 하늘을 보고 나서야 평소 네 시간 정도 걸리던 길을 일곱 시간 동안 달려왔다는 걸 알게 됐다.

　그 뒤로는 술에 취한 듯 기억이 드문드문 이어졌다. 친구한테 연락을 했고, 친구의 집에 도착했을 땐 추레한 행색 때문에 친구가 적잖이 놀랐다고 했다. 내가 정신을 차리지 못하는 동안 세상은 완전히 달라졌으며 여전히 달라지고 있었다. 사건이 일어나는 속도를 뉴스가 따라잡기 어려울 지경이었다. 여진이 여섯 번 더 일어났고, 간신히 버티던 건물들이 수없이 무너졌다. 트위터에는 현장 사진들이 계속 올라오고 있었다. 원전에서 방사능이 누출됐다는 이야기도 속속 전해졌다.

동생에게 전화를 걸었지만 받지 않았다. 세상은 실수로 재부팅 버튼이 눌려버린 것 같았다. 종료 버튼이 아니었단 걸 다행이라고 생각해야 하나 싶었지만, 이전으로 돌아가기 위해 모든 것을 처음부터 다시 시작해야 하는 건 한 번의 삶이 종료된 거나 마찬가지였다. 한국전쟁을 거쳐 군부독재 시대를 지나온 할아버지가 술만 마시면 하던 이야기가 자꾸 떠올랐다. 권력층과 가까웠던 할아버지는 사업을 하다가 어느 날 망했다. 하루아침에 모든 일이 다 어긋나기 시작하더니 집 한 채만 빼고 다 잃었다고 했다. 할아버지는 금방 운명을 받아들였다. 극복하려 하지 않고 운명에 순응하며 이전의 삶을 온전히 포기했다. 집에서 술을 마시다 밖에 나가 술을 더 마시고 들어왔다.

지금 나의 현재를 복기해보면 내 모든 불행의 시초도 그날에 있었다. 그날 시작된 불행이 3대를 이어오고 있었고, 삼촌의 불행은 2대에서 끝이 났다. 나는 이제 무엇을 어떻게 해야 할까 생각했다. 내게도 그날이 찾아와버린 것 같았다. 이번에는 달라야 했다. 극복해야만 했다. 이 위기는 어쩌면 인생에 찾아온 기회일 수도 있었다. 그때 진동이 울렸다. 동생이었다. 그러자 지금껏 하던 생각이 사라지고 가족에 대한 생각만 머릿속에 가득 차올랐다. 전화가 끊어질 때까지 액정을 바라봤다. 진동은 몇 번 울리지 않고 멈췄다. 자의로 전화한 것이 아닐 테니 서로의 안부를 확인하기엔 이 정도가 적당했다.

친구와 지낼 수 있던 기간은 딱 이 주뿐이었다. 친구와 나눌 수 있는 말이라곤 옛날이야기들뿐이었고, 지나간 일은 지나간 일이라는 말을 입에 달고 살던 친구는 그 이야기들을 그리 달가워하지 않았다. 점점 친구가 대학 시절 내게 했던 말과 행동들이 떠올랐다. 어느 날 기타를 들고 와 로망스만 치면 뭐든 된다며 동아리에 들어간 후 밤마다 누구와 잤는지 내게 자랑하던 일부터 MT에서든 어느 술자리에서든 나를 팔아가며 내 친구들과 대화를 이어가던 일, 친구의 잠자리 상대로 소문 난 사람들이 하나둘 휴학하고 친구가 졸업한 후에야 죄라도 지은 듯 몰래 복학하던 일까지. 이제 와 생각하니 화를 내도 될 만한 일들이었다. 친구가 외출한 동안 깔끔하게 꾸며진 아파트에 혼자 앉아 있다 보니 더욱 그랬고, 인터넷에 아파트 이름을 검색해 시세를 알게 된 후로는 더더욱 그랬다.

친구는 내가 그들의 이야기를 꺼낼 때마다 화제를 돌리

려고 애썼다. 그러나 그것은 죄책감을 느껴서가 아니었다. 아무 일도 아닌 걸로 유난을 떤다는 식의 반응이었다. 오히려 남자끼리 하는 말이라며 내가 모르고 있던 이야기들을 무용담처럼 늘어놓고는 내가 공감해주기를 기다렸다. 친구는 떨떠름해하는 나를 잘 이해하지 못했다. 시간이 갈수록 나는 할 말이 없어졌고, 친구는 반대로 말이 더욱 많아졌다. 친구의 말에 한두 번 반박하다 보니 나중에는 남페미냐 메갈이냐 하며 은근한 진심을 담아 놀려대기 시작했다. 나는 능력 없는 변호사 같았고, 그러다 보니 정말 이도 저도 아닌 게 되어 있었다. 애초에 내게는 사건의 당사자들을 불러내 변호할 자격이 없었다. 그러려면 진작 그랬어야 했다. 그저 위선이 위악보단 낫다는 생각으로는 싸움에서 이길 수가 없었다. 이런저런 고민을 하고 있는데 소파에 앉아 있던 친구가 문득 생각난 듯 물었다.

"너 옛날에 주희 좋아했잖아. 걔는 잘 지내나?"

"내가 주희를 좋아했다고?"

갑작스럽게 등장한 이름에 숨이 턱 막혔다. 얼마간 잊고 지낸 이름이었다. 이름을 듣고 나니 그때의 기억이 걷잡을 수 없이 떠오르기 시작했다. 나는 주희를 좋아했다. 대학교 신입생 OT에서 처음 만났고, 같은 조였으며, 나의 마니또였다. 나는 펜션 앞에서 주희를 붙잡고 고백했었다. 다행히 차이지는 않았다. 그러나 이루어지지도 않았다. 주희는 레

즈비언이었다. 그런데 삼 학년 때 친구랑 잤다.

"나 걔 번호도 없어. 보니까 카톡 프사도 모르는 사람이던데."

"아, 그래? 넌 뭐 아나 했지. 우리 그 MT 때 기억 나냐? 너도 한번 꼬셔보겠다고 진짜. 그때가 대체 언제냐. 존나 추억이다, 그치?"

이런저런 생각들이 다시 떠오를수록 친구의 얼굴이 점점 더 혐오스러워졌고, 사소한 걸로도 감정이 상하기 시작했다. 친구의 기억 속에서 나는 친구와 똑같은 사람이었다. 그러던 어느 날 친구끼리 뭘 그러냐며 집 앞 맥줏집에서 늦게까지 함께 술을 마셨다. 술에 취한 친구가 승리를 선언하듯 말했다.

"너도 쓰레기야, 이 새끼야."

다음 날 일어난 친구에게 나는 부러 살갑게 대했다. 하루 종일 틀어둔 뉴스에서 안전지대에 임시 거점을 지정하고 집을 잃은 사람들을 수용하기로 했다는 정부의 발표가 나오고 있었다. 함께 뉴스를 본 친구가 나를 슬쩍 쳐다봤다.

"저기서 어떻게 사냐. 하루아침에 갑자기 너무 불쌍하지 않냐? 참……. 나 좀 나갔다 저녁 시간 때 올게. 이제 저녁 한 끼라도 사 먹지 말고 해 먹자. 재료들 좀 사다가."

정확히 저녁 식사 시간에 돌아온 친구는 옷을 벗어 여기저기 늘어놓으며 지금껏 뭘 하고 있었냐고 물었다. 나는 소파에 앉아 수십 번 연습한 말을 꺼냈다.

"쓰레기는 너야, 이 새끼야."

그 길로 집을 나서려고 했지만 임시 거점 신청에 시간이 걸려 이틀을 더 머물렀다. 모텔로 갈 수도 있었지만 일종의 극복 훈련이자 반항이었다. 불편한 건 내가 아닌 친구여야 했다. 이제 와서 나를 때릴 수도 없을 것이었다. 나는 보릿자루처럼 집에 머물렀다. 친구는 나를 쳐다보지도 않았다. 이틀 내내 말 한마디가 없었다.

*

마트는 내 두 번째 임시 거점이었다. 첫 번째는 근처에 있던 대형 교회였다. 어린 시절 다녀왔던 여름성경학교에 다시 온 것만 같았다. 계절이 겨울인 것만 빼고는. 담임 목사의 지도 아래 체계화된 교인들은 이재민과 소개민들을 수용하고 필요한 물품들을 지급했다. 다만 교회의 역할도 병행하고 있어서 새벽마다 잠에서 깼고, 나중에는 예배에 참석해야 했다. 누구도 강요하지는 않았다. 수요일마다 했던 찬양예배가 가장 힘들었다. 자꾸 떠오르는 찬송가 탓이었다.

나는 아주 어린 시절부터 가족들과 교회에 갔다. 제대로 기억을 할 나이가 된 무렵부터는 동생도 함께였으니 거의 모든 유년이 교회와 함께였다. 내 이름도 지금은 사라진 어느 교회의 목사님이 지어줬다고 했다. 성결은 거룩하고 깨끗하다는 뜻이었다. 옛 조상들은 자식을 낳으면 저세상으로 일찍 데려가지 말라고 개똥이, 소똥이, 말똥이 같은 이름을 지어줬다는데 나는 데려가기 딱 좋은 이름이었다. 덕분에 나는 일곱 달 만에 1.5킬로 미숙아로 태어나 두 달을 인큐베이터에서 살았다. 엄마와 아빠는 교대로 병원과 교회를 번갈아 다니며 기도를 했다. 그때 온몸에 주삿바늘을 꽂고 있던 경험 때문인지 어른이 되고도 주사를 맞을 때면 나도 모르게 아기처럼 배실배실 웃음이 나왔다.

어린 시절에는 별생각이 없었지만 나이가 들수록 이상했다. 신이 이름까지 지어줬는데도 그렇게 죽도록 아팠으면 신을 의심해야 했을 텐데 그들은 자신의 신앙심을 의심했다. 그리고 죄를 빌며 용서를 갈구했다. 원래는 자기들이 죄를 지은 바람에 내가 죽어서 태어날 거였는데 하나님의 용서 덕분에 살아서 태어날 수 있었으니 모든 게 은혜라는 것이었다. 내가 그들의 자식이 아니라 신의 혼외자 정도 된다고 생각하는 것 같았다. 그 많은 기도를 다 들어주려면 쿠팡, 아니 아마존보다 몇백 배는 더 큰 고객센터를 운영해야 했을 것이다.

그런 생각은 초등학교에 들어가고 나서 더욱 명백해졌다. 제일 양아치들은 목사의 자식들이었다. 갖은 양아치 짓을 하고서 아버지가 목사인 교회에 가 회개를 했다. 친구를 욕하고 때리고 왕따 시킨 다음 교회에 가서 무릎을 꿇고는 잘못했다고 빌었다. 두 팔을 들고 '주여' 외치면서 경기를 일으키며 울었다. 맞은 친구가 병원에 가고, 부모가 학교에 찾아오고, 전학을 가면 더욱 크게 울며 기도했다. 중학교에 가면 다를 것 같았지만 똑같았다. 고등학교도 비슷했다. 대학교도 마찬가지였다. 예루살렘을 약탈하는 십자군 같았다. 너무나 인간적인 신앙만이 가득했다.

교인들은 우리를 너무나 불쌍해했다. 우리의 말을 우는 얼굴로 들으면서 종종 아멘을 했다. 좋은 말을 해주고는 아멘을 붙였다. 나는 함께 아멘을 하는 척 발음을 살짝 뭉개서 '라멘' 하며 약간의 위로를 얻었다. 그런 점 외에는 모든 것이 편했다. 새벽에 일어나 분담해서 식사를 준비하고, 잡일을 하고, 누군가는 드럼을 배우거나 노래를 배우기도 했다. 역시 사람은 평생 배우면서 살아야 한다며 자발적으로 전도를 하는 사람들이 생겼다. 그들은 지옥에서도 통기타나 색소폰 레슨만 해주면 신은 좋은 분이라고 전파하며 다닐 것 같았다.

그렇게 석 달을 살았다. 우리가 다시 뿔뿔이 흩어지게 된 건 교회의 사정 때문이었다. 여러 명목들이 있었지만 사실 문제는 다른 것이었다. 교인들과 우리 사이의 갈등이 사실상 유일한 원인이었다. 몇몇 장로들이 모여 먼저 문제를 제기했다. '하나님의 일이 뒷전이 되지 않도록 예배에 더욱 신실하게 참여하여 모두가 힘을 합쳐 성령으로 성전을 키워야 한다'는 것이었다. 그러자 교인들은 예배에 나오지 않는 사람들에게 은근한 압박을 주기 시작했다. 한번 생기기 시작한 여론은 점점 더 퍼져갔고, 점점 더 노골적으로 우리에게 다가왔다. 식사 시간에도 은근히 자리가 나뉘어 중앙과 바깥이 점점 구분되고 있었다.

담임 목사는 설교 시간에 부부간의 화합을 이야기하다가 안과 밖이 잘 조화되어야 함을 강조했다. 비록 밖에서 왔지만 엄연한 안사람이 되어 봉사하게 된 우리 이재민들은 이제 바깥사람 되는 신도들을 남편처럼 생각하고 언제나 존경하는 마음과 감사하는 마음을 서로 나누어야 한다고 했다. 나름대로 노력한 비유였겠지만 효과는 최악이었다.

바깥에서 온 사람들은 예배에 참석하는 것을 호의라고 생각하고 있었다. 크지는 않지만 헌금도 하고 있었고, 여러 행사에 참석하면서 사회의 호평과 정부의 지원을 받게 해주고 있는데 그런 말을 들으니 기분이 상한다고 했다. 이곳을 원해서 온 것도 아니고 자기들이 정부에 자원해 우리가 오게 된 건데 이런 대접을 받을 수는 없다고도 했다. 몇몇 사람들을 중심으로 예배 참여 거부가 시작됐고, 식사 준비를 비롯한 여러 활동도 정확히 절반씩 분담하기를 원했다.

갈등의 골은 점점 더 깊어졌다.

"사람들이 고마워할 줄을 몰라."

한밤중에 출출해 형이라고 부르게 된 아저씨 둘과 주방에 내려갔다가 우연히 듣게 된 말이었다. 나는 혼자 2층으로 돌아와 이불을 덮고 생각했다. 고마워할 줄. 고마워할 줄은 무슨 줄일까. 한자처럼 그 자체로 의미가 있어 보이기도 했다. 그러다 보니 여러 사람이 밧줄로 연결된 채로 경사진 잔디밭을 뛰어 내려가는 꿈을 꿨다. 다 같이 넘어져 잔디밭을 뒹굴고 다리가 부러지고 목이 꺾여 덜렁거려도 누구 하나 웃음을 잃지 않았다. 그보다 더 즐거운 일은 없을 것 같았다. 그 모습을 보며 나도 웃고 있었다.

그날 새벽기도에 우리는 아무도 참석하지 않았다. 그리고 일주일 뒤 교회의 임시 거점이 폐쇄됐음을 통보받았다. 예상 가운데 최악의 결과에 우리는 침울한 표정으로 잘 지내란 인사를 내던지듯 주고받았다. 그중에는 같은 거점에 배치받은 경우도 있었지만, 온전한 새로움 속에서 시작할 수 있도록 서로 거리를 두었다.

교회에 비해 마트는 적당한 방관 속에서 많은 자유가 허락됐다. 물론 이 안에서도 친목을 다지려는 사람들이 있었다. 할머니가 처음은 아니었다. 먼저 시도한 사람이 대여섯 명은 되었다. 명함이 앞뒤 할 것 없이 각종 경력으로 빼곡했고 미감이 전혀 없다는 공통점을 가지고 있었다. 그들은 사람들과 대화가 조금 이어진다 싶으면 서둘러 명함을 꺼내주고 팔짱을 낀 채 가만히 미소 지었다. 반응은 간명하게 두 부류로 나뉘었다. 계속 대화를 나누는 사람과 두어 마디 하고는 자리를 피하는 사람이었다. 나는 후자에 속하긴 했지만, 그런 사람들은 애초부터 내게 말을 잘 걸어오지 않았다.

그나마 조금 나았던 건 조기축구회 회장이었는데, 어떻게 모였는지 이미 부회장과 총무도 데리고 있었다. 도원결의라도 한 듯이 셋은 항상 함께 다니며 스포츠 코너에 모여 축구화와 축구공을 가지고 토론을 해댔다. 그 모습이 참 우습다고 생각했지만 가장 큰 세 덕분이었는지 부원들이 몇 모였고, 어느 날에는 자기들끼리 형님, 아우님 하며 미니축구도 하고 있었다. 그러나 그들은 그리 오래가지 못했다. 봄이 왔고, 봄이구나 싶으니 여름이었다. 그들에게서 냄새가 나기 시작했다. 악취를 맡기 시작한 사람들에 의해 자연스레 축구를 빼앗긴 그들은 술 마시는 모임을 만들었다가 곧 서로를 개 닭 보듯 하게 되었다.

할머니는 여름이 다 지나갈 즈음 마트에 들어왔다. 낮에는 여전히 더웠지만 아침저녁으로는 찬바람이 부는 날이었다. 일교차 속에서 사람들의 기분도 감기에 걸려가던 중 찾아온 사람들 가운데 한 명이었다. 마트 문이 열리자 더위에 지친 사람들이 들어왔고, 잠시 사람들의 행렬이 끊어져 남은 인원을 확인하려 고개를 돌렸을 때였다. 가벼워 보이지만 속이 비치지 않는 연갈색 블라우스를 입은 할머니가 할아버지의 손을 잡고 천천히 걸어오고 있었다. 그 뒤로 붉게 넘어가는 해가 보였고, 갑자기 바람이 선선하게 불어왔다. 빛을 등진 할머니와 할아버지의 얼굴은 잘 알아볼 수 없었지만, 그 모습을 보며 다들 자기도 모르게 미소 짓고 있었다. 문 앞에 도달한 할머니는 한마디 말을 건넸다.

"미안해요. 우리 할아버지가 걸음이 조금 느리죠?"

가만히 웃는 할머니와 수줍어 보이는 할아버지는 환절기에 딱 맞는 처방이었다. 사람들은 좋은 어른이 왔다고 홀리듯 믿게 되었다.

할머니는 금방 마트의 왕언니가 되었다. 아주머니들은 할머니의 쉘터 근처에 모여 이런저런 이야기를 나눴다. 1층을 중심으로 부녀회 비슷한 무언가가 형성되었다. 그들은 처음엔 자기들이 어디에 속하게 된 건지 알지 못했지만, 사람들이 그들을 '왕언니파'라고 부르기 시작하면서 정말 왕언니파가 되었다. 나중에는 하얀 롱 패딩까지 맞춰서 입고 다녔다.

왕언니파는 철권통치가 가능했다. 마트의 모든 이야기들이 왕언니파에 상소문처럼 쌓였다. 그러나 약자에게는 자비로웠다. 나는 약자에 속했다. 모임에 참석하고 싶은 마음은 별로 없었지만 남자들도 많다고 해 속는 셈 치고 가보니 정말 속임수였다. 그 자리에는 항상 올백 머리에 칼라 티셔츠를 고수해 멋쟁이라 불리는 아저씨와 교복을 입은 남학생, 그리고 할아버지가 있었다. 할아버지는 왕오빠였다.

이 부조리한 모임에 열 번쯤 참석하게 됐을 때 사건이 터졌다. 알고 보니 할머니와 할아버지가 부부 사이가 아니라는 소문이 돈 것이었다. 둘은 소문에 대해 긍정도 부정도 하지 않았다. 왕언니파는 교전 수칙이라도 하달받은 것처럼 항상 같은 말로 응수했다.

"부부가 아니면, 그럼 뭔데?"

사람들은 불륜이란 말은 차마 할 수 없었다. 그리고 불륜이 아니라고 생각하면 아름다울 수 있는 상상은 충분히 많았다. 황혼의 연애라거나 인생의 동반자라거나, 조금 현실적으로는 돌싱이라거나. 그러던 중 식당에서 사건이 벌어졌다. 얼마 전 재결합한 조기축구회 아저씨들로부터였다.

"부부도 아닌 노인네들끼리 부부 행세하면 그게 불륜이지 뭐야?"

총무가 자기들 테이블에서 한 이야기였지만 다들 들으라는 듯이 큰 목소리였다. 회장은 손가락을 입에 가져다 대며 손사래를 쳤지만 함박웃음을 짓고 있었다. 일순간 시간이 멈춘 듯한 정적이 찾아왔다. 정적을 깬 건 총무였다.

"아니, 형님! 제가 뭐 틀린 말 했습니까?"

인상도 써가며 서운한 듯 말했지만 목소리가 연기 톤이었다. 총무는 주변을 둘러보며 소리 없이 웃어댔다. 나는 직감적으로 저 행동이 무언가의 시발점이 되고 있다는 걸 알 수 있었다. 잘하고 못하고의 문제가 아니라 분명 잘못되고 있었다. 그때 할머니가 일어나 할아버지를 부축해 식당을 떠났다. 길고 긴 침묵의 시간이었다. 식당 기둥 너머로 그 둘이 보이지 않게 되자 왕언니파의 격앙된 목소리가 여기저기서 터져 나오기 시작했다. 몇몇은 자리를 박차고 일어나 조기축구회 테이블을 향해 나아갔다. 이윽고 행동 대장이 총무의 앞에 섰다.

"어른한테 할 말이 있고 못 할 말이 있지. 그래 봐야 내 또래나 될까 말까 하는 사람이. 어디 다시 한번 해봐요."

혼잣말과 대화와 반말과 존댓말을 넘나드는 절묘한 공격이었다. 나는 저 아주머니의 힘을 알고 있었다. 왕언니파 첫 번째 모임 이후 다신 참석하지 않으려던 나를 한참 동안 떠날 수 없게 한 장본인이었다. 아주머니는 강약을 조절할 줄 알았다. 내가 무언가 필요하면 어떻게 알았는지 필요한 걸 줬다. 아프면 약을 주고 배고프면 먹을 걸 줬다. 가끔 계산대에서 마주치면 대신 계산을 해주기도 했다. 그리고 당연한 듯 며칠에 한 번씩 내 저녁 시간을 가져갔다.

"다 사실인 걸 이야기하는데 뭐가 문젭니까?"

총무도 지지 않고 대들었다. 기승전결도 없이 목소리에

적잖이 감정이 실린 것이 오래 묵혀온 화가 분명했다. 무언가 이상한 걸 감지한 아주머니가 캐묻기 시작했다.

"사실인지 아닌지 당신이 어떻게 알아요?"

"다 아는 방법이 있습니다."

"그걸 어떻게 아시냐고요."

"다 들었답니다!"

"뭘 들어요?"

"통화하는 거 다 들었답니다! 저 할머니가 자기 아들이랑!"

"그걸 누가 들어요?"

"다 들었다니까! 그 우리 와이…… 아니, 그러니까 우연히 들었다잖아!"

당황한 아주머니가 자신이 앉아 있던 자리로 고개를 돌렸다. 그러고는 입 속에서 혀를 몇 번 굴리더니 말했다.

"진현 엄마! 이게 무슨 얘기야?"

진현 엄마는 왕언니파의 멤버였다. 총무는 그게 아니라는 말만 되풀이했다. 이제야 위기를 느낀 회장의 표정이 급격하게 굳어갔다. 그러나 이제는 돌이킬 수 없었다.

그길로 할머니에게 찾아간 진현 엄마는 울면서 잘못했다고 빌었다고 했다. 할머니에게는 이제 사십 줄이 된 아들이 있었다. 아직 결혼도 안 하고 몇 달에 한 번씩 전화만 한다는. 여론은 금방 진정됐다. 다시금 더욱 아름답고 조금은 슬

퍼지는 상상이 가능했다.

진현 엄마는 용서받았고, 더욱 열렬한 왕언니파의 일원이 되었다. 그러나 보통의 용서나 의리 같은 게 아니었다. 벼랑에 선 사람의 손을 놓지 않으려는 최소한의 인내였고, 이 사건의 결말로 누군가 처벌을 받는다면 그야말로 이상한 일이 되어버리기에 누구도 책임을 떠안지 않으려는 회피이기도 했다. 서로가 그걸 모를 리 없었다. 그럼에도 불구하고 관계는 이어졌다. 내가 같은 상황에 처한다면 아마 나를 잡아주는 손을 내가 먼저 놓지 않았을까 하는 생각이 들었다. 하지만 그것이야말로 정말 배신일 수 있었다.

*

여러 조건에서 봤을 때 전기보다 나은 건 등유였다. 층마다 커다란 등유 난로가 여섯 대씩 가동되고 있었고 그 근처는 모두 명당이었다. 사람들은 지나가다가도 괜히 그 앞에 서서 열을 쬐며 근처 쉘터에 은근한 부담을 안겨주곤 했다. 내 쉘터 앞에도 등유 난로가 설치되어 있었지만 운 좋게도 내 쉘터는 3층의 제일 안쪽 복도에 있어서 지나다니는 사람들도 거의 없었고, 복도 끝 출입구는 주차장으로 이어지는 자동문이어서 열리는 일이 드물었다.

이재민들이 가장 선호하는 임시 거점으로 마트를 꼽은

건 당연한 이치였다. 마트가 직접 운영하는 매장은 일반 시민들도 이용할 수 있었지만, 이재민들은 암묵적으로 이른 아침이나 늦은 밤에만 드나들곤 했다. 규칙을 거부하던 사람들도 시간이 지날수록 저마다의 쉘터를 주거지로 인식하게 되면서 이러한 분리를 따르게 되었다. 마트의 절반 정도를 차지하는 임대 매장과 테이프로 그어진 구획에서 살고 있다는 비참한 현실은 바꿀 수 없었지만, 그러한 현실이라도 온전히 받아들여 생활을 영위하기 위해서는 이곳이 나의 집이라는 믿음이 필요했다.

이재민들은 주차장을 거치는 비공식 전용 통로로 마트를 드나들었다. 외출을 하고 돌아오면 쉘터 입구에 옷을 걸어두고 신발을 실내화로 갈아 신었다. 작은 서랍장 안에는 잘 개어진 속옷과 양말이 정돈되어 있었다. 모든 것이 부족함 없이 차려진 4층짜리 집은 언제나 비좁거나 너무 컸다. 하지만 나는 이 집이 마음에 들었다. 적어도 이곳은 사람이 사는 집이었다.

유일한 문제는 요즘 들어 여학생과 남학생이 번갈아 등장한다는 것이었다. 지금껏 흘려들어왔던 그들의 이름은 세인과 경민이었다. 둘은 마치 시간표라도 짜둔 것처럼 따로 등장했지만, 돌아갈 때는 교대하듯 마주쳐 인사를 하고 서로의 길을 갔다. 입이 찢어질 듯 웃다가 입을 가리며 앞머리를 정리하기도 하고, 손을 살짝 스치기도 했다. 드라마와 영화로 학습된 이 전형적인 하이틴 로맨스에 나도 모르게 심장이 뛰다가 스스로에게 실망하기를 반복했다. 아무래도 나는 이들에게 아무도 아닌 사람이 되기에 실패했다는 걸 직감했다. 둘은 나를 눈치 없지만 편한 사람 정도로 생각하는 게 분명했다. 지난번 식당에서의 사건을 생각할 때 내게도 차라리 그게 더 나은 것일 수도 있었다. 나중에 저 둘이 들켜 무슨 일이 생긴다고 하더라도, 내가 다 알면서 눈감아 줬다는 것보다 전혀 모르고 있었다는 쪽이 더 안전할 것 같았다. 이건 내가 감내해야 하며 감내할 수 있을 만큼만 주어지는 불편이었다.

이렇게 볼 때 크게 잘못된 건 하나도 없었다. 마트의 사람들은 전보다 더 낙관적이었다. 적어도 겉으로는 그렇게 보였다. 겨울이 되고 난방을 비롯한 이런저런 문제로 사람들끼리 왕래해야 할 경우가 잦아지자 서먹하던 사람들도 점조직처럼 가까워졌다. 모두가 함께 이야기하지는 않았지만 누구의 말이든 원하는 사람에게 닿을 수 있었다. 가장 큰 역할을 한 건 왕언니파였다. 그들은 새로 온 사람들에게 친절했고, 직업이나 나이, 성격, 외모, 지역, 학교 등을 토대로 기존의 사람들과 연결고리를 만들어주었다. 그러고는 왕언니파란 별명을 지우고, 매번 모임이 있던 세미나실 입구에 '주민자치회'라고 쓴 종이를 새로 붙였다. 구성원들의 의견 수렴을 통해 임원진이 선출됐다. 임기는 평균 거주 기간을 반영해 삼 개월로 정해졌고 연임이 가능했다. 직을 맡지 않으려던 할머니는 고문이 되었고, 예상했던 사람들이 대부분 임원을 맡았다. 그리고 바깥에서 온 사람들도 임원이 됐다. 지난번 겨울이가 나타났던 날의 그 여자와 처음 보는 아저씨였다.

주민자치회는 금방 성장했다. 사람들을 모으고 나니 각자 할 줄 아는 일이 많았다. 사회에서의 특기를 살려 헬스, 요가, 독서, 요리, 영화, 와인, 주식 등을 비롯한 여러 모임이 개설됐다. 처음에는 소수로 운영됐지만 얼마 가지 않아 모임은 1인 1역처럼 진행됐다. 만나면 어떤 모임에 참석하고 있는지 묻고 서로를 모임에 끌어들이려 애썼다. 왕언니 파의 멤버들도 서로 친분을 유지했지만 그들끼리만 모이는 건 드문 일이 되었다.

나는 어느 한 모임에 속하지 않고 여기저기를 기웃거렸다. 매번 모임 장소 앞까지 가서 누가 있는지를 살피다가 돌아왔다. 모임의 구성원들은 핵심 멤버 몇 명을 제외하곤 변화가 잦았다. 가장 심한 건 주식이었다. 모임의 장은 한 아저씨였는데, 프레젠테이션까지 만들어서 열정적으로 모임을 이끌었다. 그들은 아침부터 저녁까지 식당에 모여 뉴스를 보고 토론하며 스마트폰을 들여다봤다. 큰 건을 기다리고 있었다.

어느 제약회사에서 신약을 개발하면 폭락하는 경쟁사의 주식을 저점에서 매수했다. 그러고 나면 얼마 지나지 않아 신약의 임상 결과에 문제가 있다는 기사가 나왔고, 귀신같이 경쟁사가 신약을 발표했다. 그렇게 고점에서 다시 매도한 돈으로 삼성의 주식을 쟁였다. 어느 건설회사에서 해외 건설 사업을 수주하면 계열사와 가족 관계를 타고 내려가 갓 상장한 업체의 주식을 매수했다. 역시 귀신같이 그 업체가 사업 하청을 맡았다. 그렇게 번 돈으로 다시 삼성의 주식을 더 쟁였다.

그런 모습을 보고 있으니 세상의 다른 한 면이 보이는 것 같았다. 그리고 동시에 사람들의 다른 한 면도 목격하게 되었다. 그들은 지진이 다시 안 올 기회였단 걸 알게 되며 너무나 아쉬워했다. 그들의 관심 종목에 인버스가 끼어들기 시작했다. 다시 찾아올 참사나 천재지변을 기다렸다. 정확히는 여진과 방사능 유출이 심각한 상황으로 치닫길 바랐다. 모두가 밑바닥으로 추락할 때 비상할 수 있는 순간이 찾아올 거라 믿고 있었다. 그러나 그들은 이미 천재지변의 당사자였다. 아무리 상한가를 가도 여전히 다른 사람들의 저점에 머물러 있었다.

결국 그 외에 남은 모임은 헬스와 요가처럼 몸을 단련하거나 요리나 와인처럼 먹고 마시는 것들이었다. 이재민들에겐 영화도 책도 잔인했다. 누군가에게 픽션인 게 누군가에게는 현실이었다. 영화에서 무너지는 집이 곧 우리들의 집이었다. 책에서 우리가 슬퍼하고 있었다. 우리의 삶이 기획되고 대본으로 쓰여서 상영되고 있었다. 그걸 보고 바깥의 사람들은 우리를 기억하는 일이라고 했다.

누가 정말 우리를 기억하는지, 우리를 슬퍼하는지 정작 우리는 알 수 없었다. 우리는 점점 사회의 리트머스지가 되어가고 있었다. 이재민다움을 요구받았다. 자주 찾아오던 기자들은 이제 잘 찾아오지 않았고, 교복을 입은 학생들과 조끼를 입은 사람들이 찾아왔다. 그들은 우리의 일을 대신해주었다. 우리는 점점 할 일이 없어졌다. 그건 할 수 있는 일이 없어지는 것과도 그리 다르지 않았다. 그래서 사람들은 더더욱 일상을 유지하는 데 힘을 쏟았다. 운동해서 몸을 가꾸고 식사를 더욱 잘 만들어 먹었다. 와인도 한 잔씩 곁들였다. 그러면 여기가 정말 사람 사는 세상 같기도 했다.

*

카트를 밀면서 마트를 한 바퀴 돌았다. 불을 쓰는 음식은 식당에서만 가능했고, 쉘터에서 먹을 수 있는 건 컵라면이나 전자레인지에 돌리는 냉동식품과 간편식 정도였다. 정부와 기업의 지원을 통해 생필품으로 지정된 것들을 반의반 값도 안 되게 살 수 있었고, 그 외의 상품들도 최소 30%

씩은 상시 할인이 진행되고 있었다. 처음엔 막연한 두려움 속에서 다들 생필품을 사재기했다. 돈이 없는 사람들도 소득과 재산에 따라 오 년에서 십오 년까지 이자를 면제하고 원금 상환을 유예해주는 정부 지원 대출을 활용해 사재기에 동참했다.

내 대출은 십 년짜리였다. 좁은 쉘터에 점점 쌓여가는 라면과 물, 즉석밥들 사이에 웅크리고 잠을 자던 사람들은 박스를 가구로 활용하기 시작했다. 그러다 보니 나중에는 서로의 쉘터를 육개장집, 햇반집, 삼다수집 등으로 부르기도 했다. 내 경우 크리스피롤이 잔뜩 쌓여 있었는데, 단어가 생소한지 사람들은 내 쉘터를 총각집이라고 불렀다. 그러고 나니 저번 생일날이 떠올랐다.

서른이란 신기했다. 작년 교회에선 다들 나를 학생이라고 불렀는데 여기선 할머니를 빼고는 아무도 그렇게 불러주지 않았다. 오히려 내가 세인이와 경민이를 학생이라고 부르고 있었다. 마트에서 맞은 서른 살 생일은 참담했다. 식당에 내려가니 모니터에 내 이름이 띄워져 있었다. 나는 모르는 척 배식을 받고 구석 자리에 앉아서 이어폰을 낀 채 고개를 푹 숙였다. 그때 스피커에서 노이즈가 들리기 시작했다. 지금은 이마트송이 나올 시간이 아니었다. 불안은 적중했다.

"빠-빠-바빠밤 빠-빠-바빠밤 빠-빠-바빠밤 빰! 축하합니다! 축하합니다! 당신의 생일을 축하합니다! 축하합니다! 축하합니다! 당신의 생일을 축하합니다!"

노래가 끝나고 마이크를 살짝 두드리는 소리가 나더니 방송이 이어졌다.

"10월 12일 생일자 박숙자 님, 성소진 님, 이경민 님, 김성결 님입니다. 진심으로 생일 축하합니다. 좋은 하루 보내세요."

나는 음악에 심취해 아무것도 들리지 않는 척을 했다. 최악이었다. 그때 누군가 내 어깨를 확 붙잡았다. 너무 놀라서 경기를 일으켰다. 당시에는 잘 모르는 남학생이던 경민이었다.

"형 대박! 저랑 생일 똑같아요!"

순간적으로 치고 들어오는 명랑이었다. 나는 이런 종류의 명랑을 금방 받아치지 못한다. 이번에도 마찬가지였다. 잘 못 들은 척 이어폰을 빼고 다시 물었다.

"응?"

"형 저랑 생일 똑같아요!"

뭐라고 대답을 해야 할까. 할 말이 없었다. 사람들의 시선이 집중될까 불안했다. 그러나 빨리 대답해야 했다.

"정말? 너도 오늘이 생일이야? 우와 진짜 신기한데?"

사람들의 시선이 점점 내 테이블로 모여들고 있었다. 더욱 최악이었다. 나는 어린 시절부터 생일이 싫었다. 친구들에게 초대장을 보내고 그들이 초대를 받아줄지, 생일날 오긴 할지, 선물을 주긴 할지 마음을 졸이던 초등학생 시절을 지나 중학생이 되고 나서 보니 대학을 졸업할 때까지 내 생일은 중간고사 기간이었다. 그 핑계로 아쉬운 척 생일 파티는 하지 않아도 됐지만, 생일이 가까워질수록 시험이 가까워지고 있다는 게 나를 긴장하게 만들었다.

생일은 매년 치러지는 시험이었고, 생일을 통과해도 겨우 중간에 도달했을 뿐이라는 사실이 나를 절망하게 만들었다. 나는 언제나 중간보다 중앙에 머무를 수 있길 바랐다.

곧 식당을 떠나 남은 두 끼를 크리스피롤로 해결했다. 그날 나와 마주친 사람들은 내게 생일을 축하한다고 했고, 마주치지 않은 사람들은 하지 않았다.

잠깐 쉘터로 돌아와 고민하기 시작했다. 쇼핑에도 계획이 필요했다. 비록 돈은 여유가 없었지만 십 년 후의 내가 일하며 갚으면 될 일이었다. 그리고 이번 겨울만 지나면 이 생활도 이 년차에 접어드니 공동주택에 들어갈 확률도 높았다. 이게 나만의 생각은 아니었는지 평소엔 사지 않을 물건들을 사는 사람이 유독 많았다. 여기의 물건들은 확실히 전국에서 가장 저렴했다. 몰래 되파는 사람들도 있었지만 감사를 통해 실사용 물건이 아닐 경우 차액이 추가로 청구됐다.

막상 쇼핑을 하려고 하니 사고 싶은 게 너무나 많았다. 공동주택을 상상해서 가전과 가구부터 배치해보기 시작했다. 그러나 상상은 쉽지 않았다. 떠오르는 집이 자꾸 친구와 살던 자취방으로 좁혀졌다. TV, 컴퓨터, 침대, 책상, 식탁…….더 이상 둘 곳이 없었다. 그 집은 원룸이었고 내가 배정받게 될 집은 아마 투룸일 것이다. 1순위를 원룸으로 하고 투룸은 2순위로 신청했는데 투룸 추첨 대상자가 되어버린 것이었다. 월세는 조금 더 오르겠지만 그래도 행운이었다.

큰 방에는 슈퍼 싱글이나 퀸 사이즈 침대를 두고, 누운 자리에서 볼 수 있게 TV를 벽걸이형으로 설치하고, 한쪽 벽에는 책상과 컴퓨터를 놓고, 다른 한쪽 벽은 빔프로젝터로 영화를 볼 수 있도록 깨끗하게 치워두고, 침대에서 손이 닿을 자리에 협탁을 하나 두면 완벽할 것 같았다. 그리고 작은 방에는 식탁을 놓고 행거를 설치해서 옷을 정리해두고……. 그런데 생각해보니 식탁을 같이 두면 음식 냄새가 옷에 밸 게 분명했다. 그렇다고 큰 방에 두기엔 침구에 냄새가 밸 수도 있었다. 그러면 식탁을 밖으로 빼야 하는데 주방 공간이 어느 정도 될지 알 수 없었다. 사실 급한 건 아니었다. 당첨이 되고 나면 시작해도 될 일이었다. 그러나 물욕이 자꾸 현실을 앞섰다.

결국 다시 내려가 슈퍼 싱글 사이즈 전기장판과 전기 포트를 사 왔다. 둘은 분명 지금도 유용하게 사용할 물건이었다. 이번 겨울을 따뜻하게 보낼 수만 있어도 전기장판은 성공이었고, 전기 포트가 있으면 밤에 컵라면이 먹고 싶을 때 스마트폰 불빛에 의지해 정수기까지 가지 않아도 됐다. 특히 추운 날에는 정수기까지 가도 뜨거운 물이 남아 있지 않은 경우가 많았다. 포기하고 돌아와 쉘터에 누워 있으면 마트 전체에 다른 사람들이 끓인 라면 냄새가 진동하곤 했다. 밤새도록 배고픈 충동과 볼풀의 아늑함 사이에서 갈등하다 해가 뜰 즈음에야 잠들어 다음 날을 통째로 망치는 일이 다반사였다. 그런 날이 일주일에 두어 번씩은 있었으니 이번 겨울만 해도 삼십 일 정도를 전기 포트로 지켜낼 수 있을 것이었다.

삼십 일은 꽤 긴 시간이었다. 삼십 일 동안 토익 점수를 올려 졸업할 수 있었고, 삼십 일 동안 금주를 해서 간 수치를 정상치로 내릴 수 있었다. 삼십 일은 강아지에게 백팔십 일이나 되며, 겨울이에게는 인생의 절반이었다. 앵무새에게…… . 2층에 사는 왕관앵무 덕분에 알게 된 앵무새의 수명은 놀라웠다. 중형 앵무새는 보통 이십 년에서 삼십 년 이상을 살고 대형 앵무새는 팔십 년 이상도 산다고 했다. 왕관앵무는 중형이었다. 아마 중형이라는 수식어가 붙은 것 중 가장 작은 중형일 것 같았다. 평균 키에 평균 몸무게인 나는 인간 중에선 확실한 중형인이고, 삼십 년을 살았으니 아마 이 이상의 수명이 남았을 것이다. 그러나 평균 수명은 중요하지 않았다. 이번 지진의 사망자는 이천 명을 넘어섰고 일 년째 실종 상태인 사람들도 육백 명 이상이었다. 실종자가 줄어들면 사망자가 많아졌다. 평균은 언제나 가장 큰 수와 가장 작은 수의 중간이지만 내 주변에선 언제나 그보다 많은 사람이 사라지고 있었다.

*

당장의 지진이 멈추고 나서는 방사능 유출이 가장 심각한 문제로 대두됐다. 리히터 규모 7.3의 지진은 지금껏 겪어보지 못한 수준의 재해였다. 진앙은 해역이었고 내가 살던 곳과는 삼십 킬로미터 이상 떨어져 있었지만 수많은 건물이 흔들리다 내려앉고 도로가 부서졌다. 사백 킬로미터 떨어진 친구의 집에서도 진동이 느껴졌다고 했다.

당장의 물리적 위험에서 벗어나자 가장 두려워진 건 숨을 쉬고, 먹고, 마시는 일이었다. 대규모 정전으로 인해 물이 공급되지 않아 노심이 절반 정도 녹아내렸고, 대기 중으로 방사성 기체가 유출됐다고 했다. 방사능 유출이라는 초유의 상황에 직면했을 때 발휘될 수 있는 상상력은 대부분 초라했고, 숨을 참으려는 마음과 과호흡 사이를 벗어나려는 노력만으로도 지쳐버렸다.

혐오는 구호보다 빨랐다. 문제가 생긴 재난 지역에서 온 사람들은 어딜 가든 환영받지 못했다. 우리는 마치 고장 난

발전소의 부품이라도 되는 것처럼 취급받았다. 멀리 사는 가족이 있는 경우에는 그곳에서 두어 가족이 모여 살기도 했지만, 한자리에서 오래도록 산 일가나 집성촌 사람들은 갈 곳이 없었다.

현장을 벗어나는 도로마다 검문소가 세워졌다. 정부 차원의 소개령으로 움직이는 사람들은 물론, 개별적으로 버스와 차를 타고 이동하는 사람들도 방사능 점검을 받은 다음 옷을 배급받아 입어야 했다. 그 후로도 소개민들은 등본상의 주소를 토대로 분류되어 철저하게 관리됐다. 신속한 대응과 대처의 모범 사례로 전 세계 외신에서 다뤄질 정도였지만, 이재민들에게는 가혹했다. 막상 사건의 당사자가 되고 나니 이전으로는 도저히 돌아갈 수 없었다. 한 번 깊게 새겨진 상흔은, 이후를 후유증과 합병증 속에서 살게 만들었다.

갈 곳을 잃은 이재민들은 찜질방, 체육관, 학교, 종교 시설, 대형 마트, 몇몇 숙박업소를 임시 거주지로 제공받았다. 시장을 중심으로 꾸려진 이재민 대책위원회는 4월 선거가 기회라며 이재민들을 안심시켰다. 최대한 빠른 대책 마련과 도시 복원, 선별적 피해 보상을 약조받았다. 기한은 피해 정도에 따라 삼 개월에서 이 년 이내였다. 이후 삼 개월을 공시받은 사람들이 정말 터전으로 돌아갔다. 그러나 그뿐이었다. 선거가 끝나자 예상 기일은 점점 미뤄졌다. 몇몇 사람들이 국가를 상대로 소송을 제기했지만 판결은 지금껏 나오지 않았다. 대책위원회의 위원장을 맡아 목소리를 내던 시장은 국회의원이 되고 나서 좀처럼 찾아볼 수가 없었다. 그들이 이야기한 이 년 뒤에는 대통령 선거가 있었다.

아이러니하게도 이재민들에게 낙관이 찾아온 건 당연한 일이었다. 이재민들은 어항에 담긴 물고기 신세나 마찬가지였지만, 슬픔 속에서라도 죽지 않고 살아갈 수는 있었다. 하지만 언제까지나 그렇게 견딜 수 있는 건 아니었다. 계속 버티면 이곳에서 벗어날 수 있을 거라는 낙관이 필요했다.

낙관은 소식이었다. TV 뉴스만 올려다보며 사는 우리에게 던져지는 먹이였다. 어제와 같을 걸 알면서도 모두가 수면까지 헤엄쳐 올라가 낙관을 먹었다. 그러나 슬픔에 오래 빠져본 사람들은 슬픔의 징조를 잘 알아챘다. 항상 문자 너머의 말을 봤고, 감정이 속이고 있는 얼굴을 볼 줄 알았다. 소식이 숨기고 있는 진실 또한 너무나 잘 알아볼 수 있었다.

반대로 사람들은 슬픔에 순응하며 살아가기 시작했다. 슬픔이 있어야 기쁨이 더욱 강렬할 것이란 믿음이 있었다. 일종의 보상 심리와 마찬가지였다. 다들 눈에 보이는 걸 보고 들리는 걸 들었다. 밀려오는 소식들을 하나씩 판별하는 일은 그만두었다. 그러자 다시 전과 비슷한 생활이 찾아왔다. 아침에 일어나면 식당에 가서 밥을 먹고 쉘터로 돌아가 잠을 보충하거나 운동을 했다. 점심이 되면 다시 식당에 가서 밥을 먹고 마트를 산책한 다음 살까 말까 하던 상품 앞에서 어제 하던 고민을 이어서 했다. 저녁이 되면 또 밥을 먹고 식당에 계속 앉아 뉴스를 보거나 모임에 참석하거나 책을 읽고 영화를 봤다. 규칙적이고 이상적인 생활이었다. 모두가 스스로를 반려동물처럼 기르고 있었다. 사람들은 서로의 루틴을 확인하고 함께하거나 비켜주었다. 물론 도저히 견딜 수 없는 날이 찾아올 때도 있었다. 그럴 때면 사람들은 조용히 사라졌다가 다시 돌아왔다. 돌아온 사람들은 더욱 과장되게 웃었고, 다른 사람들의 표정과 분위기를 살폈다. 식당에는 사람 수보다 많은 좌석이 마련되어 있었지만 사람들은 항상 줄을 서서 기다렸다. 저마다 슬픔을 앉혀놓을 빈자리가 필요했다.

　잠깐 틀어본 전기장판이 따듯했다. 잠깐만 누워 있으려 했지만 노곤해져 몸을 일으킬 수가 없었다. 쇼핑을 해보겠다고 평소보다 두어 배는 더 걸은 하루였다. 저녁 시간까지는 아직 두 시간이 남아 있었다. 한 시간만 자고 일어나면 괜찮아질 것 같았다. 이렇게라도 유지될 수 있는 평화가 퍽 마음에 들었다.

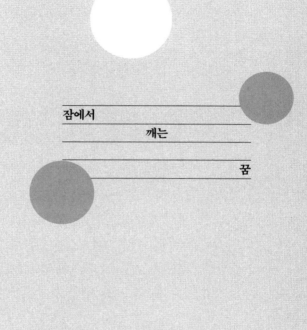

잠에서

　　　　　깨는

　　　　　　　　　　꿈

눈을 뜨니 깜깜했다. 시계를 보니 열한 시 반이었다. 눈을 감은 채로 스탠드를 켜고 잠시 후 눈을 떴다. 전기장판은 따듯하긴 했지만 몸에 힘이 없고 머리가 아팠다. 목도 말랐다. 물 두어 모금을 마시고 나니 칼칼한 국물이 먹고 싶어졌다. 컵라면 생각이 났다. 저녁도 못 먹었으니 컵라면 하나를 먹으면 딱 적당할 것 같았다. 곧바로 전기 포트 박스를 열어 전기 포트를 꺼냈다. 설명서에는 식초나 베이킹 소다를 넣고 한 번 끓여 내부를 닦아낸 후에 사용하라고 쓰여 있었다. 하지만 그건 그런 것들이 구비된 집에서나 가능할 일이었다. 그래도 혹시 몰라 물을 끓여 한 번 버리고 다시 물을 채워 포트에 올렸다. 그러고는 박스를 열어 컵라면을 찾았다. 없었다. 다른 박스를 열어보았다. 역시 없었다. 급박한 마음이 되어 박스를 죄다 바닥에 늘어놓고 열어보았지만 컵라면은 없었다. 큰 문제였다. 저녁을 건너뛰었기 때문에 이 시간이지만 컵라면 하나쯤은 먹어도 아무 문제가 없었다. 내몸을 살림하기 위한 당연한 권리였다. 벌건 국물이 너무나 간절했다. 다른 쉘터에 가서 얻을 수는 있겠지만 시간이 늦었고, 그런 조잡한 빚을 지고 싶지 않았다. 그때 주방에 쌓여 있는 컵라면 생각이 났다. 하나쯤은 가져와서 먹어도 티가 나지 않을 것이고, 그마저도 내일 다시 채워놓으면 될 일이었다.

옷을 챙겨 입고 무빙워크 옆에 가서 전원을 확인했다. 확인하지 않고 무빙워크 앞에 서면 자동으로 작동되어 마트의 사람들을 다 깨울 수 있었다. 전원은 꺼져 있었다. 당번이 가끔씩 전원을 끄는 걸 잊는 날이면 밤이나 새벽에 무빙워크 작동하는 소리가 요란하게 울려 퍼져 모두의 공분을 사곤 했다. 무빙워크는 작동되지 않더라도 그 위를 걸을 때 특유의 퉁퉁대는 소리가 났다. 가장 좋은 해결법은 뒤로 돌아 발을 살짝 끌며 움직이는 것이었다. 마이클 잭슨이 된 것처럼 문워크로 내려가는 건 나의 내밀한 취미였다. 그러면 소리도 없이 리드미컬하고 빠르게 내려갈 수 있었다. 한 층을 내려가고 다시 무빙워크를 확인했다. 역시 꺼져 있었다. 암막이 걷히고 무대 위에 등장하는 가수처럼 무빙워크에 올랐다.

절반쯤 내려왔을까, 무빙워크 왼편에 불빛이 보였다. 나는 얼른 몸을 돌려 자연스럽게 다시 걷기 시작했다. 그리고 혹시 누군가 봤을까 고개를 돌려 불빛이 나오는 쉘터를 흘 긋 바라보았다. 불빛이 흔들리고 있었다. 사람의 검은 그림 자가 같이 흔들리고 있었다. 저건 빛이 아니었다. 아니, 빛 이기도 했지만 불이었다. 무언가 불에 타고 있는 빛이 누군 가의 쉘터에서 넘실대고 있었다.

남은 무빙워크를 뛰어 내려갔다. 다른 쉘터들이 어두워 누구의 쉘터인지 잘 분간이 가지 않았다. 화장품 매장과 캐 주얼 의류 매장, 신발 상설 매장을 지났다. 왼쪽으로 틀어 스포츠 의류 매장을 지나자 쉘터 밖으로 불빛이 보였고, 그 순간 저기에 누가 살고 있는지를 생각해냈다. 할머니와 할 아버지, 그리고 겨울이가 사는 쉘터인 서점이었다.

나는 그때부터 불이 났다고 소리를 지르기 시작했다. 넘 어질 듯 쉘터 앞에 다다르니 바닥에 붙은 불이 보였다. 작 은 캠핑용 난로가 넘어져 등유가 밖으로 새어 나와 있었다. 아직 큰 불은 아니었다. 사람들을 깨워 밖으로 나가야 했다. 곧바로 고개를 돌렸는데 너무 놀라 비명을 지르고 말았다.

할아버지였다. 할아버지가 깨어 있었다. 매대에 앉아 가 만히 불을 쳐다보고 있었다. 불이 일렁거리면서 검은 연기 를 낼 때마다 좋아하고 있었다. 불빛이 흔들릴 때마다 움직 이는 그림자를 보면서 입을 벌리고 손을 모았다. 그리고 이상한 소리를 내며 웃어대기 시작했다. 나는 그 모습이 너무나 기괴해 계속 바라볼 수가 없었다. 애써 고개를 돌리고 할머니를 부르며 겨울이를 찾았다. 매대 안쪽에 요람 끄트머리가 보였다. 불을 외투로 가리며 안쪽으로 뛰어 들어갔다.

요람을 잡고 들여다보니 겨울이가 있었다. 겨울이는 웃고 있었다. 안도와 소름이 동시에 찾아왔다. 겨울이는 천장에 비치는 불 그림자를 보고 있었다. 그림자를 잡으려는지 자꾸 천장을 향해 손을 휘저었다. 이상한 기분이 들었다. 선뜻 겨울이를 안아들 수가 없었다. 아기를 안아본 적도 없어 도움이 필요했다. 할머니가 필요했다. 할머니를 부르며 매대 한 칸을 더 넘어갔다. 할머니가 있어야 할 자리에 빈 이부자리만 남아 있었다.

나는 놀라 다시 한 번 서점 전체를 돌아봤다. 언제부터였는지 입구에 할머니가 서 있었다. 이불로 할아버지를 덮어두고 신발로 불길을 마구 내려치고 있었다. 저걸로 불이 꺼질 리 없었다. 나는 할머니에게 다가가 할아버지와 겨울이를 데리고 피하라는 말과 함께 뛰어나가 소화기를 찾았다. 잠에서 깬 사람들 몇 명이 서점 밖에 서 있다가 뛰어나오는 나를 보고 놀라 서점 안으로 들어갔다.

소화기는 주차장으로 가는 자동문 옆에 붙어 있었다. 소화기를 들고 돌아보니 할머니와 할아버지, 겨울이가 사람들과 함께 밖에 나와 있었다. 사람들은 안절부절못하며 나를 기다리고 있었다. 마음이 급하니 안전핀이 잘 빠지지 않았다. 심호흡을 하고 천천히 안전핀을 뽑은 다음 화원을 향해 분말을 분사했다. 뿜어지는 분말에 가려 불이 잘 보이지 않았다. '빗자루로 쓸듯이, 빗자루로 쓸듯이'를 속으로 반복하며 손잡이에 계속 힘을 주었다.

다행히 불길은 금방 잡혔다. 잔불을 발로 밟아 끄고 보니 서점이 온통 하얀 분말로 뒤덮여 있었다. 그걸 보자 기침이 나기 시작했다. 숨이 잘 쉬어지지 않았고 눈물과 콧물이 나왔다. 소매로 코와 입을 가린 채 서점 밖으로 나왔다. 계속 기침을 하다 보니 구역질이 났고, 무언가 울컥 쏟아져 나왔다. 진득하고 투명한 액체 덩어리였다. 입에 침이 매달려 길게 늘어졌다. 누군가 다가와서 등을 쳐주기 시작했다. 토하고 싶은 게 아니었는데 자꾸 두드리니 먹은 것도 없는 위장이 쥐어짜지며 토악질이 나왔다. 별로 나오는 건 없었다. 팔을 들어 자꾸 등을 치는 손을 쳐내고 옆을 바라봤다. 할머니가 할아버지를 품에 안은 채로 나를 쳐다보고 있었다.

불에 탄 건 바닥뿐이었고 양옆의 나무 매대가 검게 그을려 있었다. 사람들은 저마다 빗자루와 쓰레받기, 걸레를 가지고 와서 서점을 치우기 시작했다. 가라앉아 있던 분말이 빗자루가 지나갈 때마다 다시 흩날렸다. 분말을 너무 많이 삼켰는지 아무리 가래를 끌어 올려도 목이 칼칼한 게 가시지 않았다. 물로 목을 헹궈 뱉어내도 마찬가지였다.

그때 갑자기 컵라면 생각이 났다. 그 뜨거운 국물이면 이 분말을 다 쓸어낼 수도 있을 것 같았다. 나는 생각이 다 끝나기도 전에 식당으로 향했다. 계속 기침을 하면서 걸으니 다리가 비틀거렸다. 목 좀 씻어내고 오겠다고 말하며 따라오려는 사람들을 뿌리쳤다. 이 사소하고 순간적인 강박을 사람들은 이해할 수 없을 게 분명했다.

예상은 정확했다. 내게 필요한 건 컵라면이었다. 면을 풀고 국물을 마시자 나도 모르게 속부터 감탄이 나왔다. 면을 한 젓가락 먹을 때마다 국물도 두어 모금씩 마셨다. 빈속에 뜨거운 국물이 들어가며 내장의 감각들을 깨웠다. 뜨거워서 조금씩 몸이 뒤틀리긴 했지만 국물이 지나가는 자리를 하나하나 다 느낄 수 있었다. 컵라면은 금세 비워졌다. 이걸로는 부족했다. 주방에 들어가 컵라면 하나를 더 꺼내고 냉장고에서 김치도 챙겨 다시 자리에 앉았다. 한 번 더 기다리는 삼 분은 처음보다 훨씬 여유로웠다. 그러자 방금 전 일이 다시 떠올랐다. 정확히는 할아버지의 웃는 소리와 겨울이의 웃음, 그리고 할머니가 나를 쳐다보던 눈빛이 떠올랐다. 그 셋은 필름을 겹쳐 보듯 점점 합쳐지며 더욱 기괴한 이미지를 만들어냈다. 내가 겨울이를 보는 동안 할머니는 나를 쳐다보고 있던 건 아니었을까 하는 생각부터, 혹시 일부러 불을 낸 건 아닐까 하는 생각까지 상상이 이어졌다.

컵라면 뚜껑을 열어보니 아직 조금 덜 익은 상태였다. 젓가락으로 푹푹 눌러 면을 풀었다. 그러고는 면을 크게 휘돌려 감아 입에 집어넣었다. 입 안 가득 씹히는 면은 조금은 바삭하고 조금은 부드러웠다. 라면의 맛이 고스란히 혀에 전해졌다. 나는 최대한 그 맛에 집중했다. 가져온 김치는 먹지 않았다. 김치의 아삭한 식감이 무언가 싫은 감각을 일깨울 것만 같았다. 삼 분을 기다렸지만 먹는 데는 삼 분이 채 걸리지 않았다. 의자에 기대 있다 보니 급한 갈증이 느껴졌다. 정수기로 가서 찬물 다섯 잔을 연거푸 마셨다. 아까와는 달리 위장을 통과하는 느낌이 들지 않았다. 목구멍을 지나고선 어딘가 다른 세계로 흘러들어가 사라지는 듯 입에 닿던 차가움이 아래에선 느껴지지 않았다.

서점 앞에는 할머니와 할아버지, 겨울이는 없었고 사람들만 남아서 삼삼오오 이야기를 나누고 있었다. 갑자기 피로감이 몰려왔다. 눈에 띄지 않도록 조용히 쉘터로 돌아왔다. 불이 켜진 쉘터들이 많았다. 스탠드를 끄고 불풀에 누웠다. 코로 숨을 들이마시는데 가슴께 어딘가에서 막히는 느낌이 들었다. 순간 기침이 나오고 속에서 구역질이 났다. 아까와는 달리 뱃속에 라면이 가득했다. 속을 진정시키지 않고 움직이면 토할 것 같았다.

목구멍에 무언가 끼어 있는 듯 불편했다. 계속 올라오려는 구역질을 억지로 삼키고 삼키면서 호흡을 가다듬었다.

아랫배부터 발끝까지 긴장이 전기처럼 퍼졌다. 순간 고층 빌딩 난간에 선 듯한 현기증이 온몸을 훑고 지나갔다. 갑자기 찾아온 불안을 진정시킬 수 없었다. 몸에 힘이 들어가고 긴장 때문에 팔다리가 조금씩 움직이자 몸이 볼풀 안으로 점점 빠져들었다. 힘을 빼야 했다. 힘을 빼거나 힘으로 볼풀에서 나가야 했다.

선택은 그리 오래 걸리지 않았다. 왼팔로 볼풀을 감싼 그물을 움켜쥐고 잡아당겼다. 동시에 몸을 회전하듯 돌려 바로 세웠다. 입을 막고 볼풀 밖으로 뛰쳐나갔다. 볼풀에 토할 수는 없었다. 나오자마자 바닥에 먹은 걸 모두 게워냈다. 컵라면 두 개는 생각보다 양이 많았다. 게다가 라면 국물과 물 다섯 컵도 있었다. 바닥에 깔린 어린이용 퍼즐 매트는 살짝 코팅이 되어 있었지만 완전히 방수가 되는 건 아니었다.

물과 섞여 희석된 국물이 매트 위로 퍼져가는 동시에 흡수됐다. 얼른 두루마리 휴지를 감아 토사물 위로 던지고 아침에 쓴 수건도 던졌다. 하지만 그런다고 될 일이 아니었다. 급히 움직였다가는 그나마 배에 조금 남은 것까지도 다 토할 수 있었고, 아직 구토의 여파가 남아 손발이 떨리고 다리에도 힘이 풀려 있었다. 펌프질하듯 숨을 끌어올렸다가 뱉길 반복했다. 목구멍에서 쇳소리가 났다. 머리도 아파왔다. 천천히 무릎을 꿇고 조금씩 토사물을 닦기 시작했다. 손등에 콧물이 떨어졌다. 눈물도 나고 있었다.

혹시 누가 오진 않았는지 입구를 확인했다. 오늘의 일과 더불어 내가 혼자 먹은 걸 다 토하고 울고 있는 모습을 누군가 본다면 본의 아니게 이상한 구설수가 생기거나 최소한 나를 도우려 할 게 분명했다. 그건 일어나서는 안 될 부끄러운 일이었다. 아무도 없는 걸 확인하고는 봉지를 가져와 면발과 휴지를 집어넣었다. 잠깐 고민하다 수건도 집어넣었다. 포트에 담아둔 물을 바닥에 살살 흘려가며 손과 입을 닦았다.

오늘은 여기까지였다. 더 이상은 아무 일도 하고 싶지 않았다. 나머지는 내일 일어나서 하면 될 일이었다. 전기장판에 누워 온도를 4단계로 올렸다가 2단계로 낮추고 이불을 끌어올렸다. 아직 속이 좋지 않았다. 어둠이 일렁거리며 나를 짓누르는 것 같았다. 다시 일어나 스탠드를 켜서 벽 쪽으로 빛이 가게 해두고 다시 누웠다. 쉘터 안의 사물들이 구별될 만큼의 빛이었다. 이제 자고 일어나기만 하면 될 것 같았다. 그러면 속도 편해지고 마트도 다시 밝게 불을 켜두고 있을 것이었다.

*

테니스장 입구는 두꺼운 자물쇠로 잠겨 있었다. 굵은 비가 비닐 우비를 때리는 소리에 귀가 얼얼했다. 무전이 잘 들리지 않았다. 검은 차양 때문에 테니스장 내부가 잘 보이지 않았다. 모든 게 흐린 실루엣으로 보였다. 사람과 기구를 구분할 수가 없었다. 움직이는 건 아무것도 없었다. 나는 눈에 자꾸 들어가는 빗물을 닦아내며 소리쳤다.

"팀장님! 여기 아무도 없는 것 같아요!"

그러자 계단 아래 있던 팀장이 대답했다.

"그럼 어쩔까! 자물통 그거 따, 말아?"

"글쎄요! 아무도 없는 것 같긴 한데 저도 잘 모르겠어요!"

잠깐 머리를 긁으며 인상을 쓰던 팀장이 다시 대답했다.

"에이 씨발. 뭐 따보고 없으면 내일 퇴근할 때 하나 사다가 달아주지 뭐. 내가 살 테니까 없으면 네가 아침에 퇴근하는 길에 달고 가. 집 가깝잖아!"

"예? 아…… 뭐 그럴게요. 절단기 꺼내 올게요."

나는 계단을 뛰어 내려가 소방 펌프차 옆을 열어 절단기를 꺼냈다. 들고 올라가려는데 팀장이 절단기를 달라며 손을 내밀었다. 절단기를 받아 든 팀장은 뚜벅뚜벅 계단을 올라가 자물쇠에 절단기를 가져다 댔다.

"부장 저 씨발놈. 어차피 더러워질 신발 새로 받았다고 차에서 내리지도 않는 거 봐. 화재도 아니고 구조에 경방이고 운전이고 무슨 상관이야. 에라이 잘려버려라 새끼야!"

팀장의 말에 소리 없이 웃는 사이 자물쇠가 떨어지고 철문이 바깥쪽을 향해 저절로 열렸다. 나는 안쪽 대신 팀장을 처다봤다. 팀장의 표정이 굳어 있었다. 아래에서 대기하던 구급대원들이 제세동기를 들고 뛰어오기 시작했다. 그제야 테니스장 안을 들여다봤다. 기둥이 보이고 네트가 보이고 또 기둥이 보이고……. 사람은 보이지 않았다. 이상하다 싶어서 다시 자세히 훑어보는 순간, 사람이 보였다. 철창으로 된 벽 한쪽에 목이 걸린 채였다. 사람의 목이라기엔 너무 길었다. 무릎을 꿇고 있는 것처럼 보였지만 무릎은 땅에 닿지 않고 발끝만 닿아 있었다. 나는 실루엣을 이해하자마자 바로 고개를 돌려버렸다. 팀장과 구급대원 둘이 테니스장 안으로 뛰어 들어갔다. 잠시 후 안에서 나를 부르는 소리가 들렸다.

CPR은 할 필요도 없었다. 두개골의 무게를 견디지 못하고 목이 늘어나 있었고, 보라색으로 변한 혀가 턱까지 내려온 상태였다. 절단기가 들어갈 수 있도록 철창을 잡아당겼다. 급자*의 머리가 내 다리에 닿았다. 참아야만 했다. 철창을 한두 개 끊어내자 급자를 지탱하고 있던 다른 구급대원이 그의 머리와 몸을 안아 바닥에 눕혔다. 목과 머리가, 살아 있는 사람이라면 만들 수 없는 둔각을 만들어내고 있었다. 구급대원이 바이털사인을 체크했다. 호흡도 심장도 모두 멎어 있었다. 팀장이 무전기로 부장을 불렀다.

* 구급대원들이 구급환자를 이르는 말

"급자 사망했습니다. 내려갑니다."

여기까지가 우리의 일이었다. 시신은 함부로 수습할 수가 없었다. 구급대원들은 유족과 연락이 될 때까지 기다려야 했다. 그러나 좀처럼 연락이 되지 않았다. 귀서하는 차 안에서 셋은 도착할 때까지 쉬지 않고 말했다.

"죽은 사람이 신고한 건 아니고 웬 나이 든 여자 목소리던데 신고는 해놓고 전화는 왜 꺼놔? 참 이상하네. 안 그래요, 부장님?"

"그걸 제가 어떻게 알아요. 팀장님, 우리 들어간다고 무전했어요?"

"그게 중요한 게 아니라……. 에이 씨! 나도 몰라. 야, 너 아직 무전 안 했어?"

팀장이 장난스럽게 눈을 부라리며 내게 말했다. 입 모양으로 '부장 이 십새끼'라고 하고 있었다. 나는 웃으면서 죄송하다고 대답하며 무전기를 잡았다.

"본부, 여기 하나 펌프. 급자 구급대 인계 후 귀서 중."

우비를 입은 채로 소방서 밖으로 나와 담배에 불을 붙였다. 어느새 비가 그치고 보름달이 떠 있었다. 바람이 조금 차가웠지만 아주 청량했다. 연기가 뿜는 대로 바람에 날려 사라졌다. 이럴 때면 새삼스레 인생 전반을 돌아보게 되곤 했다. 후회하는 건 아니었다. 죽음을 보고 난 다음이면 느껴지는 살아 있다는 것에 대한 의심이었다. 내가 살아 있는 게 맞는지, 살아 있다는 기분이 들지 않는다면 죽은 게 아닐지 하는 생각이 꼬리에 꼬리를 물고 이어졌다.

지금껏 다녀온 장례식과 구조 현장은 모두 나의 기억이 되었다. 그리고 그것은 곧 채무 같았다. 내가 죽지 않고 살아 있음으로서 지게 되는 빚이었다. 떼어내려고 해도 떼어낼 수 없는 내 윗대의 이름과 친구의 이름과 반려동물들의 이름들까지. 나는 항상 나로서만 있을 수가 없는, 나를 이루는 사람들의 총체였다. 너무 긴 역사가 내게 축적된 채 살아가고 있었다. 그것이 가끔은 멸망한 왕조의 빈 궁궐을 관람하고 있는 것처럼 다 부질없이 느껴지곤 했다. 그건 폐허였다. 진작 황금기를 지나 남은 삶 내내 쇠퇴하다가 사라진 왕국. 어쩌면 나의 황금기도 이미 지나가버렸을 수 있었다.

"담배 안 피운다더니 요즘 자꾸 피운다?"

팀장이었다.

"부장 저 새끼가 나보고 먼저 씻으라는데 저래놓고 또 나중에 뭔 지랄을 하려고. 먼저 씻으라고 했더니 좋아서 들어가더라?"

"고생하셨습니다. 오늘은 잠도 다 설치고 내일 엄청 피곤하겠네요."

"넌 집에서 내내 처자면 되지. 나는 내일 또 뭐 토요일이라고 집에서 놀러가잔다. 퇴근했다 하면 또 출근이야."

나도 모르게 또 실실 웃고 있었다. 사람이 아프고 죽는 건 아무리 많이 봐도 적응이 되지 않았다. 그걸 가장 먼저 알려준 건 팀장이었다. 나이 오십에 소방관을 삼십 년 했는데도 낮잠 좀 자려고 하면 꿈이 뒤숭숭해서 도저히 잘 수가 없다고 했다.

"들어가서 안에 모기장 좀 쳐놓을게요. 아직은 모기가 좀 있는 거 같더라고요."

"응, 그래. 비실비실한 것들이 존나게 독해. 나 무전기 가지고 저 앞에 편의점 갔다 올 테니까 출동 뜨면 무전하고. 부장 나오면 먼저 씻어."

"네. 감사합니다."

팀장은 항상 말은 이렇게 하고는 주차장 지나 있는 큰 나무 앞에 서서 이어폰을 끼고 한참 동안 하늘을 올려다보다 들어오곤 했다. 노래를 듣는지 라디오를 듣는지 알 수 없었다. 어쩌면 아무것도 듣지 않는 것일 수도 있었다.

모기장을 쳐두고 벽에 기대 앉아 스마트폰을 들여다봤다. 그런데 시간이 이상했다. 벌써 아침 일곱 시를 지나고 있었다. 이미 해가 떴어야 할 시간인데 밖은 여전히 어두웠다. 대기실 밖으로 나와 보니 방금까지 서 있던 소방차가 없었다. 씻고 나온 부장이 소방차는 어디 있냐고 화를 내기 시작했다. 그때 출동 벨이 울렸다. 사무실로 뛰어 들어가 무전기를 찾았다. 팀장이 자리에 앉아 있었다.

"이 씨발놈아. 네가 안 불러서 내가 먼저 왔잖아!"

고개를 돌려보니 해가 중천에 뜬 대낮이었다. 무전을 통해 사람들의 알아들을 수 없는 목소리가 쉴 새 없이 들려왔다. 사무실 창문 너머로 팀장이 서성이던 큰 나무가 보였다. 그 뒤편에서 초등학교 건물이 무너지고 있었다. 내가 어찌할 수 없는 일이었다. 다행히 퇴근 시간이 지나서 내 소관은 아니었다. 퇴근하려면 일지를 적어야 했다. 일지를 정리해둔 파일을 꺼내 오늘 날짜를 적으려는데 날짜가 기억나지 않았다. 오늘이 언제였는지, 내가 뭘 했는지, 지금이 출근인지 퇴근인지 알 수가 없었다. 오늘 날짜를 물어보려 팀장을 불렀지만 대답이 없었다. 내 옆에 팀장과 부장이 머리에서 피를 흘리며 쓰러져 있었다. 움직임이 없었다. 나만 살아 있었다. 감당할 수 없는 두려움이 엄습했다. 머리가 너무 아팠다. 머리를 만져본 손바닥에 피가 흥건했다. 이제 내 차례였다. 눈이 감겼다.

*

눈을 뜨니 쉘터 천장이었다. 손끝부터 천천히 감각을 확인했다. 여긴 현실이었다. 사람들이 군 생활을 다시 하는 꿈을 꾸는 것처럼 소방서에서 병역을 마친 나는 그때의 꿈을 꿨다. 여전히 머리가 아프고 목이 말랐다. 손을 뻗어 스마트

폰으로 시간을 확인했다. 두 시였다. 겨우 한 시간을 자고 깬 것이었다. 바로 더 잘까 생각했지만 목이 말라서 따가울 지경이었다. 한 번 숨을 내쉬고 몸을 일으켰다가 다시 비명을 지르며 주저앉았다. 누군가 내 앞에 앉아 바닥을 닦고 있었다. 할머니였다.

"할머니! 깜짝 놀랐잖아요! 아니 왜 그걸 닦고 계세요!"

할머니도 그제야 내가 일어난 줄 안 것 같았다. 깜짝 놀라 넘어지려는 할머니를 붙잡아 일으켰다.

"학생한테 미안하고 고마워서 와봤는데, 학생은 자고 바닥은 엉망이어서 걸레 빨아다 치워주려고 했어요."

"아…… 괜찮아요. 그냥 놔두세요. 할아버지랑 겨울이부터 챙기셔야죠. 이 시간에 깜짝 놀랐잖아요. 이건 내일 일어나서 닦으려고 일부러 놔둔 거예요."

놀란 마음이 잘 진정되지 않았다. 방금 한 말에 혹시 기분이 나쁠 게 있었을까 싶어 좀 더 해명을 하려는데 할머니가 먼저 말을 꺼냈다.

"학생, 우리 할아버지 봤지요?"

너무나 단도직입적이어서 말문이 막혔다. 그러나 생각하는 티를 내서는 안 됐다.

"네? 아, 할아버지요? 봤죠. 그런데 저도 너무 경황이 없는 데다 할머니 찾고 겨울이 찾느라 잘 못 봤어요. 아까 그 매대에 앉아 계셨죠?"

"응. 그게 말이야, 할아버지가 좀 아파요."

"예? 아까 다치셨어요? 어디 많이 다치셨어요?"

"아니, 아까는 학생 덕분에 잘 피했지. 그런데 그게 아니라, 할아버지가 원래 안 그랬는데 몇 년 전부터 자꾸 깜빡깜빡해요. 치매래. 아직 심하진 않다는데 영 병원 가길 안 좋아해서 참 여럿 고생시켜요."

또다시 말문이 막혔다. 치매는 내게도 익숙했다. 할머니가 치매에 걸려 죽었고 할아버지도 따라서 치매에 걸려 죽었다.

"그런데 학생, 부탁이 있어요. 할아버지 아픈 거 다른 사람들한테는 말하지 말아줘요. 좋은 것도 아니고 다 알아봐야 뭐가 좋겠어. 내가 잘 챙기면 되니까 괜찮아요."

이제는 입장이 바뀌어 점점 더 횡설수설하는 할머니를 잠깐 바라보았다. 어려운 일도 아니고 그럴 생각도 없었다.

"에이, 그걸 제가 어디다 말해요. 말할 생각도 없고 말할 사람도 없어요. 걱정하지 마시고, 가서 푹 주무세요."

"고마워요, 학생. 꼭이야. 고마워요. 여기 보니까 먹을 게 별로 없던데 내일 내가 좀 챙겨가지고 올게요."

"괜찮아요, 할머니. 늦었어요. 얼른 가서 쉬세요."

"그래, 고마워요. 이건 다 훔치지도 못하고 가네. 고마워, 학생. 오늘 너무 고마웠어요."

"네. 들어가세요."

몇 년 전이었다면 아마 나도 치매에 걸린 할아버지, 할머니가 있었다고 이야기를 꺼냈을 것이다. 그러나 그건 현명한 처사가 아니었다. 각자의 슬픔을 절대적으로 느끼는 사람들은 갑자기 눈앞에 놓인 타인의 슬픔을 경계했다. 슬픔도 경쟁이 되었다. 요양원에서 만난 환자 가족들과의 이야기는 금방 누구의 증세가 더 심하다거나, 심지어 어떤 일도 있었다거나 식의 나열이 되었다가, 나중엔 그쪽은 아직 우리보단 덜해서 다행이란 말을 덧붙이곤 했다. 지금은 의학이 많이 발전해서 안 그럴 거라고, 참 안타깝게 되었다고 했다. 저마다의 당사자성은 부정할 수 없이 언제나 최대치뿐이었다.

할아버지와 할머니는 독실한 기독교 신자였다. 매일 술을 마시던 할아버지도 일요일만 되면 할머니와 함께 교회에 갔다. 가장 좋은 옷을 꺼내 입고 머리에는 기름도 칠하고 집을 나서는 노부부는 참 좋아 보였다. 그리고 그날은 어린 내가 친가에 갈 수 있던 유일한 날이기도 했다. 친가는 부유했던 기억을 유물처럼 하나둘 간직하고 있었다. 값비싼 식기와 가구를 비롯해 유지하는 데 돈이 들지 않는 것들은 모두 예전의 고급스러운 모습 그대로였다.

그런 물건들은 사람을 쉽게 감상에 젖도록 만들었다. 끼니마다 지나간 이야기들이 얹어져 나는 자주 체하곤 했다.

옛날에 자신이 얼마나 대단한 사람이었는지, 누구와 누구를 알고 누가 와서 고개를 숙였으며 누구도 나를 함부로 하지 못했다는 이야기들이었다. 으레 그렇듯 기억의 소재가 떨어지면 대화는 이어지지 못했다. 침묵 속에서 술잔에 채워지는 술 소리와 수저가 부딪히는 소리, 술잔을 상에 내려놓는 소리와 그것들이 만들어내는 박자가 곧 집안의 분위기였다. 박자가 느려질수록 집안 전체가 지하로 내려앉는 기분이었다.

나는 나이가 조금 들고 나서 주방에서 식사를 하곤 했다. 할머니, 엄마와 함께였다. 그리고 얼마 안 되어 할머니가 치매에 걸렸다. 할머니는 동네 골목에서, 모르는 가게에서, 지하철역에서 모르는 사람의 손에 이끌려 집으로 돌아왔다. 어느 날 또 할머니가 사라져 찾으러 갔을 때, 할머니는 집 근처 돌계단에 앉아 한 손으로 다른 손의 손가락을 하나씩 만져보며 무언가 중얼거리고 있었다. 나는 그 모습을 보자마자 뛰어가 할머니를 불렀다. 할머니는 고개를 들어 나를 쳐다봤다. 그런데 나를 보고 있지 않았다. 분명 까만 눈동자가 나를 보고 있는데, 나와 눈이 마주치지 않았다. 뒤에 누가 있는지 돌아봤지만 아무도 없었다. 할머니는 여전히 내 쪽을 쳐다보고 있었다. 여전히 알 수 없는 말을 중얼거리며 가끔씩은 웃거나 화를 내기도 했다. 나는 다시 집으로 달려가 엄마를 불러왔다. 아무래도 할아버지나 아빠에게는 보여선 안 된다는 생각을 했던 것 같다. 엄마가 오자 할머니는 아이처럼 웃으며 손을 잡고 집으로 돌아갔다. 나는 할머니가 앉아 있던 자리에 앉아 내 손가락을 한참 동안 쳐다봤다.

아주 큰 슬픔을 가진 사람이 치매에 걸리면 기억도 아주 빠르게 잃어버린다고 했다. 할머니는 악화되는 속도가 무척 빨랐다. 그게 참 이상했다. 할머니는 언제나 당찬 사람이었다. 어디에서나 여장부 소리를 들었다. 그 시절에도 공부를 해서 번듯한 직장을 다녔고, 집안도 탄탄한 데다가 정의감이 있어 불의를 참지 않고 항상 맞섰다. 결혼을 하고서도 계속 직장에 다니며 커리어를 유지했다. 그러면서도 고향의 음식을 다 할 줄 알았고, 집안일도 하나하나 다 손대지 않은 것이 없어 할머니가 난 자리는 언제나 티가 났다. 아주 깐깐하고 굳센 이미지 덕에 동네 사람들도 많이 따랐다.

그런데 치매에 걸리자 눈물이 많아졌다. 웃는 날보다 우는 날이 많았다. 밥을 먹다가, 물을 마시다가, 마당을 걷다가 울었다. 햇볕이 좋아도 날이 궂어도 울었다. 할아버지가 있어도 없어도 울었다. 할아버지도 따라 울었다. 그러던 어느 날 갑자기 할머니가 웃기 시작했다. 손가락을 베어도, 골목을 걷다가 넘어져도, 모르는 사람이 와서 미쳤냐며 삿대질을 하고 욕을 해도 웃었다. 누구를 봐도 웃었다.

제일 많이 하는 말은 '안녕하세요'와 '누구세요'였다. 안녕하세요? 누구세요? 하고 웃었다. 할아버지는 이번엔 따라 웃지 않고 더 크게 울었다. 온 집안에 웃음과 울음이 동시에 꽃처럼 피어났다. 할머니의 임종은 보지 못했지만 아마 웃고 있었을 것이다. 안녕하세요? 누구세요? 했을지도 모르겠다. 할머니가 가고 나서 할아버지도 오래지 않아 따라서 떠났다. 삼촌과 집안을 생각하면 미웠지만 자꾸 옛날 생각이 났다. 생각을 하니 눈물도 났다.

할머니의 쉘터가 정리될 동안 겨울이의 거취를 정하려 주민자치회가 모두 모였지만 누구도 선뜻 나서지 못했다. 구성원들은 대부분 부양할 가족과 자식이 있었다. 겨울이가 불을 몰고 다니는 아이라고 말하는 사람도 있었다. 그때 두 사람이 손을 들었다. 한 달 전에 여기로 온 여자와 아저씨였다. 극명하게 두 부류로 나뉘어버리는 상황에 다들 멋쩍어했지만 투표를 통해 여자가 키우는 것으로 결정됐다. 아기는 자기도 처음이라던 여자의 말이 떠올랐지만 왠지 모를 믿음이 있었다. 회의에서 알게 된 여자의 이름은 이재희였고, 아저씨의 이름은 정덕규였다.

일어나 쉘터로 돌아가려는데 진동이 울렸다. 동생이었다. 스마트폰 전원 버튼을 눌러 진동을 끄고 다시 주머니에 넣었다. 그때 재희 씨가 나를 향해 책상을 밀어가며 다가왔다. 인사를 하려는 눈치였다. 이윽고 앞에 선 재희 씨가 말했다.

"성결 씨, 어떻게 지냈어요?"

"아, 네. 그냥저냥……."

대충 얼버무리려 한껏 눈웃음을 지으며 재희 씨를 쳐다 봤다. 그리고 그 순간 알게 되었다. 재희 씨는 나를 빤히 쳐 다보고 있었다. 어떻게 지내냐는 말은 인사이기도 했지만 진짜 질문이기도 했다.

"그…… 얼마 전에 뭐 불도 끄고 뭐 갑자기 좀 피곤한 일 들이 참…… 예……."

그제야 질문에 대한 답을 들었다는 듯 재희 씨가 대답했 다.

"맞아요. 들었어요. 할머니도 그렇고 겨울이도 그렇고 성 결 씨가 구하셨다면서요. 듣고 많이 놀랐어요. 불도 불이지 만……."

다시 주머니에서 진동이 울려 대화가 끊어졌다. 재희 씨 는 확인해도 괜찮다는 듯 입을 모으고 눈썹을 한 번 치켜 올 렸다. 어색한 대화가 잠깐 멈춘 건 좋았지만 동생의 전화는 여전히 달갑지 않았다. 다시 진동을 꺼둘 생각으로 스마트 폰을 꺼냈다. 동생이 아니라 엄마였다. 큰 차이는 없었다.

"어머니 전화인가 봐요. 받아보세요. 저는 밖에서 기다리 고 있을게요."

화면을 봤는지 재희 씨는 전화를 받는 시늉을 하며 종종 걸음으로 세미나실을 나갔다. 밖에 나가 놀다 부모가 찾는 전화를 받은 아이 같은 모습을 보인 것 같아 부끄러운 동시에 화가 났다.

"여보세요."

"응, 아들. 왜 이렇게 통화가 안 돼? 한결이가 열몇 번을 걸었다던데."

"전화 안 왔어. 폰이 이상한가 봐. 왜, 무슨 일인데."

"아니, 연락도 없고 하니까 어떻게 지내나 궁금해서 전화했지."

"여기 그냥 사람들이랑 같이 살고 있어."

지리멸렬했다. 궁금하지 않은 걸 묻는 사람과의 대화는 화장실에서 볼일을 보고 악수를 나누는 것 같았다. 서로 찝찝하면서도 먼저 손을 놓긴 애매한 긴장감이 있었다.

"사는 곳은 어때? 사람들은 어떻고?"

"다 비슷비슷해. 지금 회의하는 중이어서 끝나고 나중에 다시 전화할게."

"회의를 해?"

"그런 게 있어. 나중에 연락할게."

"응. 지금 아빠랑 나가니까 그럼 나중에 전화해."

전화를 끊자마자 한숨이 나왔다. 가슴이 뻐근했다. 진동을 무음으로 바꿨다. 전화가 오면 깜짝깜짝 놀라던 증상이 다시 생길 것 같았다. 재희 씨는 문밖을 지나 열 걸음쯤 떨어진 기둥 앞에 서 있었다. 통화하는 목소리가 조금 컸던 듯했다. 다시 부끄러움이 밀려왔다.

"죄송합니다. 하필 딱 대화할 때 전화가 왔네요."

"아네요. 괜찮아요. 식당에 앉아서 얘기할까요?"

"아, 그러시죠."

다시 당황할 수밖에 없었다. 식당에 가서까지 이야기해야 할 게 무엇일지 감이 오지 않았다. 중학교 때 할 말이 있다며 불러놓고 린치를 하던 놈들이 생각났다. 할 말이 있다고 불러서는 다짜고짜 화부터 내던 대학교 후배가 생각났다. 오해였다고 해도 앙금은 사라지지 않았다. 이상한 건 가해를 한 놈들도 똑같이 내게 앙심을 품는다는 것이었다. 시간이 지날수록 나는 오히려 그들이 내게 사과를 해주길 바라며 용서를 준비하게 됐다. 이런 쓸모없는 고민으로 보낸 이십 대의 날들을 생각하면 너무나 아까워 다시금 화가 날 정도였다. 그런 고민은 꼭 나 같은 사람들만 했다.

생각을 하다 보니 어느새 식당에 앉아 있었다. 우리 말고도 하나둘씩 앉아 맥주를 마시며 뉴스를 보는 사람들이 있었다. 재희 씨가 무슨 말을 할지 걱정했지만 안 좋은 이야기는 아닌 것 같았다. 재희 씨는 뉴스를 보는 사람들을 의식하지 않고 이런저런 말을 쏟아냈다. 내가 함부로 섞일 수 없는 이야기였다. 재희 씨의 이야기였다.

재희 씨는 내가 살던 곳 근처에서 한 달 살기를 하고 있었다. 네 곳에서 한 달씩을 살다가 넘어온 장소였는데 너무 좋아서 한 달씩 석 달을 살아도 좋았다고 했다. 이전에는 디자인 관련 공부를 했고, 광고 회사에 취직하는 게 목표였지만 학교 과제로 출판 디자인에 손을 댔다가 책에 빠져버렸다고 말할 땐 눈이 빛나는 것 같았다.

"그렇게 출판사에 들어갔는데 연봉은 짜고, 업무는 무슨 회사 디자인 일을 죄다 저보고 하라는 거예요. 그래도 업보려니 생각하고 삼 년을 버텨서 주임 명함을 받고 출근해 책상에 앉았는데, 갑자기 여기서 더 하면 좋아하던 일을 영영 잃을 것 같았어요."

갑자기 내게 왜 이런 이야기를 하는 건지 이해할 수가 없었다. 내 어떤 행동이 재희 씨와 나를 여기 앉혀놨는지 도저히 모를 일이었다.

"그래서 경력은 쌓았겠다, 나중에라도 다시 오면 되지 하고 동네 책방 하는 친구랑 같이 살면서 책방 운영을 같이 했어요. 저는 작가들보단 글을 읽는 독자들에게 환상이 있었거든요."

그러고는 석 달 만에 인간에 대한 환멸을 느끼고, 한 달 일해서 한 달 월세 내는 일에 지쳐 친구와 일 년을 목표로 여행을 떠났다고 했다.

"친구는 불안하다며 두 달 만에 먼저 돌아갔어요. 저는 지진 난 그때가 딱 열 달째였어요.

이야기는 재미있었지만 일방적인 말을 계속 듣다 보니 재희 씨의 목소리보다 가끔 마주치는 눈에 자꾸 신경이 쓰였다. 나는 재희 씨가 혼자 말하는 느낌을 갖지 않도록 때에 맞춰 맞장구를 치고 추임새를 넣었다. 그럴 때마다 눈이 마주쳤는데 자꾸 귀가 뜨거워지고 주변이 어지럽게 멀어지는 느낌이었다.

대화 종반에 가서야 그런 느낌에서 조금 벗어날 수 있었는데, 재희 씨는 여러 곳을 보면서 자연스럽게 말을 했지만 일단 눈이 마주치면 내가 피할 때까지 먼저 피하지 않았다. 나는 속으로 초를 세어가면서 몇 초씩 더 오래 눈을 마주쳤다. 그러다 보니 내 눈이 가운데로 모이고 있는 듯한 느낌이 들기도 했고, 사람이 아니라 눈과 대화를 하고 있는 것 같기도 했다. 강아지가 사회성 훈련을 하는 것도 같았다. 그 기준이라면 재희 씨는 훈련이 잘된 견종이었다.

어린 시절 어떤 어른은 사람의 눈을 똑바로 보고 얘기해야 한다고 했고, 어떤 어른은 어디 어른 눈을 똑바로 쳐다보냐고 했다. 그 사이에서 길을 잃은 나는 종종 미간이나 눈썹을 쳐다보곤 했다. 재희 씨의 눈을 보다가 미간과 눈썹으로 최대한 티가 나지 않게 시선을 옮겼다. 미간과 눈썹이 움직이고 있었다. 내가 말을 잘 듣고 있지 않다는 걸 아마 모르고 있을 터였다. 그러자 갑자기 웃음이 터져 나왔다. 순간 터진 웃음에 나도 놀라 대화의 맥락을 떠올려봤지만 생각나는 게 없었다. 재희 씨의 반응이 걱정됐지만 웃음이 잘 멈추지 않았다.

"아니, 이게 그렇게 웃을 일이에요? 진짜 못됐다!"

말과는 달리 재희 씨도 같이 웃음이 터졌다. 다행이었다. 나처럼 웃는 재희 씨를 보자 내 웃음이 조금씩 멈추고 재희 씨가 웃는 모습을 바라보고 있게 됐다. 이상한 기분이 들었다. 얼마간 대화를 더 하고 나니 더 이상 할 이야기가 없는 것 같았다. 재희 씨는 내일 겨울이가 쉘터로 오니 자기 전에 준비를 해둬야겠다고 했다. 이 자리를 자연스럽게 끝내는 말이었다. 나는 일어나 외투를 챙기고 재희 씨가 일어나길 기다렸다.

"그런데 성결 씨는 맥주 안 마셔요?"

"네?"

"여기 계신 분들 다들 맥주 드시던데 안 드셔서요."

"맥주 좋아하죠. 맥주 드세요?"

"그럼요."

"그럼 한잔하실래요?"

자연스러운 대화였지만 말을 하고 나서 이상하게 용기를 낸 기분이 들었다. 답을 기다리는 잠깐 동안 그냥 한번 물어봤다는 듯 스마트폰을 꺼내 시간을 확인했다. 아홉 시였다.

"오늘 말고 다음에 한잔해요."

조금 맥이 빠졌지만 티를 낼 수는 없었다.

"그래요. 그럼 조심히 올라가세요."

말을 하고 나서, 올라가세요 대신 다음에 보자고 할 걸 그랬다는 후회가 들었다. 그러나 이미 지나간 일이었다.

쉘터에 돌아와 재희 씨와의 대화를 다시 처음부터 떠올려봤다. 처음부터 끝까지 이해되는 건 하나도 없는 상황이었지만, 이상하게도 대화는 끝까지 이어졌다. 기억에 남은 건 대화가 아니라 재희 씨의 눈이었다.

볼풀 언저리에 앉아 한참 공을 만지작거렸다. 시계를 보니 열 시였다. 일어나 빠른 걸음으로 무빙워크를 지나서 1층에 도착했다. 숨을 고르며 식당으로 천천히 들어갔다. 재희 씨는 없고 사람들 몇몇이 아직 남아 맥주를 마시고 있었다. 나는 조금 고민하다가 냉장고로 가서 맥주를 한 캔 꺼냈다. 그리고 재희 씨가 올라간 무빙워크가 잘 보이는 테이블에 맥주를 두고 앉았다. 무빙워크를 내려오는 발이 보였다. 허리가 보일 때쯤 맥주를 땄다. 재희 씨가 아니었다. 그 뒤로 서넛이 더 내려왔다. 맥주는 세 캔째 비어가고 있었다.

재희 씨는 끝까지 내려오지 않았다.

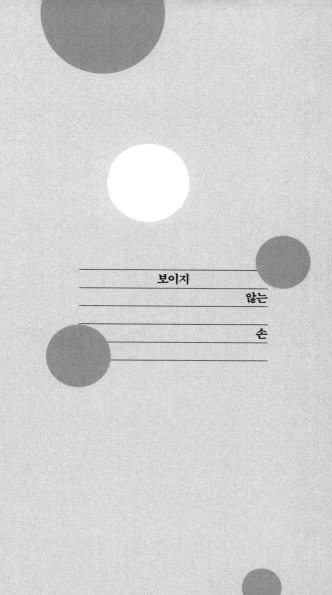

보이지

않는

손

어제는 등과 이두를 했으니 오늘은 가슴과 어깨, 삼두를 할 차례였다. 요가 매트에 앉아 허리를 꼿꼿이 세운 채로 오른손을 뒤쪽으로 최대한 멀리 짚어 고정했다. 그리고 상체를 왼쪽으로 천천히 틀었다. 가슴근육이 늘어나는 게 느껴졌다. 반동을 주지 않고 최대한 가동 범위를 늘렸다. 반대쪽도 마찬가지로 똑같이 늘여줬다. 일어나서 거울을 보고 어깨와 평행하게 팔을 들어 올려 기억자로 꺾은 다음 팔꿈치를 고정하고 아래팔만 천천히 수직으로 들어 올렸다가 내리기를 반복했다. 간단한 자세들이었지만 하다 보니 땀이 났다. 날이 추워서 그냥 본운동을 시작하면 다칠 가능성이 높았다. 스텝퍼로 가서 최대한 누르는 무게를 느껴가며 더 땀을 냈다. 이제 본운동을 할 차례였다.

벤치에 앉아 칠 킬로그램짜리 아령 두 개를 무릎에 올렸다. 그리고 그대로 누우며 아령을 가슴과 평행이 되도록 들었다. 균형이 맞지 않아 팔이 떨렸다. 손에 힘을 더 주며 팔을 앞으로 모으듯 아령을 들어 올렸다.

"넌 왜 허구한 날 내가 알려준 것만 하냐?"

배에 힘이 빠져서 넘어지듯 아령을 양옆에 떨어뜨렸다. 고개를 돌리니 민소매 티셔츠에 반바지만 입은 중년 남자가 하회탈처럼 웃고 있었다. 덕규 아저씨였다.

"뭐예요. 왜 또 오셨어요? 아침에 운동하셨잖아요."

아침에 운동 다 하고 내 쉘터까지 올라와서 에너지바를 세 개나 먹고 가더니 또 찾아온 것이었다.

"쉘터에서 낮잠 자고 너 과자 좀 주러 갔더니 없어서 운동 갔나 보다 하고 왔지!"

"근데 과자 주러 오면서 왜 또 반팔, 반바지 차림이에요?"

"과자 다시 내 쉘터에 두고 왔어! 나도 운동하러 왔는데?"

결국 심심해서 온 거였다. 덕규 아저씨는 겨울이가 재희 씨 쉘터로 옮겨간 이후로 친해진 사람이었다. 덕규 아저씨는 겨울이 핑계로 재희 씨 쉘터에 놀러간 나를 보더니 장작 몇 개 패다가 쓰러질 것처럼 생겼다고 했다. 이토록 직설적이고 원색적인 비난은 마트에서 처음 들어보는 것이었다. 장작 팰 줄 알아서 어디다 쓰냐고 맞섰지만 아저씨는 장작도 못 패는 놈이랑은 상종을 안 한다고 되받아쳤다. 어안이

병병했지만 딱 봐도 오십은 되어 보이는 아저씨에게 같이 막말을 할 수는 없었다.

덕규 아저씨에게는 힘이 넘쳐났다. 활활 타오르면서 너는 장작 수준이니 어서 들어오라고 손짓하는 것 같았다. 너도 어서 막말을 해보라고, 같이 놀아보자고 하는 얼굴이었다. 처음에는 헛웃음이 나왔지만 집요한 공격이 점점 재미있어지기 시작했다. 아저씨는 내게 져주고 있었다. 처음 뵙겠다며 고개 숙여 인사를 했던 내가 머쓱해지는 순간이었다. 나와 덕규 아저씨는 그 자리에서 팔씨름도 하고 다리씨름도 하다가 재희 씨에게 쫓겨났다. 재희 씨를 보러 갔다가 웬 아저씨의 쉘터로 따라가게 된 것이었다. 그 뒤로 나는 이제 덕규 아저씨를 핑계로 재희 씨의 쉘터에 더 자주 찾아갔다.

덕규 아저씨는 서른 중반까지 보디빌딩을 했다고 했다. 아널드 슈워제네거 같은 몸을 갖고 싶어서 시작했는데, 보디빌딩도 공부가 필요한 걸 몰랐던 아저씨는 동네 구청 대회에서 몇 번 입상한 뒤 시 대회에 나갔다가 한계를 절감하게 되었다. 그래서 유명한 선수를 찾아가 배우기 시작했는데, 수업이 끝나고 혼자 무리하게 운동을 하다가 어깨와 무릎을 동시에 다쳐버렸다. 운동선수로서 생명이 끝나버린 것이었다. 그 길로 다시 고향으로 돌아온 아저씨는 부모님을 부양하기 위해 힘쓰는 일은 뭐든 했고, 부모님이 돌아가시고 일 년이 되던 해에 헬스장을 차렸다. 그게 작년이었다.

덕규 아저씨는 처음 봤을 때부터 항상 웃고 있었다. 덩치가 산만하고 팔뚝도 내 머리통만 한 아저씨가 매번 웃고 있으니 강자의 여유처럼 느껴졌다. 지금은 이렇게 웃고 있지만 안 웃으면 어떻게 될지 모른다는 말을 이두근과 대흉근으로 하고 있었다. 그런 아저씨에게 헬스를 배웠다. 소방서에서 후임을 따라 조금 운동을 했던 경험이 있어서 처음 배우는 것처럼 힘들지는 않았다. 다만 운동을 전혀 안 한 지 오래였고, 잘못된 자세를 고치는 게 고역이었다. 아저씨는 아주 느긋했다. 천천히 하라는 말을 입에 달고 다녔다. 처음에는 그 여유로운 태도가 답답했지만, 몸이 좋아지지 않아 자괴감이 찾아왔을 때 가장 큰 위로가 되어주었다. 뭐든 잘 안 될 때마다 천천히, 천천히 아저씨의 억양을 따라 하며 되뇌는 버릇이 생겼다.

조금은 더디지만 운동만큼 노력에 정당한 대가가 따르는 일도 드물었다. 팔 운동을 하면 팔이 커지고 단단해지며, 가슴 운동을 하면 가슴이 커지고 단단해졌다. 정도의 차이는 있었지만 운동을 하면 내 몸에도 근육이 있다는 걸 매번 자각할 수 있었다. 무엇보다 땀에 흠뻑 젖고 나면 현실은 중요하지 않아졌다. 운동을 하기 전 마음의 기본값이 무력감이었다면, 운동을 한 후에는 행복과 비슷한 활력이 있어서 우울하지만 않으면 좋은 마음을 유지할 수 있었다.

덕규 아저씨는 나를 좋아했다. 내가 건방져 보이면서도

재미있다고 했다. 식당에서도 함께 앉아 식사를 했다. 암묵적인 고정석으로 유지되던 테이블 중 거의 유일하게 비어 있던 식당 한가운데 자리였다. 테이블은 곧 중립국이 됐다. 우리는 겨울이를 위해 한 시간씩 늦은 식사를 했다. 나와 재희 씨, 덕규 아저씨, 그리고 겨울이가 함께하는 식사였다. 겨울이는 원래도 별로 없던 잠투정을 이젠 찾아볼 수가 없었고, 우리 중 누군가가 웃으면 따라 웃으며 한참씩 옹알이를 했다.

처음 며칠은 아저씨와 만나 식사를 하고 재희 씨 식사를 챙겨 쉘터에 가져다줬다. 대여용 유모차가 1층에 있긴 했지만 겨울이가 쓰기엔 너무 컸다. 다른 용품들을 구매하는 비용으로 자치회 지원금의 지출이 많았고, 유모차는 정말 차처럼 비싸서 겨울이가 얼른 크길 바랄 수밖에 없는 상황이었다. 고민하던 나는 아저씨와 함께 3층 반려동물 임대 매장 앞에 있던 강아지용 유모차 겸 카트를 챙겼다. 매장은 벌써 석 달 넘게 닫혀 있었다. 우리는 CCTV에 대고 잠깐 빌려 간다는 포즈를 한참 동안 취하고도 사라지지 않는 찝찝함을 서로 나눈 다음에야 그걸 쉘터에 가져올 수 있었다. 처음에는 매번 다시 올려다놨지만 시간이 조금 지나자 그마저 귀찮아져서 매장 사람들이 돌아올 때까지 겨울이 전용 유모차로 사용하기로 했다. 그렇게 우리는 넷이서 함께 식사할 수 있었다.

그러나 매번 넷은 아니었다. 할머니가 자주 찾아왔다. 일주일에 두어 번씩은 찾아와 우리 테이블에 앉았다. 겨울이가 눈에 밟히고 젊은 아가씨 혼자 고생하는 게 안쓰러워서 그렇다곤 했지만 별다른 대화는 이어지지 않았다. 할머니는 자신을 신경 쓰지 말라고 했으나 그럴 수 없었다. 할아버지가 치매인 걸 알게 된 후로는 더더욱 그랬다. 할머니를 보면 자연스럽게 할아버지가 떠올랐다. 다른 사람들도 할머니에게 말을 붙이며 할아버지 이야기를 꺼냈고, 할아버지에겐 할머니 이야기를 꺼냈다. 하나와 하나가 합쳐졌는데 둘이 아니라 여전히 하나인 것 같았다.

처음에는 정말 겨울이와 재희 씨 걱정에 할머니가 왔을지는 몰라도 지금까지 이어지는 건 아마 나 때문인 것 같았다. 나는 할머니가 우리 테이블에 올 때마다 할아버지는 무얼 하고 있을지 궁금하고 불안했다. 그러나 이제는 물어볼 수가 없었다. 할머니가 처음 우리 테이블에 앉은 날에 할아버지는 뭘 하고 계신지 무심결에 물은 게 화근이었다. 할머니는 할아버지가 쉘터에서 책을 읽고 있다고 대답했다. 그렇게 가볍게 넘어간 줄 알았지만 아니었다. 식사가 끝나고 돌아가는 길에 할머니는 나를 따로 불러서는 할아버지는 평소에 아무렇지 않으니 걱정하지 않아도 되고, 노파심에 그런다며 혹시 재희 씨나 덕규 아저씨한테 이야기했느냐고 물었다. 아니라고 대답했지만, 사실 둘은 이미 할아버지가 치매란 사실을 알고 있었다. 할머니와 따로 대화한 걸 이상하게 생각한 둘이 집요하게 캐묻는 바람에 이야기하지 않을 수가 없었다. 불이 난 밤에 할아버지가 이상한 행동을 하고 있었고, 알고 보니 치매에 걸린 상태였다고. 이야기를 하고 나니 조금 후련했지만 쉘터 근처를 누군가 지나가진 않았는지 곧바로 나가서 주변을 살폈다. 혹시 이야기가 돈다면 둘 중 한 명이 퍼트린 것이겠지만 그렇게 할 것 같지는 않았다.

"할머니, 점심 식사는 하셨어요?"

덕규 아저씨가 할머니에게 물었다. 재희 씨는 부쩍 할머니를 불편해하는 티가 많이 났다. 재희 씨는 사람들에게 친절한 편은 아니었다. 필요한 이야기는 돌려서 하지 않았고, 사람들에게 부탁하는 일은 거의 없었지만 일단 그런 일이 있으면 어떤 방식으로든 금방 갚아냈다. 대부분의 부탁은 겨울이에 대한 것이었고, 그럴 일이 잦아지자 점점 스트레스를 받는 것 같았다.

"아까 할아버지랑 먹었어요. 얼른 국부터 뜨듯할 때 들어요."

"할아버지는 또 혼자 책 보시나? 그렇게 재미있으면 할머니도 같이 보자고 좀 하시지. 아주 샌님이신가 봐."

가만히 웃으며 덕규 아저씨를 슬쩍 쳐다봤다. 내 눈을 피하고 있었다. 순간 속이 끓었지만 장난에 화내면 안 된다는 건 아주 어려서부터 배워온 세상의 규칙이었다. 똑같이 장난 같은 무언가로 갚아줘야 했다.

"내가 뭐 봐서 아냐. 재희 씨도 얼른 들어요. 겨울이 오늘도 얌전했는지 모르겠네. 아무튼 고마워요. 참 흔치 않은 아가씨야."

"누군가는 해야 할 일을 하는 거잖아요. 괜찮아요, 할머니. 그런 말씀 안 하셔도 돼요."

"아니야. 고마워서 그러지. 얼른 몸 추스르고 정리 좀 해놓고 나면 데려갈게요. 웬 민폐인가 싶어."

체할 것만 같았다. 아슬아슬한 균형이었다. 자기 아기를 맡겨둔 듯 이야기하는 할머니와 그게 못마땅한 재희 씨 사이에서 은근한 스파크가 튀고 있었다. 나는 할머니와 단둘이 대화를 한 이후로는 더더욱 어색한 사이가 되어 인사 외에는 말 한마디도 먼저 하지 않고 있었다.

"할머니! 요즘은 손자 봐주는 것도 한 달에 육십만 원씩은 받아야 돼요. 이제 애 다 키우고 노셔야 할 때에 무슨 사서 고생을 하시려고 해요?"

덕규 아저씨는 똑똑한 건지 바보인 건지 판단하기가 어려웠다. 재희 씨 편을 들려고 한 말이겠지만 재희 씨가 더 안쓰러워지는 실언 같았다.

이십 대 후반이 되자 결혼하는 여자 친구들이 많아졌다.

대부분 나이가 비슷하거나 조금 더 많으면서 안정적인 직장을 가진 남자들과의 결혼이었다. 반대로 남자 친구들은 아무도 결혼하지 않았다. 안정적인 직장을 가진 친구가 한 명도 없던 탓이었다. 결혼한 여자 친구들은 인스타그램에 여행 사진과 음식 사진 등 행복해 보이는 일상을 올렸지만, 트위터에는 지옥에서 생활하는 사람의 수기를 쓰고 있었다. 전에는 알 수 없던 리얼리티였다. 남편의 식사가 커리어 단절과 직결되는 문제로 부각되고, 평일 내내 집안일에 파묻혀 지냈어도 주말에 나들이를 가고 외식을 하려면 남편에게 부탁을 해야 했다. 아이가 있는 경우는 그보다 수십 배는 더 심한 듯했다. 이혼을 하고 혼자 아이를 키우게 되거나 아이만 크면 따로 살겠다고 다짐하는 경우가 셋 중 넷이었다. 더해진 하나는, 결혼하기도 전에 이야기를 전해 듣고 미래의 배우자와 미리 이혼한 경우였다. 재희 씨는 그 하나가 될 가능성이 아주 커 보였다.

"그건 젊은 사람들이고. 우리는 그게 행복이지. 마저 들고 일어나요. 오늘은 먼저 가봐야겠네."

할머니가 있을 때면 우리의 식사는 평소보다 두 배는 빠르게 끝이 났지만, 이번에는 이례적으로 할머니가 먼저 일어났다. 그러나 전혀 예상치 못했던 터라 이미 식사다운 식사는 때를 놓친 지 오래였다. 멀어져가는 할머니의 뒷모습을 보면서 덕규 아저씨가 중얼거렸다.

"할매 척추 많이 휘었네."

*

　재희 씨는 커피보다 홍차를 더 좋아했다. 나는 커피도 홍차도 아닌 딸기 요거트 스무디 쪽이었다. 검색을 거듭해 마트에서 파는 것 중 가장 괜찮다는 홍차를 선물했다. 재희 씨와 쉘터에 앉아 홍차가 우러나길 기다리는 시간이 생겼다. 그러나 재희 씨를 좋아하는 건 아니었다. 누군가를 좋아한다는 건 같이 있는 것과는 차원이 다른, 그러니까 정말 다른 차원의 문제였다.

　좋아한다는 건 인정의 문제이기도 했다. 똑같은 공간에서 똑같이 시간을 보낸다고 해도 일단 인정을 하고 나면 전과는 전혀 다른 세상이 되어버리고 마는 것이었다. 그 세상도 분명 아름답겠지만 나는 아직 이 세상을 떠날 준비가 되어 있지 않았다. 이 세상은 그리 아름답지 않은데도, 항상 떠날 수 있도록 짐을 싸둔 채면서도, 막상 떠나려면 두고 갈 것들이 떠올랐다. 대부분은 기억이었다. 내게 온전히 속하지 않고, 절반쯤은 타인에게 빚을 지고 있는 공동의 기억들. 다른 차원으로 넘어가려면 이전의 차원과는 작별을 해야 했다. 같은 공간과 시간을 나눠 쓰면서도 서로를 알아볼 수 없으며 나만이 그 과거를 알고 있는 존재가 되는 일이었다.

그것은 내가 짊어져야 할 채무였다. 나는 내가 지나친 모든 것들의 기억일 수밖에 없다는 걸 인정해야만 했다.

나만의 기억이 있을 수 있다는 믿음은 항상 잔인했다. 그건 모두가 함께 본 걸 나만 믿지 못한다는 뜻이었다. 가끔은 그런 외로움을 감수해야 할 때가 있었다. 내가 기억의 유일한 생존자라는 믿음만 있으면 견디는 게 가능했다. 내가 본것이 유일하며, 그것을 반드시 간직해야만 한다는 믿음. 내가 살아 있다면 모두 살아 있을 수 있을 것이라는 잔인한 믿음. 그러다 보면 같은 믿음을 가진 사람을 마주치게 될 때도 있었다. 그건 보통 감당할 수 없는 위로였고, 너무나 무거운 허무이기도 했다. 덕분에 사람으로 사는 일이 누군가에게는 크게 다를 거란 생각을 멈출 수 있었다. 사람은 아주 복잡하지만 아주 다르진 않았다.

질문은 없었지만 나는 계속 답을 하려고 애를 썼다. 재희 씨는 아무것도 물어보지 않았다. 그날도 자기의 이야기를 한참 한 다음 아주 잠깐 기다려줬을 뿐이었다. 그 뒤로 나는 매일 밤마다 이야기를 한 가지씩 준비해두고 잠에 들었다. 그리고 다음 날 깨어나면 아침은 이성적이고 훌륭한 선생님이 되어주었다. 덕분에 전날 생각한 이야기는 대부분 전하지 못했다. 대화는 자연스럽게 내가 던지는 질문과 재희 씨의 대답, 그리고 내 경우를 덧붙이는 식으로 진행됐다.

나는 항상 고민 끝에 이상한 질문만 했다. 예를 들자면

'취미가 뭐예요?' 같은 질문이었다. 그에 대한 재희 씨의 대답은 '아직도 그런 질문을 하는 사람이 있어요?'였다. 취미를 알아내는 데에는 실패했지만 내가 어떤 사람인지는 알게 되는 질문이었다. 쉘터에 앉아 가만히 홍차를 젓고 있다 보면 같이 사는 것도 같았고, 그러다 보면 내가 아주 옛날 사람이 된 듯한 기분도 들었다. 마치 아주 오래전부터 여기 앉아 홍차를 젓고 있었고, 앞으로도 이전과 같이 오래도록 홍차를 젓게 될 것이라는 예감이 들었다. 적어도 마트 안에서는 그동안 새로움이 적었고, 일상에 적응한다는 건 단 하나의 미래 외의 다른 미래는 기대하지 않는 한에서만 나타날 수 있게 되었다는 뜻이었다. 그러나 나는 자꾸 다른 게 궁금해졌다. 아무렇지도 않은 날에 아무렇지도 않게 물어야 하는 것들이었다. 분위기를 만들면 답은 조성될 수밖에 없었다. 그런 답은 듣지 않는 편이 나았다.

"재희 씨는 공동주택 들어가면 뭐 하면서 지낼 거예요?"

쉘터에 걸린 달력을 보며 금방 생각난 듯 물었다. 재희 씨는 머뭇거리더니 마찬가지로 홍차를 바라보며 대답했다.

"여기서 나가서요? 음…… 글쎄요? 딱히 생각해본 건 없어요."

이상하게 기분이 좋아졌다. 나와 같은 생각이어서도 그렇지만, 수많은 가능성 중 한두 개 정도가 열린 것만 같았다. 이 관계를 조금 더 뒤로 미뤄둘 수 있을 것 같다는 생각이 들었다.

"성결 씨는요?"

"저도 뭐 딱히 생각해둔 건 없어요."

"에이, 그래도 생각해본 건 있을 거잖아요. 진짜 없어요?"

생각해본 적 없던 것들이 질문을 받자 떠오르기 시작했다. 순간 내게 주입된 새로운 기억 같았다. 몇몇 이미지가 빠르게 지나갔다. 내가 바라는 미래의 빈칸에 대입되는 사람이 있었다. 나는 그 사람의 얼굴을 쳐다보지 않으려고 애썼다. 한번 그러고 나면 걷잡을 수가 없었다.

"진짜 아직 없어요. 이제 천천히 생각해보려고요. 언제 나가게 될지도 아직 모르니까요."

"맞아요. 그럼 저도 한번 생각해봐야겠어요. 뭐 할지 정하면 얘기해줘요."

문득 심장이 무거웠다. 이럴 때면 몸이 심장을 보관하기 위한 캐비닛처럼 느껴졌다. 심장에서 시작된 열기가 목을 지나 귀에 닿자 내 심장이 뛰는 소리로 귀가 멍해졌다. 이륙하는 비행기처럼 마음의 고도가 올라가고 있었다. 비행기를 많이 타면 키가 큰다던데 다시 성장기로 돌아간 듯 설레는 마음이 좋으면서도 현기증이 일었다. 떨어지면 크게 다칠 게 분명했지만 어쩔 수 없는 일이었다.

홍차를 다 마시고 나면 겨울이가 좋은 핑곗거리가 되어줬다. 겨울이는 잘 먹고 잘 잤다. 어떻게 보면 아주 이상적인 아기였다. 겨울이를 보고 출산을 결정한다면 현실과의 괴리에 큰 충격을 받을지도 몰랐다. 옹알이를 하는 시기를 지나고 나면 가장 먼저 배울 말은 아마 언니나 할머니일 것이다. 그러나 무슨 말을 가장 먼저 할지는 알 수 없었다. 2층에 있던 왕관앵무들에게 말을 가르치려 '안녕'과 '사랑해'를 수천 번 반복했지만 처음 따라한 말은 '야'였다. 그 뒤로 앵무새들은 나만 보면 '야!' 하면서 불러댔다.

밖에서 웅성거리는 소리가 들렸다. 쉘터 밖으로 네댓 명씩 무리를 지은 사람들이 지나갔다. 그때 덕규 아저씨의 목소리가 들렸다. 식당에서 회의가 있다고 했다.

식당은 사람들로 가득 차 있었다. 여기저기서 작은 대화들이 이어졌다. 누가 주선자인지 알 수 없었다. 무슨 일이 일어난 모양이었다. 본능적으로 집과 관련된 문제라는 걸 알 수 있었다. 이 많은 사람들이 가진 유일한 공통점은 집이 없다는 것이었다. TV들이 모두 켜져 있었다. 뉴스는 이미 지나간 듯 예능 프로그램 재방송이 나오고 있었다. 예능 방송의 커다란 자막 밑으로 작은 뉴스 자막이 지나갔다.

"잠깐만 조용히 해주세요!"

여기저기서 조용히 해달라는 말이 들려왔다. 잘 보니 하얀 롱 패딩을 입은 사람들이 식당에 둘러서 있었다. 소란스럽던 사람들도 그 모습을 보고 곧 조용해졌다. 주민자치회

위원장을 맡은 총무 아주머니가 일어나 배식대 앞에 섰다. 그리고 롱 패딩 안쪽에서 종이를 꺼냈다.

"안녕하세요. 자치위원회 위원장 김정란입니다. 이렇게 갑작스럽게 여러분들을 모신 이유는 방금 전에 발표된 정부의 주택 공급 변경안 때문입니다. 정부는 일방적으로 올해 약조된 물량의 육십 퍼센트만 공급이 가능하다고 발표했습니다. 그리고 선정 기준을 변경하여 다인 가구의 가점을 높이고 특별 공급 대상자의 범위를 확대하겠다고 합니다. 장기 대기자 가점 1점은 현행대로 유지한다고 합니다. 이 기준대로라면 대부분 가점 1점을 기본으로 받게 되기 때문에 사실상 변별력이 사라집니다. 이건 결국 기준을 다 초기화하고 다시 원점에서 입주자를 선정한다는 말이나 마찬가지입니다. 절대 묵과해서는 안 됩니다. 다 같이 힘을 모아 강력하게 항의해야 합니다."

말하는 도중에도 여기저기서 욕설이 터져 나왔다. 주로 혼자이거나 구성원이 많아야 세 명인 가구들이었다.

"그래서 저희는 다른 임시 거주지와 함께 입장문을 발표하고 반대 운동을 시작하려 합니다. 입장문은 오늘 저녁부터 식당에 게시할 예정입니다. 그리고 동시에 여러분들의 서명을 받겠습니다. 식당 앞에서 서명할 수 있도록 준비를 해두겠습니다. 한 분도 빠짐없이 서명해주셔야 합니다. 우리가 하나로 똘똘 뭉친다면 큰 힘이 될 수 있습니다. 감사합니다."

총무 아주머니의 말이 끝나자 사람들이 박수를 치기 시작했다. 재희 씨와 덕규 아저씨는 박수를 치지 않았다.

사람들은 자리에 남아 이야기를 이어갔다. 공동의 적을 갖게 된 사람들은 금방 서로의 벽을 허물고 분노를 공유했다. 나도 큰 문제였다. 1인 가구로 신청한 만큼 순서가 한참 뒤로 밀려날 게 분명했다. 그건 재희 씨, 덕규 아저씨도 마찬가지였다. 이런 상황에서도 적응하며 살 수 있던 건 곧 이곳에서 벗어날 수 있다는 희망 덕분이었다. 그 희망을 빼앗기자 현실은 금방 몇 배로 몸집을 불렸다. 나는 싸워볼 의지도 생기지 않아 그저 멍하니 서 있을 뿐이었다. 갑자기 어른에게 사탕을 뺏긴 어린아이가 된 기분이었다.

서명으로 해결될 리가 없었다. 우리의 이름 수천 개가 모인다고 해도 밖에는 수천만 명의 이름이 우리를 둘러싸고 있었다. 공급에 차질이 생기게 된 이유에는 정치권의 무리한 공약 탓도 있지만, 공동주택이 들어서는 걸 반대하는 사람들의 목소리가 아주 거셌던 것도 한몫했다. 결국 개발제한구역을 중심으로 건설 지구를 선정하고 공동주택을 짓기로 했지만, 그런 부지에는 인프라가 갖춰져 있지 않았다. 집과 함께 자동차도 잃어버린 사람들이 많아 대중교통은 아주 중요하게 고려해야 할 사안이었다. 뿐만 아니라 개발제한구역을 개발하는 행위 자체에 대한 비판 여론도 컸다. 환경 단체의 반대 운동도 뉴스에 자주 보도됐다. 그들은 비판의 초점을 정부와 지자체, 님비 현상에 두고 있었지만 가장 큰 피해를 입는 건 우리 이재민들이었다.

사람들은 금방 혐오 용어를 만들어내서 널리 소비했다. '빌라 거지'와 '다짐육'이 대표적이었다. '빌라 거지'는 전에도 있던 말이었지만 의미가 더 안 좋게 심화된 쪽이었다. 이전에는 아이들 위주로 쓰이던 용어였다면 지금은 애 어른 가릴 것 없이 남발하고 있었다. 빌라에 살던 사람들은 빚을 내서라도 아파트로 들어갔다. 어른도 아이들처럼 부끄러움에는 취약했다. 빌라들은 공실이 넘쳐났지만 정부의 임대 사업에 응하지 않았다. 이재민들이 입주하면 금방 소문이 나서 겨우 잡고 있던 입주민들도 다 나가게 되고, 이재민들은 자기들끼리만 뭉치는 경향이 있어 주변과 어울리지 못한다는 이유 때문이었다. 그들은 지역감정도 서슴없이 드러냈다. '다짐육'은 지진 때 매몰된 사람들을 부르는 말이었다. 이재민의 인터뷰 기사가 뜨면 인터넷 댓글 창은 접전의 공간이 되었다. 이재민의 출신 지역을 적어 'ㅇㅇ산 다짐육' 같은 단어를 만들어 도배를 해댔다. 그런 댓글들은 금방 반대표를 받아 내려가곤 했지만 그러는 와중에도 조금씩 올라가는 추천수에 자꾸만 눈이 갔다. 이재민들은 스스로 무너지지 않도록 안팎으로 외로운 싸움을 이어나가야 했다. 어쩌면 가장 두려운 건 무너지는 게 아니라 무너지고 나서도 이어지게 될 삶이었다.

우리는 먼저 일어나 재희 씨의 쉘터로 돌아왔다. 경민이와 세인이가 와 있었다. 사람들이 다 식당으로 내려간 지금이 둘에겐 기회였던 듯했다.

"형! 밑에서 무슨 얘기해요? 사람들 올라와요?"

"무슨 일이 있었나 봐. 사람들은 좀 있어야 올라올 것 같은데?"

어디까지 이야기를 해줘야 할까 잠깐 생각하다 아무 말도 하지 않기로 했다. 서로의 상황이 다르니 전해 듣는 이야기도 모두 다를 것이었다.

"재희 언니! 겨울이 점점 더 예뻐지는 거 같아요. 언니 닮아가는 것 같아요."

별 뜻 없이 한 말이었겠지만 겨울이를 맡아 키우며 알게 모르게 마음고생을 하던 재희 씨의 모습이 떠올랐다. 다행히 재희 씨는 웃고 있었다.

"야, 유세인. 겨울이야, 나야? 딱 정해."

경민이의 장난 섞인 질투를 뒤로하며 재희 씨와 세인이는 팔짱을 끼고 먼저 쉘터로 들어갔다. 덕규 아저씨는 생각이 복잡한 얼굴이었다.

"들어가시죠, 아저씨. 경민아 들어가자."

"난 내 방 갈란다. 경민이랑 세인이는 또 걸려서 사달 나지 말고 사람들 오기 전에 미리미리 들어가고."

"그래요. 이따 저녁에 봐요."

덕규 아저씨에게 할 수 있는 말이 없었다. 착잡하긴 마찬가지였지만 이렇게까지 풀이 죽은 아저씨 모습은 처음이었다. 아마 내게는 털어놓고 싶지 않을 것이었다. 나 또한 받아낼 자신이 없다고 생각하며 경민이와 쉘터 안으로 들어갔다.

"오빠 살쪘죠?"

"뭐?"

"얼굴에 살이 좀 붙은 거 같아요. 그 전에는 해골 같고 다크서클이 턱까지 내려와 있었는데 지금 딱 보기 좋아졌어요."

"그러고 보니 그러네요? 전체적으로 살이 좀 붙은 거 같아요."

세인이의 말에 재희 씨가 맞장구를 치며 말했다.

"아, 요즘 운동해서 그런가 봐요. 옛날에 운동 좀 했었는데 몸이 기억하고 있었나 봐요. 살도 조금 찐 거 같긴 한데……."

"우와! 형 무슨 운동 했었어요?"

거짓말이었다. 운동이라고는 어릴 때 태권도 품띠까지 딴 것과 소방서에서 한 달 정도 후임한테 헬스를 배운 게 전부였다. 그러나 그렇게 말할 수는 없었다.

"어릴 때 태권도 선수 잠깐 했어. 축구부에도 있다가 다리 다쳐서 그만뒀고."

"우와! 오빠 대박! 대반전! 그럼 막 붕붕 날아다니면서 발차기 할 수 있어요?"

"응. 다 했었지. 그런데 지금은 잘 모르겠네."

"한번 보여줘요! 돌려차기 보여주시면 안 돼요?"

큰일이었다. 재희 씨도 기대에 찬 눈으로 나를 보고 있었다. 그래도 품띠까지는 땄으니 돌려차기 정도는 할 수 있을지도 몰랐다. 제자리에서 살짝 통통 뛰어봤다. 다리가 엇박자로 따라왔다. 해서는 안 된다는 생각이 들었지만 너무 멀리 와버린 상황이었다. 결심을 하고 앞에 둔 오른발을 꺾어서 디뎠다. 상체를 왼쪽으로 틀면서 고개를 먼저 틀어 앞을 바라봤다. 이제 왼다리를 뻗으면서 한 바퀴 돌기만 하면 됐다. 용기를 내야 했다.

"악!"

다리를 들어 올리는 순간 허벅지 뒤쪽에 찢어질 듯한 통증이 찾아왔다. 부끄러웠지만 너무 아팠다. 다리를 잡고 얼른 의자에 앉았다.

"옛날에 다친 자린데 또 아프네. 아직도 잘 안 된다."

날 보는 재희 씨와 세인이의 표정이 복잡 미묘해 보였다. 걱정과 놀림 사이에서 갈등하는 게 분명했다. 먼저 결정을 내린 건 재희 씨였다.

"그걸 해보란다고 하면 어떡해요. 괜찮아요?"

"괜찮아요? 많이 아파요?"

세인이는 이 말을 하고 웃음이 터져버렸다. 나도 동시에 웃음이 터졌다. 무안해서 큰 소리로 웃을 수밖에 없었다. 둘의 반응이 안 보이도록 눈웃음을 짓는 척 눈을 감아버렸다. 웃다 보니 이렇게 크게 웃은 게 몇 년 만이라는 걸 깨달았다. 웃음이 잦아들었다. 갑자기 감회가 새로웠다. 웃다가 눈가에 눈물이 맺힌 채로 쉘터 입구 너머를 바라보았다. 시야가 흐릿했다. 지나가는 사람들과 눈이 마주쳤다. 초점이 돌아왔다.

"야. 너희 이제 얼른 가."

그러자 경민이가 일어났다.

"잠깐만요. 이거 되려나 모르겠네."

"뭐가 돼?"

말이 끝나자마자 경민이가 돌려차기를 했다. 자세와 높이, 속도가 완벽했다. 경민이는 조금 수줍어하더니 놀란 세인이와 함께 쉘터를 나서다 돌아서서 말했다.

"저도 중학교까지 태권도 육 년 했어요. 저희 가볼게요!"

나는 황량한 마음으로 재희 씨와 단둘이 남겨졌다. 시간이 갑자기 몇 배는 느리게 흐르고 있었다. 공기 중에 미세먼지처럼 황망이 떠다녔다. 변명을 해야 할지 이대로 모든 기억이 사라지길 바라야 할지 판단할 수가 없었다. 침묵이 이

125

어질수록 마음은 사막이 되어가고 있었다.

"그럼 이제 어떡해요?"

나는 화들짝 놀라 대답했다.

"괜찮아요. 잠깐 스트레칭하고 잘 풀어주면 괜찮아질 거예요."

"아뇨. 그거 말고 주택이요……."

속으로 으악 소리를 질렀다. 계속 헛소리를 하기 전에 스스로를 진정시켜야 했다. 그런 날이 있었다. 외출하려 준비를 마치고 화장실에 잠깐 들렀는데 변기가 막히고, 친구들과 술을 마시다 움직일 때마다 맥주를 엎고 잔을 다 깨트려서 취했냐는 소리를 듣게 되는 그런 날이. 그럴 때는 불운과 맞서려고 하면 안 됐다. 불운이 온전히 내 몸을 통과해 지나가도록 다 비워두는 것이 가장 좋은 방법이었다. 불운이 있으니 곧 운이 올 거라고 믿으면 좀 더 편했다.

"아, 주택이요! 글쎄요. 저는 혼자 신청한 거라 순번이 한참 밀릴 것 같아서 걱정이긴 하네요. 운이 좋으면 금방 들어갈 수도 있겠죠."

"저도 혼자 신청해서 성결 씨랑 별다를 게 없을 것 같네요. 서명은 하실 거예요?"

"그 서명 다 해야 하는 거 아닌가요?"

"아, 그런가요?"

대화의 분위기가 이상했다. 서명해야 하는지를 몰라서

물어본 게 아니라는 걸 깨달았다. 바로잡아야 했다.

"그런데 잘 모르겠어요. 서명을 꼭 해야 하는 건지. 바뀐 조건들을 들어보면 그건 또 그거대로 납득이 가기도 해요."

재희 씨는 말없이 고개를 끄덕이며 겨울이를 바라봤다.

"겨울이는 어떻게 될까요?"

"글쎄요. 겨울이도 지금 부모가 없어서……."

동시에 한숨이 나왔다. 피차 더 아는 것도, 할 수 있는 일도 없었다. 숨이 턱 막혔지만 여기를 떠나고 싶지는 않았다. 침묵 속에서 각자의 생각을 정리했다. 서로 생각이 눈에 보이는 듯했지만 그건 엄연히 별개였다. 내가 왜 혼자인지에 대한 이야기를 꺼내지 않는 것처럼 재희 씨도 꺼내지 않은 이야기가 많을 것이었다. 한참 생각에 잠겨 있던 재희 씨가 자리에서 일어났다. 겨울이를 안아 매트에 눕히고는 자기도 그 옆에 따라 누웠다.

"오늘 잠을 많이 못 자서 피곤하네요. 성결 씨도 좀 쉬어요."

매트에는 내가 누울 만한 자리가 남아 있었다. 하지만 선뜻 누울 수는 없었다.

"괜찮아요. 재희 씨 주무세요. 누구 오면 깨워드릴게요."

대답이 없었다. 고개를 돌려보니 벌써 잠든 것 같았다. 생각이 복잡해졌다. 하지만 지금 생각을 시작해버리면 멈출 수 없을 게 분명했다. 바닥으로 내려와 매트 옆에 앉았다.

생각을 멈추고 싶을 땐 잠드는 것만큼 좋은 게 없었다. 누런 박스에 몸을 기대고 잠을 청했다. 그러나 잠은 오지 않았고 점점 더 맑아지는 정신으로 몇 시간을 뜬눈으로 보냈다.

*

무빙워크 앞에서 식당 입구까지 긴 줄이 늘어서 있었다. 다들 식사 전에 서명을 하는 것 같았다. 어쩔 수 없이 줄에 합류하긴 했지만 재희 씨의 눈치를 살폈다. 나는 내 이름을 재희 씨에게 일임할 준비가 되어 있었다. 식당 입구가 보일 때쯤 무언가를 발견한 덕규 아저씨가 말했다.

"저 오른쪽으로는 그냥 들어가네. 뭐 하러 이렇게 줄을 서? 가서 밥부터 먹고 서명을 하든 말든 하자. 뭐 해? 얼른 가자."

잠깐 망설이는 사이 재희 씨는 이미 줄에서 나와 앞서가고 있었다. 식당에는 아직 빈자리가 많았다. 식사를 받아다 앉는 동안 테이블이 하나둘 채워졌다. 우리는 별다른 말없이 식사를 시작했다. 서명을 하고 말고의 문제만은 아니었다. 겨우 버텨온 시간들이 다 읽은 책을 뒤로 넘기듯 복기되는 이 순간이 각자 칸막이에 앉아 있는 것처럼 적막하고 외로웠다. 우리 중 누군가 입을 열면 금방 깨뜨릴 수 있는 고요라는 것도 알고 있었다. 그러나 우리는 서로를 고요 속에 두기로 했다. 오래 잊어왔을 뿐 가끔씩은 이런 시간이 필요하다는 걸 인정해야 했다.

그러나 나는 내 생각에 집중할 수가 없었다. 생각에 잠긴 재희 씨를 바라봤다. 젓가락 끝을 따라 눈동자가 움직이고 있었지만 음식을 보는 건 아닐 것이었다. 나는 이 상황이 큰 불행이라고 생각되지 않았다. 나는 분명 회복기에 놓여 있었다. 적어도 내 마음에 관한 한 그랬다. 대학 시절의 원룸과 여기의 쉘터, 그리고 가족과 살던 아파트가 크게 다르지 않았다. 오히려 지금 이곳이 아파트의 내 방보다 나았다.

그곳에서 부족했던 건 가족들이 말하던 신앙심이 아닌 맹목이었다. 나는 언제나 믿을 만한 걸 믿고 싶었다. 모두가 믿을 수 없다고 해도 믿어볼 만한 무언가를 기다렸다. 대학에는 대학 생활이라는 맹목이 있었고, 쉘터에는 생존이라는 맹목이 있었다. 그러나 그 집은 맹목 대신 신앙이 장막처럼 삶을 둘러싸고 있었다.

나는 그들이 강요하는 신 대신에 불신을 키웠다. 세상 모든 일이 신의 허락하에 돌아간다면 나는 그들에게 허락되지 않은 자식이 되고 싶었다. 삼촌이 정말 목자에게서 도망친 어린 양이었다면 죽어가는 동안 다시 목장의 울타리 안으로 돌아가고 싶었을까. 스스로 목숨을 암전시키는 동안 삼촌에게 어둠은 빛이었을지도 몰랐다. 어둡게 빛나는 검은빛. 그때 장례식장에서 나는 기억과 함께 죽을 때까지 살

겠다고 다짐했다. 죽으면 살지 못하겠지만 살아서는 계속
살겠다고.

서명이 끝났는지 하얀 롱 패딩을 입은 사람들이 식당으로
들어왔다. 총무 아주머니가 다시 마이크를 잡았다. 큰 소리
에 재희 씨가 놀라지 않도록 테이블을 살짝 두드려 총무 아
주머니를 가리켰다.

"식사 중에 죄송합니다. 식사 계속 하시면서 들어주세요.
방금 서명을 마쳤는데요, 총 백열여덟 분 중에 여든네 분이
서명을 해주셨습니다."

그때 한 사람을 시작으로 여러 사람이 동시에 소리치기
시작했다.

"여기 앉은 사람만 백 명이 넘는데 서명 안 한 사람은 뭡
니까?"

"명단 다 불러요. 아니, 그냥 명단 적어서 식당 앞에 붙여
버립시다. 서명 안 하면 밥도 못 먹게."

"자기들만 괜찮으면 그만이야? 지금 다 돌면서 서명 받아
버립시다."

아주 격앙된 목소리였다. 사람들은 서로의 얼굴을 돌아보
며 서명 여부를 확인했다.

"잠깐만 조용히 해주세요. 앞으로 사흘 동안 서명부를 식
당 앞에 비치해두겠습니다. 오늘 식사를 하러 오지 않으셨

거나 깜빡하신 분들은 모두……."

"아니, 이걸 무슨 사흘씩이나 시간을 끕니까? 지금 들고 한 바퀴 돌아서 끝내버리면 되지!"

조기축구회 회장을 하던 아저씨였다. 그러자 조기축구회 멤버였던 아저씨들이 일어나 배식대를 향해 나갔다.

"이리 줘보세요. 저희가 하면 금방 다 되니까. 여러분들도 그게 편하죠? 테이블마다 돌 테니까 식사들 하고 계세요."

이번에는 총무 아저씨였다. 여기저기서 그렇게 하자는 목소리가 나왔다. 아저씨는 서명부를 낚아채더니 손가락에 침을 발라 페이지를 뒤로 넘기면서 이름을 확인했다.

"자, 여기 지금 서명 안 하신 분 손 들어보세요. 펜 챙겨서 갈 테니까."

몇몇 사람들이 손을 들었고 가까운 쪽에 앉은 사람부터 서명을 했다.

"거 이렇게 후딱후딱 하니까 얼마나 좋아요? 안 그래?"

아저씨가 총무 아주머니에게 소리치며 웃었다. 아주머니는 이 상황이 못마땅한 듯했지만, 이해관계는 맞아떨어진 것 같았다. 롱 패딩을 입은 사람들도 손 든 사람 옆에 가서 서명부를 든 아저씨를 부르고 있었다. 나는 덕규 아저씨에게 물었다.

"아저씨 어떻게 하실 거예요?"

덕규 아저씨는 수저를 놓은 채로 돌아다니는 사람들을

바라보고 있었다.

"참 싸가지들이 없어. 어련히 할 사람은 다 알아서 할까."

아저씨는 기분이 나빠 보였다. 처음 들어본 낮은 목소리가 낯설어 더 말을 걸 수가 없었다. 다시 고개를 돌려 사람들을 훑어봤다. 그러다 경민이와 눈이 마주쳤다. 경민이는 곧바로 내게 입 모양으로 말을 걸어왔다.

'형! 서명했어요?'

나는 대답 대신 한 번 웃어 보이고는 시선을 돌렸다. 서명부가 여기까지 오면 못 이기는 척 서명할 생각이었다. 롱 패딩을 입은 아주머니 한 분이 우리 테이블로 와서 재희 씨에게 말을 걸었다.

"재희 씨 서명했어?"

"아뇨. 아직 안 했어요."

"그래? 그럼 얼른 해요."

아주머니가 테이블 옆에 서서 손을 들었다. 서명부를 든 총무 아저씨가 여기로 오고 있었다.

"아니, 위원회 임원이나 하시는 분들이 서명을 안 하면 어떡합니까? 자, 너부터 서명해. 여기에 이름 쓰고 옆에 서명하고."

얼떨결에 펜이 내 손에 쥐어졌다. 나는 아흔일곱 번째였다. 이름을 쓰려고 하는 순간 덕규 아저씨가 펜을 낚아챘다.

"야. 별생각도 없으면서 밥 먹다 말고 서명을 하냐? 그냥 놔둬. 나중에 와서 하든가 하게."

분위기가 급격히 무거워지는 게 느껴졌다. 나는 별생각 없이 서명을 해도 괜찮았지만 아저씨의 말을 따르는 수밖에 없었다.

"아니, 왜 서명하는 애 펜을 뺏고 그럽니까? 각자 소신껏 서명하는 건데."

총무 아저씨의 말에 덕규 아저씨가 고개를 숙인 채 한숨을 푹 쉬었다. 그러고는 다시 평소처럼 웃으면서 고개를 들었다.

"총무님. 이게 뭡니까. 밥 먹다 말고, 다들 음식도 죄다 식고. 천천히 나가면서 각자 서명하면 되죠. 뭐 전체주의도 아니고. 서명하기 싫은 사람도 있을 거 아닙니까."

"그럼 지금 덕규 씨는 서명하기 싫다는 거예요?"

"제가 싫다고 했습니까? 저도 혼자 삽니다. 싫다는 게 아니라 이런 식은 아니라는 거죠."

"그러면 덕규 씨는 하지 마시고, 여기 얘랑 재희 씨만 서명해요."

그때 재희 씨가 말했다.

"아뇨. 저도 지금은 하고 싶지 않아요. 저 앞에 두고 가시면 나중에 할게요."

내가 가야 할 노선이 확실하게 정해졌다. 나도 지금 서명을 해서는 안 됐다. 둘의 불쾌해하는 모습을 보니 나도 화가 나고 있었다.

"참나. 그러면 재희 씨도 하지 말고 너만 해, 그럼."

"아니, 왜 자꾸 그러십니까. 안 한다지 않습니까."

덕규 아저씨가 펜을 잡은 손에 힘을 줬다. 아저씨들 사이에서 내가 할 수 있는 게 없었다. 속이 점점 끓어오르고 있었다.

"서른이나 됐으면 스스로 생각하고 결정해야지. 안 그래? 아직도 어른 허락받고 그래야 되나? 이 아저씨가 뭐 아빠라도 돼?"

순간 이성의 끈이 끊어지는 게 느껴졌다. 더 이상은 참을 수 없었다.

"왜 반말을 하세요?"

"뭐?"

"왜 반말하시냐고요."

옆에서 당황하는 재희 씨와 덕규 아저씨가 얼핏 보였지만 이미 떨리는 몸을 주체할 수 없었다.

"참나. 이 사람들 다양하게 하네. 너 몇 살인데?"

"나이가 무슨 상관입니까? 나이 든 게 벼슬도 아니고 반말하지 마세요."

흥분해서 선을 넘는 말이 섞여들고 있었다. 멈춰야 했지만 누가 말려주지 않는 한 멈출 수가 없었다.

"이 새끼가 버르장머리 없이 얻다 대고 말을 그딴 식으로

해?"

"반말하지 말라고 이 새끼야!"

일어나 총무 아저씨와 얼굴을 맞댔다. 그때, 그 사이로 굵은 팔이 들어왔다. 덕규 아저씨였다.

"여기까지 합시다. 다 큰 사람들끼리 뭐 하는 겁니까. 여기까지 하고 서명부 여기 두고 가세요. 서명할 테니까."

그러나 총무 아저씨의 화는 좀처럼 가라앉지 않았다. 나도 지지 않고 맞섰다.

"이 새끼 지금 욕한 거 못 들었어요? 야 이 새끼야. 이 새끼 이거 완전 또라이 새끼네?"

"네 얼굴이 또라이다, 이 새끼야. 등신 같은 게 등신 같은 조기축구회 총무라고 완장질 하고 앉았어."

말이 끝나자마자 멱살을 잡혀 옆으로 밀쳐졌다. 한쪽 다리가 의자가 걸려 있던 터라 나는 넘어지며 나뒹굴 수밖에 없었다.

"이 씨발놈이!"

아까 다친 다리가 아파 빨리 일어날 수가 없었다. 그때 덕규 아저씨가 소리쳤다.

"김성결! 너 가만히 있어. 움직이기만 해봐."

그제야 사람들의 말소리가 들리지 않는다는 걸 깨달았다. 모두 말없이 싸움을 지켜보고 있었다. 얼굴이 화끈거렸다. 식당에서 일어난 두 번째 싸움이었다. 첫 번째 싸움의 결말을 나는 잘 알고 있었다.

"총무님. 총무님이 더 어른이시니까 참고 넘어갑시다."

"덕규 씨. 저 새끼 말하는 거 다 들었죠? 아주 후레자식이야 저건."

"다 들었어요. 그래도 한번 봐줍시다. 다들 힘들잖아요."

"야 이 새끼야. 뭐? 씨발놈? 또 해봐, 이 새끼야!"

"그만하시라고요, 좀!"

덕규 아저씨가 총무 아저씨의 어깨를 살짝 밀쳤다. 그러자 총무 아저씨의 싸움 상대가 바뀌었다.

"지금 밀쳤어요? 덕규 씨 지금 나 밀쳤냐고."

"밀치긴 뭘 밀칩니까. 살짝 민 거 가지고."

"아니, 밀쳤잖아 지금! 뭐 네들끼리만 여기서 살아?"

나는 얼른 일어나서 덕규 아저씨를 말렸다.

"아저씨! 사람들이 다 봐요. 참으셔야 돼요."

그때 누군가 소리를 질렀다.

"운동 좀 했다고 사람 치고 그래도 됩니까? 예? 어이 아저씨!"

진우 형이었다. 일이 점점 잘못되고 있었다. 진우 형은 나와 함께 교회에서 이곳으로 옮겨온 사람이었다. 밤에 같이 야식 먹으러 주방에 내려갔던 둘 중 한 명이기도 했고, 내가 혼자 올라가 있는 동안 주방 집기를 부수고 교회의 유리문이란 유리문은 다 박살내버린 당사자이기도 했다. 다른 한

명은 그 자리에 있던 아주머니 둘을 폭행해서 구속되었으니 그보단 낫긴 했지만 개차반인 건 마찬가지였다. 그 둘은 교회가 우리를 내쫓는 데 가장 큰 빌미를 제공했다. 함께 마트에 배정되고 나서도 나한테 친한 척을 했지만 나는 진우 형과 거리를 뒀다. 교회에서의 사건은 뉴스에도 보도될 정도였기 때문에 우리가 교회에서 왔단 게 알려지면 큰 편견 속에서 생활을 시작할 수밖에 없었다. 진우 형에게 가서 비밀을 지키고 우리끼리만 따로 아는 척을 하자며 달랬다. 다행히 다른 친구들이 생긴 진우 형이 나를 먼저 찾는 일은 없었지만, 혹시 다른 사람과도 싸움이 날까 봐 항상 불안했다. 애먼 나를 걸고넘어지는 게 아닐까 걱정도 됐다. 지금은 진우 형을 말려야 할 때였다.

"형. 형, 왜 그래요. 여기서 사고 치면 진짜 끝이에요."

"가만히 있어 봐. 내가 다 생각이 있어. 그냥 보기만 해."

진우 형은 내게만 들리도록 속삭였다. 그러고는 씩 웃어 보였다. 이 사람은 아직도 내가 자기편이라고 생각하고 있었다.

"아저씨. 왜 사람을 치고 그럽니까? 총무님이 아저씨보다 나이도 더 많아 보이는데. 예?"

진우 형은 덕규 아저씨의 턱에 이마가 닿을 듯이 들이대고 있었다.

"미안합니다. 사과하겠습니다."

"어? 미안해요? 그럼 인정하는 거네. 친 거 맞네! 근데 왜 여기다 사과를 해요? 저기다 사과를 해야지. 아저씨 안 그래요?"

"예. 총무님 죄송합니다."

"아 뭐, 일부러 그런 건 아니니까 됐습니다. 거 참."

총무 아저씨도 이미 한 차례 열기가 지나갔고, 진우 형의 과장된 행동에 머쓱해진 듯했다.

"저는 그럼 올라가보겠습니다."

사과를 한 덕규 아저씨가 이제 자리를 뜨려는지 진우 형의 어깨를 감싸며 비켜주길 유도했다. 그러자 진우 형이 다시 소리를 질렀다.

"어! 어, 어! 방금 사과하고 또 밀쳐요? 여러분 다 봤죠? 또 밀치는 거?"

다행히 사람들은 동조하지 않고 각자 자리로 돌아가기 시작했다. 덕규 아저씨는 다시 깊은 한숨을 쉬더니 외투를 챙겨 식당을 빠져나갔다.

"거 앞으로 조심해요! 경찰서 가고 싶지 않으면!"

진우 형이 날 보며 입 모양으로 '봤지?'를 연발했다. 내가 경민이만큼만 돌려차기를 할 수 있다면 얼굴을 차버리고 싶었다. 덕규 아저씨에게 가보는 게 나을 것 같았다. 외투를 챙기려 의자에 손을 짚었다. 그 순간 깨달았다. 이 모든 걸 재희 씨가 다 보고 있었다는 사실을.

식당에서의 싸움 이야기는 금방 마트 전체로 퍼졌다. 그 날의 우리는 그 이야기의 주인공들이었다. 하룻밤 사이에 우리 편도 생겨 있었다. 싸움을 보고 몇몇 사람들이 서명부에서 이름을 지워버린 것이었다. 대부분 가족 구성원이 많은 사람들이었다. 우리는 그들에게 서명을 거부할 좋은 핑계가 되어주었다. 겉으로는 강압적인 요구에 저항하는 사람들처럼 꾸며져 있었지만 그 속에 무슨 생각이 있는지는 누구나 다 알 수 있었다.

우리는 다음 날 서명을 했지만 저녁이 되자 서명부 자체가 사라져버렸다. 다시 처음부터 서명을 받아야 할 상황이었다. 그러나 이번에는 누구도 선뜻 서명부를 다시 만들어 오지 못했다. 마트는 점점 두 패로 나뉘고 있었다. 우리는 얼떨결에 한 패의 정신적 근간이 되어버렸다.

마트에는 이제 안과 밖으로 나뉘던 경계가 지워지고 찬반이라는 새로운 기준이 생겼다. 하지만 재희 씨와 덕규 아저씨가 밖에서 온 사람들의 대표 격인 임원이었기 때문에 상황은 더욱 복잡하게 얽혀갔다. 당장의 주민자치회 회의에서 사람들은 재희 씨와 덕규 아저씨를 비난했다. 특정 집단을 대변한다는 이유였다. 그러자 밖에서 온 사람들이 둘을 옹호하기 시작했다. 서명도 한 마당에 그건 억측이며, 애초부터 임원의 숫자를 4 대 2 비율로 선출했던 건 불공정한 처사라는 것이었다. 이에 대해서는 아무도 논리적인 이견을 달 수 없었지만, 그건 더 이상 중요하지 않았다. 또 다른 사람들은 이미 투표를 통해 선출됐으니 남은 임기를 다 지내야 하며, 이후의 선거에서도 안과 밖 구분 없이 자유롭게 투표하여 임원을 선출해야 한다고 주장했다. 회의는 파행에 파행을 거듭했다. 그럴수록 사람들 사이의 감정은 더욱 골이 깊어져갔다.

우리는 자연스레 사람들과의 접촉을 피하게 되었다. 우리를 욕하는 사람들에게 맞서는 건 어렵지 않았다. 그보다 어려운 건 우리를 전면에 내세워 싸움을 이어가려는 사람들에게서 벗어나는 일이었다. 마음이 지치지 않으려면 일상을 유지하는 수밖에 없었지만, 우리의 일상은 점점 더 협소해졌다. 시간이 지나 덕규 아저씨에게 그때의 일을 묻자 '난 다 같이 하자는 것들이 싫어'라는 대답이 돌아왔다. 그리고 나는 주택 공급 대상자로 당첨되었다는 통보를 받았다.

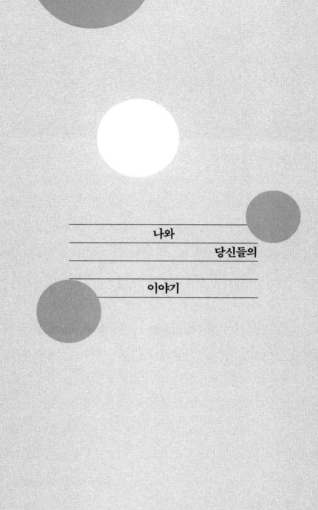

나와

당신들의

이야기

[LH 한국토지주택공사] 2023년 상반기 희망주택 공급 대상자 선정을 알립니다. 자세한 내용은 홈페이지의 공지사항을 확인하시길 바랍니다.

홈페이지에 들어가 대상자 명단을 찾았다. 내 이름은 두 번째 페이지에 있었다. 김*결. 전화번호 뒷자리도 정확했다. 혹시나 오류가 있을까 싶어 곧바로 화면을 캡처했다. 그러고는 십 분에 한 번씩 들어가 다시 이름을 확인했다. 다음 날이 되도록 내 이름은 그대로 남아 있었다. 현장 방문이 2월 5일, 입주일은 2월 11일이었다. 두 달도 채 남지 않은 시점이었다. 엄청난 행운이었다. 소파에 누워 밤새 넷플릭스를 보다 잠들고, 거실로 드는 햇살에 부스스 일어나 전날

시켜둔 피자를 데워 먹으며 컴퓨터를 켜는 일상이 이제 정말 눈앞에 와 있었다. 지금까지와는 아주 다른 사람이 된 기분이었다. 이 버티는 싸움에서 승리한 것이다. 이곳에서의 지리멸렬한 편 가르기와 싸움에서도 한 걸음 물러서서 관망할 수 있는 사람이 되었다. 전쟁에서 승리했으니 남은 전투에 최선을 다할 필요도 없었다. 이제 내게 남은 일은 기다리는 것뿐이었다.

들뜬 마음이 조금 진정되고 나니 재희 씨와 덕규 아저씨 생각이 났다. 명단에서 둘의 이름은 찾아볼 수 없었다. 어떻게 이야기를 해야 할지 고민이었다. 마트 사람들은 이미 모두 이름을 확인했을 터였다. 그중 몇몇은 내가 선정되었다는 걸 알고 있을 게 분명했고, 아마 그 소식을 여기저기에 알리고 있을 것이었다. 가까운 사람에게는 내가 먼저 이야기하는 게 낫겠다는 생각이 들었다. 쉘터를 몇 바퀴 돌다가 결심을 하고 밖으로 나갔다.

"어?"

"엇!"

재희 씨가 쉘터 앞에 와 있었다. 재희 씨의 얼굴을 보자마자 이 기쁨이 재희 씨를 대하는 내 감정과 닮았다는 걸 깨달았다. 나는 재희 씨가 보고 싶었던 것이다.

"어디 가요?"

"저 겨울이 보러 가려고 했죠!"

재희 씨가 보고 싶었다는 뜻이었다. 이렇게 이야기하면 재희 씨는 겨울이 실컷 보라고 대답하곤 했지만, 이번에도 그러면 사실 재희 씨가 보고 싶었다고 할 참이었다. 그러나 이번에는 달랐다.

"아, 겨울이 자요. 방금 잠들었어요."

힘없는 목소리였다. 반대로 힘이 잔뜩 들어간 내 목소리가 금방 미안해졌다. 아무래도 주택 공급에서 떨어져 낙담한 듯했다. 내 이야기보다는 위로가 필요해 보였다.

"재희 씨, 그……."

"전화가 왔어요."

우리는 거의 동시에 말을 꺼냈다. 나는 금방 하려던 말을 도로 집어넣었다.

"주택공사에서요?"

"예? 주택공사요?"

너무 섣부른 질문이었다. 하지만 내가 가장 바라고 있던 일이기도 했다. 함께 마트에서 벗어나는 것. 기쁨이 조금씩 썰물처럼 빠져나가는 게 느껴졌다.

"아녜요. 어디서 전화가 온 거예요?"

"겨울이 어머니한테요. 얼마 전에 방송국에서 겨울이 촬영하고 갔잖아요. 그게 뉴스에 나왔나 봐요. 어떤 여자가 방송국에 전화를 했대요. 자기가 겨울이 엄마라고. 그래서 방송국이 저랑 연결을 시켜줬대요."

"잘됐네요! 재희 씨 힘들었는데 좋은 소식이 많네요! 그래서 어떻게 했어요?"

"좋은 소식이 많다고요?"

"아, 아뇨. 그냥 좋은 소식이라고요!"

"음…… 그런데 조금 이상해요."

"뭐가요?"

이상하다는 말이 꼭 지금의 내가 이상해 보인다는 의미로 들려 옷매무새를 다듬었다. 말을 줄여야 했다. 들뜬 마음이 자꾸 생각보다 앞서가고 있었다.

"그 어머니라는 분이요. 우리 겨울이 처음 발견했을 때 같이 봤잖아요. 포대로 다 싸서 화장실 변기 위에 뒀다고 했잖아요. 그러면 작정하고 여기에 두고 간 건데 뉴스 보고 갑자기 연락하는 게 이상하지 않아요?"

맞는 말이었다. 지금껏 아무런 연락도 없다가 뉴스에 나오자마자 연락을 한 건 아무래도 이상했다. 하지만 동시에 그런들 어떠한가 하는 생각이 들었다. 겨울이를 움직이는 데 필요한 건 명목이었다. 가장 연장자라는 명목이 겨울이를 할머니에게 인도했고, 사람들은 잘 모르고 있지만 화재와 할아버지의 치매가 겨울이를 다시 재희 씨에게 인도했다. 그 이후 지금껏 아무런 명목이 없었다. 그런데 스스로 친모라고 주장하는 사람이 나타났으니 이보다 좋은 명목은 없었다. 겨울이를 계속 키울 수도 없는 노릇이기에 덮어두고 행복을 빌어주면 그만일 것이었다.

"조금 이상하긴 하네요. 그래도 혹시 맞을 수도 있으니까 일단 오시면 같이 확인해봐요."

"어떻게 확인할 수가 있을까요? 친자 확인을 하면 간단하겠지만 저도 맡아서 키우는 입장이라 먼저 확인해보자고 하기가 어려울 것 같아요."

"그럼 일단 같이 이야기 나눠보고 이상하다 싶으면 그때 제가 말할게요. 걱정하지 마세요."

"사실 걱정하는 건 아니에요. 겨울이한테는 좋은 일인데 이상하게 기분이 싱숭생숭해서……."

나는 이미 그 여자가 겨울이의 친모가 맞기를 바라고 있었다. 재희 씨와의 관계는 항상 겨울이가 포함된 삼자대면이나 마찬가지였다. 겨울이를 미워해선 안 된다는 생각이 미워하는 마음을 막고 있었지만, 그런 생각을 하는 것만으로도 나는 이미 겨울이를 미워하는 거나 다름없었다. 그런 딜레마 속에서 겨울이가 나를 구원해주길 바랐다. 방법은 한 가지. 겨울이가 친모를 찾아 행복하게 지내는 것이었다. 나 하나 정도 미워하고 질투해도 아무렇지도 않을 행복이 필요했다. 그래서 나는 겨울이가 행복하길 진심으로 바랄 수 있었다.

"저도 갑자기 겨울이가 떠날 수도 있다고 생각하니 아쉽네요."

"그런데 아까 처음에 하려던 말씀은 뭐예요?"

"아! 그…… 제가 이번에 주택 공급 대상자로 선정되었어요. 마냥 기쁠 줄 알았는데 뭔가 아쉽네요."

"우와! 정말요? 너무 잘됐어요! 축하해요! 아쉬울 게 뭐 있어요. 너무 축하할 일인데. 그럼 언제 입주하는 거예요?"

"2월 11일이라네요. 재희 씨는 아직 확인 안 해보셨어요?"

"네. 저는 따로 연락 없는 거 보면 떨어졌나 봐요. 우와, 주변에 당첨된 사람 처음 봐요. 진짜 이렇게 되는구나!"

재희 씨의 축하는 진심이었다. 그래서 서운했다. 상상해본 미래는 봄처럼 따듯하지만 또 봄처럼 외롭기도 했다. 멈춰 있다는 건 상대적이기도 해서 눈이 녹고 새잎이 자라는 봄이면 나는 점점 세상과 멀어지는 것 같았다. 외롭지 않은 건 겨울, 특히나 지금 같은 나날이었다.

"고마워요. 자주 놀러 오세요. 투룸이니까 방 하나 내어드릴게요."

"우와! 투룸 당첨됐어요? 그럼 진짜 가서 눌러앉을래요. 거기서 한 달 살기 하면 되겠다."

재희 씨가 웃었다. 그 순간 정말로 시간이 느리게 가는 게 느껴졌다. 내 모든 감각이 깨어나고 있었다. 머리가 띵해지고 어지러웠지만 다리에 힘을 주고 버텼다. 순간을 계속 늘이고 싶었다. 다 지나가기 전에 최선을 다해 멈춰 있고 싶었다. 이 현기증은 내 마음이 보는 세상이었다. 모든 경계가 흐려져 하나로 합쳐지려 하는 마음. 아마도 사랑이었다.

"정말이에요."

"저도 진짜로요."

이제 정말 돌이킬 수 없었다.

겨울이의 생모는 두 시에 온다고 했다. 나와 재희 씨, 덕규 아저씨는 어제부터 하루 종일 질문 목록을 만들었다. 겨울이가 발견된 날짜와 시간, 날씨부터 발견된 장소, 몇 번째 칸이었는지, 포대의 특징, 겨울이 몸에 있는 점의 위치까지 스무 가지가 넘었다. 그러고는 열한 시에 먼저 식당으로 내려갔다.

별거 아닌 일이라고 계속 되뇌었지만 이상하게 긴장이 되었다. 결국 모두 몇 술 뜨지 못하고 쉘터로 돌아왔다. 재희 씨와 덕규 아저씨에 대한 사람들의 불편한 시선은 그대로였지만 나에겐 달랐다. 곧 떠날 사람이란 게 알려지자 나는 그들에게 없는 사람이 되었다. 다만 가끔 찾아와 당첨은 어떻게 되는지, 이후 절차는 어떻게 되는지 물어보는 사람들이 있었다. 대답은 각자에게 해주었지만 다음 날이면 모두가 알고 있었다. 그룹에 따라 회의도 하는 것 같았다.

가장 긴장한 건 덕규 아저씨였다. 아침부터 내내 앉지도 못하고 쉘터를 빙빙 돌고 있었다. 아저씨는 궁금한 게 많다고 했다. 여자가 겨울이와 닮았을지, 나이는 몇이나 될지, 키는 얼마나 될지, 겨울이는 왜 버렸는지, 경제적 사정은 어떨지 등을 계속 추리하고 있었다. 그런 게 왜 궁금하냐고 묻자 아저씨는 조금 머뭇거리다 대답했다.

"여자애들은 엄마 팔자 따라간다고 하잖아."

그러자 재희 씨가 정말 그런 것 같다며 고개를 끄덕였다.

"우리 엄마도 저 대학 가니까 아빠랑 이혼하고 세계 일주한다고 가더니 캐나다 남자 만나서 지금 캐나다에서 같이 살고 있어요."

너무 갑작스럽게 알게 된 재희 씨의 가족사였다. 팔자가 닮는다는 얘기에서 나왔으니 나중에 이혼하고 외국 사람을 만날 거란 뜻인가 싶었다.

"이야! 멋있으시네. 어디로 가면 만나냐, 그런 사람은?"

"프랑스에서 만났대요. 좀 뻔하지 않아요? 뭐 프랑스에만 낭만이 있나?"

"나도 프랑스나 가야겠다. 프랑스가 내 고향인가 보네."

"아저씨 프랑스어 할 줄 알아요?"

"영어도 못 하는데 뭔 프랑스어야."

"엄마는 저 고등학생 때부터 영어랑 프랑스어 공부했어요. 아저씨 그냥 가면 빵도 못 사 먹어요."

"빵을 돈으로 사지, 말로 사냐? 돈이면 다 돼."

"아저씨 돈 없잖아요."

"가서 벌어야지……."

"아저씨, 그런데 프랑스어로도 빵은 빵이에요."

"거짓말하지 마. 바게트잖아. 파리? 하면 바게트."

생각이 복잡해졌다. 재희 씨는 외국에 나가고 싶은 걸까, 재희 씨는 외국인을 만나고 싶은 건가, 프랑스에만 낭만이 있냐고 하는 걸 보면 한국도 괜찮은 걸까……. 생각들이 꼬리에 꼬리를 물고 이어졌다. 그러다 혼자 이런 생각을 하고 있는 게 문득 서글펐다. 2월이 되면 고백해야겠다고 다짐했지만 그럴 때마다 매번 방법과 멘트를 수정해야 했다. 2월이 되면 내겐 집도 있고, 돈은 그때부터 열심히 벌면 될 것도 같았다. 생각을 하다 보니 어느덧 두 시가 다 되어가고 있었다.

"누가 먼저 물어볼 거예요?"

세미나실로 내려가면서 두 사람에게 물었다.

"성결 씨가 먼저 하고 싶어서 물어보는 거예요?"

"아뇨. 그건 아니고……."

"성결 씨가 먼저 물어보세요! 누가 먼저 하든 상관없을 것 같아요."

"그러면 일단 가서 생각해보죠."

"그냥 네가 먼저 해. 남자답게!"

"그놈의 남자 얘기 좀 그만해요. 아저씨 하체 운동도 안 해서 젓가락 두 개 끼운 핫도그 같아요."

"야! 그건 내가 다쳐서 제대로 못 하니까 그런 거고!"

"쉿!"

재희 씨가 티격태격하는 아저씨와 나를 제지했다. 세미나실 문이 열려 있었다. 다시금 짜릿하도록 긴장이 찾아왔다. 한 번 머뭇거리기 시작하면 영영 들어가지 못할 것 같았다. 숨을 깊게 들이쉬고 들어가려는데 재희 씨가 앞질러 들어가버렸다. 덕규 아저씨는 옆에 서서 어서 들어가라며 내게 눈짓을 했다.

세미나실에는 두 사람이 앉아 있었다. 처음 보는 여자와 자치위원회 위원장 아주머니였다. 재희 씨가 먼저 인사하자 여자가 화들짝 놀라며 일어나 같이 허리를 숙였다. 그사이에 위원장 아주머니는 천천히 이야기 나누라며 자리를 피했다. 혼자 온 여자와 달리 우리는 셋이나 되었고, 분위기는 마치 면접장처럼 굳어가고 있었다. 간단하게 인사를 나눈 뒤 재희 씨가 여자를 가만히 바라봤다. 나를 처음 봤을 때와 같았다. 재희 씨는 여자의 말을 기다리고 있었다. 조금 머뭇거리던 여자가 천천히 입을 열었다.

"아…… 안녕하세요. 저는 김지수라고 합니다."

여자는 신분증을 꺼내 이름을 확인시켜줬다. 여자는 93년생으로 나와 나이가 같았다. 다시 여자를 바라봤다. 묘한 낯섦에 이상한 친근감이 더해지고 있었다. 비슷하게 겪어왔을 성장이 포개지고 있는 듯했다. 겨울이는 김씨였구나 싶었다가 성은 아빠의 것을 따른다는 걸 새삼 떠올렸다.

"이렇게 갑자기 나타나서 너무 죄송스럽고 또 너무나 부끄럽고, 큰 죄를 지었는데 염치도 없이 찾아오게 됐어요. 너무 죄송합니다. 우리 예서 지금까지 잘 돌봐주셨다고 들었어요. 너무 감사하고 또 너무 죄송합니다."

겨울이의 이름은 예서였다. 성부터 이름까지 우리는 겨울이에 대해 아는 게 없었다. 하지만 이 여자가 정말 친모라는 게 확인될 때까지 마음속으로는 겨울이를 겨울이라 부르기로 했다.

"네, 맞아요. 죄책감도 느끼셔야 하고 죄송한 마음도 가지셔야 합니다. 무엇보다 겨울이한테요."

방금까지 장난치던 재희 씨는 온데간데없고 목소리에 찬바람이 불고 있었다.

"네. 죄송합니다. 저……."

"아니요. 제 말부터 들으세요. 겨울이 보시려면 물어보는 거에 먼저 대답하세요."

재희 씨는 일부러 계속해서 겨울이라고 힘주어 말하고 있었다.

"겨울이를 여기에 두고 간 게 언제예요?"

내가 끼어들 틈은 없었다. 화가 난 재희 씨는 덕규 아저씨보다 무서웠다. 우리가 같은 편이라는 게 다행이었다.

"예서 생일이 6월 10일이에요. 그러니까 다섯 달하고 열

흘 정도 지난 11월 20일 4시쯤이었어요."

"어디에 두고 갔죠?"

"여자 화장실이요. 1층 들어가서 왼쪽에 있는 화장실이었어요."

"어떤 상태였어요?"

"상태라면 어떤……."

재희 씨는 대답하지 않고 가만히 여자를 쳐다봤다.

"그…… 하얀색 큰 호텔 수건으로 몇 번 둘러뒀어요."

"호텔 수건이요?"

"네. 회사 창립 기념일에 받은 수건이었어요. 회사 이름도 수건에 쓰여 있었고요."

여자의 대답은 정확했다. 점점 신뢰가 더해졌다. 이대로 계속 대답해주길 바랐다. 내 행복이자 겨울이의 행복이 가까이 오고 있었다. 그때 세미나실 밖에서부터 뛰어오는 발소리가 들리더니 누군가 들어왔다. 경민이와 세인이였다. 둘은 여자와 우리를 보고는 허리를 숙인 채 종종걸음으로 내 옆에 와 앉았다. 그 바람에 대화가 잠깐 끊겼다.

"왜 왔어?"

"저희가 겨울이 처음 발견했잖아요. 다 기억하고 있어요."

내 물음에 세인이가 소곤거리며 대답했고 곧이어 재희 씨와 눈인사를 나눴다. 경민이는 옆에서 인상을 쓰고 있었다. 그 모습이 사뭇 진지해 웃음이 나올 뻔했지만 하품하는 척 겨우 참아냈다.

"겨울이 몸에 있는 특징 기억나는 거 있어요?"

"어…… 일단 쌍꺼풀이 있어요. 그리고 왼쪽 발목에 점이 있고, 등 오른쪽 위에도 있어요. 아! 그리고 지금은 모르겠지만 왼쪽 볼에 보조개가 있었어요."

이번에도 정확했다. 여자가 이야기하는 중에 또 누군가 들어와 입구 근처에 앉았다. 할머니였다. 눈이 마주치는 바람에 목례를 하고 다시 돌아앉았다.

"겨울이 갑자기 왜 데려가려는 거예요?"

경민이가 불쑥 큰 소리로 질문을 던졌다. 너무나 민감하고 근본적인 질문이었다. 여자에게도 너무 큰 질문이었는지 쉽게 대답을 하지 못했다.

스무 살 때의 대학 면접이 생각났다. 면접이 거의 끝날 무렵이었다. 아무 질문도 하지 않고 가만히 나를 쳐다보기만 하던 노교수가 대뜸 물었다.

"그래서 이걸 왜 공부하고 싶은 거예요?"

나는 연습한 대로 망설임 없이 대답했다.

"역사를 알아야 미래를 볼 수 있다고 생각합니다. 저는 역사를 면밀히 공부하고, 나아가 대학원에 진학해 시야를 넓히며 세계와 교류할 수 있는 학예사가 될 겁니다."

교수들이 고개를 끄덕이며 평가지에 무언가 쓰기 시작했

다. 나는 그때 자신감에 차 있었다. 그러나 노교수는 다시 한번 물었다.

"대답보다 중요한 게 질문의 요지를 파악하는 거예요. 질문에 대한 답을 해야지 하고 싶은 말을 하면 안 돼요. 이 수많은 전공 중에서 왜 하필 사학을 공부하고 싶은가를 물어보는 거예요."

그러자 교수들이 모두 손을 멈추고 일제히 나를 바라보기 시작했다.

"어…… 저는…… 저는 공부할 게 역사밖에 없다고 생각합니다."

면접장에 웃음소리가 퍼지기 시작했다. 노교수도 미소를 짓고 있었다.

"지원자는 지금 본인이 무슨 말을 하고 있는지 알아요?"

횡설수설하고 있단 걸 알고 있었지만 나를 바라보는 얼굴들 때문에 말을 멈출 수 없었다.

"그…… 공부는 지나간 걸…… 그…… 그러니까 이 역사라는 게 누구에게나 다 같은 역사가 아니니까요. 그러니까 그게 무슨 뜻이냐면…….

"알았어요. 수고했어요."

정신을 차려 보니 면접장 밖이었다. 꼼짝없이 재수를 준비해야 할 판이었다. 내 모의고사 평균 성적은 3등급이었다. 수리는 5등급이 나오고 언어와 외국어도 3등급이었다.

하지만 딱 한 과목, 사탐만은 1등급이었다.

　나는 사탐이 가장 쉬웠다. 바뀌는 것도 새로울 것도 없이 비슷한 패턴의 역사가 수천 년 동안 이어지고 있었고, 똑같은 세상에 인물의 이름만 바뀌는 것 같았다. 처음에는 외웠고 나중에는 외울 필요도 없었다. 다 지나간 일들이었다. 집에서는 신학과나 취업이 잘되는 학과에 진학하길 원했다. 사학은 신학의 반대편에 있어 보였고, 취업이 잘되는 학과도 아니었다. 그래서 사학과를 선택했다.

　수리를 포기하고 언어와 외국어도 하는 둥 마는 둥 하고 있을 때 문자가 왔다. 합격자가 발표되었으니 확인하라는 것이었다. 그럴 리 없다고 생각했지만 예감이 좋았다. 담임 선생님한테 뛰어가 컴퓨터를 빌려서 수험 번호와 생년월일을 입력했다. 내 이름과 수험 번호가 나왔다. 그리고 그 아래에 빨간 글씨로 한 문장이 쓰여 있었다. 나는 교무실에 다 들리도록 그것을 따라 읽었다.

　"축하합니다! 2012년도 수시 전형에 합격하셨습니다!"

　그리고 곧 대학 생활이었다. 염색을 했고 술을 마셨다. 담배도 피웠다. 노교수에게 나를 왜 뽑았는지 물었다. 그러자 노교수는 처음부터 대답을 바라고 한 질문이 아니었다고 했다. 이 년 동안 병역을 마치고 돌아오니 노교수는 퇴임을 하고 없었다. 사학과는 내 적성에 맞지 않았다. 칠 년만의 졸업도 내게는 기적 같은 일이었다. 나는 내내 궁금했다. 질문에 대한 답을 해야 하는데 대답을 바라고 한 질문이 아니라면 무슨 말을 해야 하는 걸까. 그럼 내가 한 대답은 무엇이었을까.

여자는 여전히 망설이는 얼굴로 대답했다.

"죄송합니다. 제가 너무 늦었습니다. 죄송합니다."

여자의 대답에 우리는 더 할 말이 없었다. 취조하듯 질문을 던지던 시간이 끝나가고 있다는 걸 알 수 있었다.

"겨울이 이제 옹알이도 해요. 뭐라고 하는지는 잘 모르겠지만 비슷한 말을 계속하더라고요."

세인이가 여자를 보고 웃으며 말했다. 그 말에 여자가 울기 시작했다. 처음에는 조용히 눈물만 흘리더니 조금 있으니 어깨를 들썩이며 흐느끼기 시작했다. 계속 죄송하다는 말을 반복했다. 우는 여자에게 할머니가 다가가 손수건을 건넸다.

"아이고. 얼마나 마음고생을 했을까. 아가씨, 비염 있어요?"

"아뇨. 눈물이 나서요. 감사합니다."

여자는 코를 훌쩍이며 대답했다.

"겨울이는 아토피가 있는데. 이상하네. 그럼 아가씨 아토피 있어요?"

"아뇨. 아토피도……."

"아가씨 진짜 겨울이 엄마 맞아요?"

급작스러운 전개에 다들 어리둥절해져 서로의 눈치를 살폈다. 이상한 걸 눈치챈 듯 재희 씨가 물었다.

"할머니, 그게 무슨 말씀이세요?"

"아니, 이제 다들 알겠지만 우리 아들놈이 어렸을 때 아토피가 있어서 아주 고생했거든. 그 옛날엔 그게 아토핀지 뭔지 몰랐지. 매일 잠도 안 자고 울고. 그래서 큰 병원에 한번 데려가봤어. 그랬더니 아토피라는 거야. 그리고 나한테 비염 있는지 아토피 있는지를 물어. 난 원래 아침저녁으로 코가 막혔으니까 비염이라고 했지. 그랬더니 대뜸 나 때문이라는 거야. 아토피라는 게 엄마 쪽에서 유전이 잘 되고, 비염이 있으면 애가 보통 아토피로 태어난다고 하더라고. 그래서 내가 재희 씨한테 로션 같이 줬잖아. 겨울이 매일매일 보들보들하게 발라주라고."

나는 할머니의 입을 막고 싶었다. 여자를 다시 의심하며 원점으로 돌아갈 엄두가 나지 않았다. 스마트폰을 꺼내 아토피를 검색했다. 할머니의 말이 맞았다. 하지만 유전뿐만 아니라 환경 탓도 많다고 했다.

"저 할머니, 재희 씨. 이게 유전도 있지만 요즘엔 환경 탓도 많대요. 요즘 미세먼지도 많고 그래서……."

"죄송합니다. 정말 죄송합니다."

말하는 도중 여자가 끼어들어 연신 사과를 하기 시작했

다. 이래서는 안 됐다. 여자는 겨울이의 친모여야 했다. 그러나 여자는 이미 마음이 꺾인 것 같았다.

"죄송합니다. 예서…… 제 아이가 아닙니다. 죄송합니다. 정말…… 제 아이는 아닙니다. 예서는……."

여자는 말도 제대로 하지 못할 만큼 울고 있었다. 우리는 아무 말도 하지 못한 채 여자의 다음 말을 기다렸다.

"예서는…… 예서는 제 친구 아이예요. 저랑 같이 사는 친구 아이요. 제 친구 정말 불쌍한 애예요. 막 버리거나 한 게 아니라…… 정말 아니에요. 애 아빠도 보증금 챙겨서 도망 가고. 그 새끼가 진짜 나쁜 새끼예요. 수연이도 진짜 힘들었어요."

"지수 씨. 천천히 얘기해요. 괜찮으니까 천천히 얘기해요. 그러니까 지수 씨랑 같이 사는 수연이란 사람이 겨울이 친모라는 거예요?"

재희 씨가 여자를 달래며 물었다.

"네. 아니, 아니요. 아니…… 맞아요. 수연이 아기예요. 예서. 이름도 수연이가 지었고, 성도 수연이 성이에요. 이예서 예요. 겨울이 아니고 이예서예요."

예서. 예쁜 이름이었다. 겨울이일 땐 겨울이 같았는데 예서라고 하니 정말 예서 같았다. 모두가 충격에 잠긴 가운데 여자의 울음소리만 세미나실을 가득 채우고 있었다.

"그러니까 수연이랑 그 남자는 칠 년이나 만났어요. 사 년

차부터였나 동거도 했어요. 저 만날 때마다 같이 나오고 알콩달콩 잘 만나는 거 같았어요. 그런데 같이 살면서 둘이 엄청나게 싸웠대요. 거의 매일 싸우면서도 둘 다 집이 멀어서 겨우 직장 잡아 다니면서 같이 살았어요. 그러다 또 술 먹고 싸우고 다음 날 일어나서 기억이 없었는데, 그날 예서가 생긴 거예요. 수연이가 먼저 지우자고 했는데 그놈이 책임진다고 했대요. 돈 벌어서 먹여 살리겠다고. 지우겠다고 병원에까지 간 걸 무릎 꿇고 사정을 해서 다시 데려왔대요."

여자는 이야기를 잠깐 멈추고 숨을 골랐다. 우리는 자리에 앉아 조용히 여자의 이야기를 들었다. 내가 이 이야기를 들어도 되는지 판단이 서지 않았지만, 세미나실에는 공교롭게도 겨울이란 이름을 지어줬던 사람들만 남아 있었다.

"그러더니 그 남자가 좀 달라졌대요. 큰 소리도 안 내고, 일찍 일어나서 회사도 잘 출근하고, 퇴근하면 일찍 들어오고요. 그래서 수연이도 점점 믿을 수밖에 없었대요. 점점 임산부인 티가 나는데 돈은 벌어야 하니까 버티고 버티다가 육아휴직을 신청했대요. 근데 회사에선 그걸 왜 해줘야 하냐고 거부하더래요. 그래서 실업급여라도 받으려고 했더니 그냥 퇴사 처리를 해버렸대요. 노동부에 신고하고 한참을 싸워야 하는 상황이 됐는데 산달이 되어가니까 어쩔 수가 없었던 거예요. 그래서 이러지도 저러지도 못하고 예서를 낳았는데 그때 그놈이 돌변한 거죠. 수연이보고 돈도 못 벌어오고 실업급여도 못 받고 할 수 있는 게 뭐냐며 화를 내기 시작했대요. 이렇게 키워서 뭐 하냐고 고아원으로 보내버리자고 막말을 해댄 거예요. 그날도 그놈이 수연이한테 욕을 하기 시작해서 수연이도 홧김에 혼자 키울 테니 짐 싸서 꺼져버리라고 했대요. 그랬더니 다음 날 진짜 사라졌어요. 지가 넣은 보증금 가져간다고 같이 쓰던 통장에서 천만 원을 빼가지고요."

덕규 아저씨가 의자를 살살 들어 빼고는 밖으로 나가버렸다. 그러자 아저씨한테 가려져 있던 재희 씨의 얼굴이 보였다. 재희 씨는 얼굴을 감싸고 울고 있었다. 그 옆으로 재희 씨를 토닥이는 세인이와 안절부절못하는 경민이가 보였다. 내 옆에는 할머니도 앉아 있었지만 차마 고개를 돌려 볼 수가 없었다.

"당장 쓸 생활비도 없고 날은 점점 추워져서 이사 올 사람도 없었어요. 집주인한테 겨우겨우 사정을 해서 다음에 올 사람 월세까지 한 달 치 쥐여주고 보증금을 뺐어요. 그리고 저희 집으로 오게 된 거예요. 그런데 저도 원룸인 데다 생활이 넉넉지 않아요. 같이 어떻게든 버텨보자 했는데 어느 날 수연이가 예서를 데리고 나가더니 친척이 잠깐 맡아주시기로 했다고……. 거짓말인 것 같았어요. 매일 밤마다 울어대서. 그런데 저도 얘기를 못 했어요. 저도 힘들어서……. 죄송해요. 제가 그런 거나 마찬가지예요. 그랬는데 며칠 전에 뉴스에 예서가 나오는 거 보고 찾아왔어요. 제가 온 거 수연이는 몰라요."

계속 한숨이 나왔다. 이야기를 듣다 보니 우리 모두가 더 이상 갈 곳이 없어진 기분이 들었다. 여기를 거쳐 가는 게 아니라 여기에 아주 도착해버린 것 같았다. 슬픔과 분노가 동시에 찾아왔지만 슬픔에 함락되는 마음이 더 먼저였다. 분노도 허무했다. 본 적 없는 남자의 얼굴을 상상하고 온갖 저주를 퍼붓는 데 필요한 힘이 나지 않았다. 자연스레 슬픔에 더 눈이 가서 수연이란 사람이 떠올랐다. 이 자리에 없으니 위로할 수가 없었고, 이 자리에 있다 해도 위로할 수가 없었을 것이다. 그저 그 사람이 행복하길 바라는 수밖에 없었다.

"저…… 너무나 염치없고 죄송하지만 한 가지만 부탁드리고 싶은 게 있어요."

"이야기해봐요. 도와야지."

덕규 아저씨가 다시 세미나실로 들어오면서 큰 소리로 대답했다.

"감사합니다. 저…… 다른 게 아니라 예서를 두어 달만 더 데리고 있어주셨으면 해서요. 당황스러우실 텐데 제 이야기 조금만 더 들어주세요. 죄송합니다."

"계속해보세요."

이번에는 재희 씨였다.

"저…… 이번에 주택 공급 변경안이 나왔잖아요. 거기 특별 공급 대상자에 영유아가 있는 가구, 가계 곤란, 무주택자, 실업으로 인한 무직자에 뭐에 많이 추가가 됐는데, 보니까 수연이가 그 기준으로 가점이 10점이 넘어서 신청을 하면 될 것 같았거든요. 그래서 제가 수연이 몰래 신청을 했는데 당첨이 됐어요. 그래서 2월에 입주를 하게 되는데…… 지금 수연이가 많이 불안정하고 저도 당장 예서를 집에 들일 수가 없는 상황이라…… 죄송합니다. 제발 부탁드립니다."

예고한 대로 염치없고 죄송할 부탁이었다. 그렇게 될 경우 가장 고생하게 될 사람은 재희 씨였다. 재희 씨는 이마에 손을 짚고 눈을 감은 채 생각에 잠겨 있었다. 얼굴이 붉게 달아올라 있었다. 등이 발작하듯 불규칙하게 들썩거렸다.

"그때 되면 수연이란 분은 괜찮나요?"

"네! 제가 책임지고 괜찮게 잘……."

목소리가 너무 들떠 있다는 걸 스스로 느꼈는지 여자가 말끝을 흐리고 재희 씨의 눈치를 살폈다. 재희 씨는 여자를 쳐다보지도 않고 있었다.

"저 바람 좀 쐬고 올게요. 지수 씨도 잠깐 쉬고 오세요."

일어나서 재희 씨를 따라 밖으로 나왔다. 경민이도 따라 나와 인사를 하고 쉘터로 돌아갔다. 재희 씨와 말없이 걷다 보니 식당이었다. 식당 의자에 앉은 재희 씨는 다시 얼굴을 두 손에 파묻었다. 식당에 있던 사람들이 우리를 쳐다보고 있었지만 중요하지 않았다. 정수기로 가서 찬물을 두 컵 받

았다. 그리고 컵 하나에만 뜨거운 물을 조금 섞어서 재희 씨
앞에 내려놨다.

"고마워요."

재희 씨는 물을 한 모금 마시더니 날 보고 살짝 웃고는 컵
을 내려놨다.

"괜찮아요?"

"네. 괜찮아요."

"걱정이네요."

"저도 걱정이 되네요."

우리는 서로 다른 걱정을 하고 있는 게 분명했다.

"저는 재희 씨가 걱정이에요."

재희 씨가 고개를 들어 나를 쳐다봤다. 눈이 조금 커져 있
었다.

"갑자기요?"

"갑자기는 아니에요. 갑자기 말한 것뿐이지."

"이 시국에요?"

"예, 뭐…… 그렇네요……."

"고마워요."

재희 씨는 웃고 있었다. 그래서 나도 웃었다. 한참을 서로
다른 곳을 보면서 소리 없이 웃었다. 잠시 후 재희 씨가 말
했다.

"제가 어떻게 해야 할까요?"

너무나 어려운 질문이었다. 하지만 알 수 있었다. 이건 대답을 바라고 하는 질문이 아니었다. 나는 대답 대신 재희 씨를 가만히 바라봤다.

　"맞아요. 이건 제가 대답해야 할 문제인데, 정답이 있길 바라게 되네요."

　재희 씨가 손가락 끝을 테이블에 대고 빙글빙글 돌렸다. 원이 생길 듯 생기지 않고 사라질 듯 사라지지 않았다.

　"재희 씨만 생각하세요. 그래도 괜찮아요."

　식당 입구를 바라보며 생각을 정리하는 재희 씨의 옆모습이 예뻐 보였다. 넋을 놓고 보다 문득 부끄러워 주변을 둘러봤다. 눈이 마주치는 족족 나를 외면하는 사람들이 보였다.

　"그렇게 하죠."

　"아…… 감사합니다. 정말 감사합니다."

　"하지만 이건 예서를 위한 거예요. 그걸 꼭 아셔야 합니다. 제 노력을 수연이란 분도 아셔야 해요."

　"당연하죠. 감사합니다. 정말 저랑 수연이 평생의 은인이세요."

　"그리고 한 달에 육십만 원이에요. 피차 성인인데 이 정도는 해야 서로 중요한 줄 알죠. 대신 지금은 힘든 상황이니 당장은 말고요. 2월에 입주하고 나서부터 보내세요. 간단하게 각서 써서 나눠 갖고요."

166

생각도 못 한 조건이었다. 하지만 금방 납득할 수 있었다. 지금껏 재희 씨가 예서를 얼마나 힘들게 돌봤는지 안다면 오히려 터무니없을 만큼 적은 금액이었다. 그러나 여자는 금방 대답하지 못하고 있었다.

"재희 씨, 그래도 지금까지 정이 있는데 너무 야박하게 하면은……."

"아뇨, 할머니. 이전까지는 그랬더라도 지금부터는 그러면 안 돼요. 지금은 제가 결정할 문제예요. 지수 씨. 그게 어려우면 다른 사람을 찾아보시거나 당장 수연 씨한테 예서 데려가라고 하세요."

"아뇨. 그렇게 하겠습니다. 감사합니다. 당연히 그렇게 해야죠. 감사합니다."

"좋습니다. 그럼 그렇게 하기로 하고, 오늘 각서 쓰시죠."

나라면 어떻게 했을까 생각해봤다. 아마 예서를 그냥 보낼 수는 없어 수락을 하고는 남은 두 달을 고통 속에서 보내다 결국 예서를 미워하게 될 것 같았다. 재희 씨의 방법은 상대와 스스로에게 안전벨트를 이중으로 채워두는 거나 다름없었다. 세련된 어른의 방식이었다. 내가 배워야 하고, 배워도 할 수 있을까 걱정이 될 만큼 명료한 마무리였다. 전혀 예상할 수 없었던 일이 전혀 예상할 수 없었던 방식으로 종착되고 있었다. 노교수도 이런 의외의 순간을 기다렸던 걸까 싶었다. 귀한 것은 드물며 어렵게 얻어내야만 했다. 교양

철학 시간에 배운 것들 중 유일하게 기억에 남는 말이었다.

　여자가 떠나자 우리는 긴장이 다 풀려 쓰러질 지경이었
다. 특히 재희 씨는 자리에서 한참 동안 일어나지 못했다. 우
리가, 정확히는 재희 씨가 큰일을 치러낸 참이었다. 식당에
가지 말고 먹을거리를 사서 쉘터에서 조촐하게 식사를 하기
로 했다. 장소는 재희 씨의 쉘터였다. 덕규 아저씨와 세인이
가 먹을 걸 사 오기로 했다. 할머니는 젊은 사람들끼리 회포
를 풀라며 먼저 쉘터로 돌아갔다.

　재희 씨와 무빙워크에 올라 주변을 둘러봤다. 예서를 발
견한 화장실이 보였고, EPS실이 보였다. 이 무빙워크에 재
희 씨와 단둘이 타는 건 그날 이후 처음이었다. 그동안 많은
게 바뀌었다. 그때는 너무나 어색해 말을 멈출 수가 없었지
만, 지금은 서로 비슷한 감상에 젖어 말없이 주변을 바라보
고 있었다. 말을 하지 않아도 그보다 더 많은 걸 나눌 수 있
었다.

　"시간이 벌써 많이 지난 것 같은데 막상 생각해보면 아직
한 달도 안 지났네요."

　"그러네요. 꼭 일 년은 지난 거 같아요. 처음에도 우리 같
이 이거 타고 있었잖아요."

　"저도 그 생각하고 있었어요. 그런데 궁금한 게 있는데,
그때 왜 그런 거예요?"

"언제요?"

"재희 씨가 저한테 갑자기 이야기 좀 하자고 했던 날이요."

"그게 궁금했어요?"

"네. 그때부터 계속 궁금했어요."

"음…… 글쎄요? 저도 잘 기억이 안 나요. 그날 답답하고 힘들었는데, 보니까 성결 씨가 있는 거예요. 그래서 일면식도 있겠다, 에라 모르겠다 하고 그냥 얘기해봤어요."

"네? 그게 다예요?"

"네! 정말 그게 단데……. 저 그날 쉘터 올라와서 엄청 후회했어요. 잠도 못 자고."

"저도 잠 못 잤는데. 같이 맥주나 한잔할 걸 그랬네요."

"그랬어요? 그럼 정말 그럴 걸 그랬어요. 어차피 이렇게 친해질 건데."

생각보다 별생각이 없던 재희 씨였지만 그건 또 그것대로 좋았다. 어느새 3층이었다. 언뜻 보니 쉘터 앞에 사람들이 서 있었다. 재희 씨와 함께 고개를 숙이고 모르는 척 쉘터로 들어가려고 했다. 그때 나를 부르는 목소리가 들렸다.

"성결아!"

순간 익숙한 목소리에 소름이 돋았다. 다리가 굳어버렸다. 그럴 리가 없었다. 천천히 고개를 돌렸다.

엄마와 아빠, 그리고 동생이 내 쉘터 앞에 서 있었다.

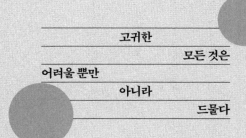

고귀한
모든 것은
어려울 뿐만
아니라
드물다

"엄마 아빠가 여기 왜 있어? 야, 너 뭐야. 여기 왜 왔어?"

"아 뭐. 엄마 아빠가 오자 그래서 왔지. 오고 싶어서 왔겠어?"

동생이 신경질을 내며 대답했다. 정말이었다. 이 셋이 정말로, 지금 내 앞에 서 있었다. 아빠의 표정을 훑으며 엄마를 바라봤다.

"왜 있긴. 성결이 너 보러 왔지. 여기가 네 시트인지 뭔지라며? 들어가자. 혼자 지내기엔 딱 좋네."

"아니, 거기 들어가지 말고. 밑에 손님들 만나는 데 있어. 거기 가서 얘기해."

"이 아가씬 누구야? 인사시켜줘야지. 안녕하세요. 성결이 엄마예요. 뭐 성결이 도와주시거나 하는……."

173

"안녕하세요, 어머니. 이재희라고 합니다. 도움이 되는 건 잘 모르겠고 많이 도움 받고 있어요."

"어머, 그래요? 말씀만으로도 감사해라. 그럼 또 봐요."

재희 씨에게 인사를 하고는 셋은 쉘터로 들어가버렸다. 여기서 하는 말은 저기서도 다 들리기에 재희 씨에게 무슨 말을 하기가 조심스러웠다. 하지만 재희 씨는 이미 눈치를 챈 듯 입 모양으로 괜찮으니 힘내라고 하고는 쉘터로 돌아갔다. 나는 전쟁을 치를 준비를 했다. 아무리 가족이어도 이래서는 안 되는 것이었다.

"지금 이게 갑자기 뭐 하는 짓이야?"

쉘터로 들어가며 이를 악물었다. 그들은 마치 새집에 구경을 온 것처럼 쉘터 이곳저곳을 들추고 있었다.

"여기서는 뭘 먹고 지내니? 여긴 먹을 게 인스턴트밖에 없네?"

"그것들 좀 놔둬! 다 정리해둔 거야!"

"그래? 저기 저 공들 좀 봐요, 여보. 성결이 어릴 때 튜브 같은 거 깔고서 저거 잔뜩 넣어두면 하루 종일 들어가서 놀고 그랬잖아요. 성결이 너 기억나?"

"하나도 기억 안 나고, 아니, 됐고. 왜 온 거야 갑자기? 돌아다니지 말고 좀 앉아. 먼지 일어나서 알레르기 생기니까 좀. 너도 저기 앉아."

"그래. 그러자. 앉읍시다, 여보. 성결아 차나 커피나 뭐 마실 거 없어? 오늘 종일 바깥바람을 쐬고 다녔더니 목이 칼칼하네. 아빠도 한잔 드리고 동생도 한잔 주고."

익숙하게 떠오르는 뻔뻔함이었다. 일 년 동안은 거의 잊고 있었는데. 잠깐이라도 당장 이들과 떨어져서 생각을 정리하고 싶었다. 전기 포트에 물을 붓고 끓이기 시작했다. 쉘터에 있는 차는 홍차뿐이었다. 티백 다섯 개가 남아 있었다. 그중 세 개를 꺼냈다. 잠깐만 버티면 이들은 돌아갈 것이고 그러면 나도 재희 씨 쉘터로 가서 파티를 할 수 있었다. 그러려면 싸우기보단 이들을 안심시켜서 조금이나마 빨리 용건을 이야기하고 떠나게 하는 편이 나았다.

"김한결. 와서 이거 하나 가져가."

동생이 와서 홍차를 하나 들어보더니 다른 두 잔까지 챙겨 가져갔다. 엄마, 아빠의 몫이었다. 나는 마시지 않을 참이었지만 순간 이가 악물렸다. 하지만 참을 수 있었다. 이 정도는 아무 일도 아니었다.

"너는 안 마셔?"

"나는 아까 마셨어."

홍차를 마시며 쉘터를 계속 훑어보던 아빠가 말했다.

"그래, 여기 사는 건 살 만하고?"

"어. 사람들도 괜찮고 마트니까 이것저것 사러 나갈 필요도 없이 편해. 필요한 건 여기 다 있어."

"참나. 사람들이 마트에 모여 산다니. 요즘 세상엔 이제

신기할 것도 아니지만 와보니까 또 다르네. 생각보다 사람
도 많고."

"백 명 조금 더 있어. 다 쓰는 건 아니고 철수한 임대 매장
들이나 마트 편의 시설 같은 것들 개조해서 쓰는 거야. 여기
있는 마트 물건들은 지금 창고나 마찬가지고. 온라인으로도
많이 판다나 봐."

내 대답이 길어지자 아빠는 살짝 입꼬리가 올라간 채로
내 말이 끝나길 기다렸다. 잘 되어가고 있었다.

"불편한 건 하나도 없어? 씻는 거라거나 먹는 거라거나
자는 거라거나. 집보다는 못하지 않니?"

엄마는 그래도 집이 편하다는 말을 듣고 싶은 모양이었
다. 그 정도는 어렵지 않게 해줄 수 있었다.

"집 같지는 않지. 샤워장은 남자 여자 나뉘어 있긴 하지만
부족하고. 자는 거나 먹는 건 처음엔 좀 불편해도 시간 지나
니까 다 적응됐어."

"그러니까 너도 같이 삼촌 집에 있었으면 얼마나 좋니."

"……그러게."

대답하고는 속으로 삼촌 미안해 하고 중얼거렸다. 삼촌은
이해해줬겠지만 미안하다고 말하는 것과 말하지 않는 건
분명 차이가 있었다.

"그런데 오늘은 갑자기 왜 온 거야? 미리 연락을 하고 오
지. 나도 오늘은 일이 있어서 또 나가봐야 하는데."

176

"지금? 그러면 다녀와. 우리는 여기서 잠깐 누워 쉬고 있으면 돼."

"이제 곧 저녁 시간인데 저녁 식사도 해야지. 그럼 가야 되는 거 아니야?"

엄마가 고개를 돌려 아빠를 쳐다봤다. 아빠는 홍차를 마시며 고개를 끄덕였다. 여전히 무슨 일이 일어나고 있는지 알 수 없었다. 동생의 표정도 살펴봤지만 아무 생각이 없어 보였다.

"아들. 작년에 지진 나고 나서 아빠 회사도 잘 안 되고 힘들었던 거 알지?"

회사랄 것도 없는 회사였다. 어릴 때부터 친했던 선후배들이 시청이나 구청 공무원이 되면서 들어오는 하청과 교회 사람들이 물어다 주는 일을 받아서 처리하는 곳이었다. 분야도 인쇄, 판촉, 건축, 인력 등 다양했다. 물론 그중 제대로 할 수 있는 일은 하나도 없었다. 하청에 하청을 주면서 위에 뺏기는 리베이트를 아래에서 충당했다. 그마저도 나중에는 선거에 따라 공무원들이 퇴직도 하고 다른 곳으로 발령이 나기도 하면서 일거리가 점점 없어졌다.

그래서 더더욱 교회에 집착하기 시작했다. 여러 그룹에 속하게 되면서 내야 할 헌금의 종류도 점점 많아졌다. 그중 아빠가 집착했던 건 건축헌금이었다. 목사 내외와 식사를 하고 와서는 그 주 주말에 이천만 원을 헌금으로 태워버렸다. 그러고는 얼마 안 있어 일억 원짜리 공사를 수주받았다. 우리는 그날 랍스터를 먹었다.

나중에 공사를 다 마치고 보니 이것저것 다 떼고 남은 순수익은 이천만 원 정도였다. 그래도 이건 시작이니 앞으로 더 좋은 공사를 주실 거라며 불평하지 않았다. 엄마는 새벽마다 교회에 나가 국수도 삶고 김치도 담갔다. 그리고 지진이 났다. 교회가 개박살 났다.

"알지."

"그때 아파트도 전셋집에다 삼촌 집도 다 상가였잖아."

"그런데?"

"우리가 무주택자가 된 거야. 그땐 몰랐지. 뭐가 어떻게 돌아가고 어떻게 신청을 하는지. 그런데 성결이 네가 여기서 살고 있었잖니."

"그게 왜?"

"왜긴. 그래서 알아보니까 우리가 네 가족이잖아. 무주택자에 소득도 없다시피 하고. 그래서 얼른 신청을 했는데 이미 네가 신청을 해뒀더라고. 그래서 신분증에 등본에 가족증명서에 바리바리 떼다가 추가 신청을 했지."

"그게 무슨 말이야. 그러면 집 두 채를 신청했다는 거야?"

"얘는. 그러면 좋게? 너 문자 안 왔어? 우리 당첨됐어. 하나도 모르고 있었어?"

눈앞이 깜깜했다. 있는 그대로 내 눈꺼풀이 느껴지면서

세상에 잠시 불이 꺼졌다가 돌아왔다. 저 말은 내가 이 사람들과 같이 살아야 한다는 뜻이었다. 믿을 수가 없었다. 그럴 수는 없었다. 그건 말도 안 되는 일이었다. 그래서는 안 됐다. 사람으로서 견딜 수 있는 한도가 있고 그걸 넘어가도록 고통을 줘서는 안 되는 것이었다. 그게 사람으로 살아가기 위한 최소한의 조건이며, 사람이 사람에게 해서는 안 될 일이었다. 그런데 지금 그 일이 일어나려고 하고 있었다.

"우리 다다음 달이면 입주야. 투룸! 아파트보단 조금 좁겠지만 그래도 그게 어디야. 거기 아빠 동창들도 많이 살고 딱 좋지. 몰랐어?"

다리에 힘이 풀려 바닥에 주저앉았다. 감정이 근육을 따라 올라오고 있었다. 목이 잠겨 말이 나오지 않았다. 그게 무슨 소리냐고 말하고 싶었지만 목구멍이 너무 무거웠다.

"성결아! 얘 또 이러네. 성결아!"

엄마가 내 목에 손을 대고 등을 두드렸다. 무언가 울컥 올라왔지만 목구멍에 걸려버렸다. 순간 숨이 막혔다. 고개를 숙이고 온 힘을 다해 억지로 기침을 해댔다. 숨이 막혀서 등이 들리려는 순간 콧물과 침이 섞인 진득한 덩어리가 튀어나왔다. 나는 숨을 몰아쉬었다. 눈가가 뜨겁고 눈물과 콧물이 동시에 흘렀다.

"아니, 왜…… 왜 나한테 말도 없이 그렇게 해? 내가 이거 얻으려고 얼마나……."

다시 헛구역질이 올라왔다.

"내가 뭘 잘못했다고 이래? 나한테 뭘 해줬다고 이래…….
내 인생인데 왜……. 내가 왜 이렇게 살아야 되냐고!"

그들은 말없이 팔짱을 낀 채 나를 바라보고 있었다. 나는
그들이 나와 싸워주길 바랐다. 내가 못 견디고 일상에서 벗
어날 때 그들도 내게 맞서서 싸워주길 바랐다. 같이 소리를
지르고 욕을 하고 잡히는 걸 집어 던지면서 싸우더라도, 하
다못해 그런 악이라도 주고받으며 차라리 다 같이 속 시원
하게 망해버리기라도 하길 바랐다. 나의 화가, 나의 못 견딤
이, 나의 예민함이 그들에게서 온 것이란 믿음이 필요했다.
너희도 나와 같다고, 그래서 나도 너희와 같은 거라고 외칠
수 있는 순간이 내게는 언제나 절실했다.

내가 아침저녁으로 숨을 못 쉬고, 병원으로 약을 받으러
다니고, 가끔씩 아멘 소리에 악이 받쳐 소리를 질러대도 그
건 자연스러운 일일 뿐이라고 생각할 수 있게 해줄 가족이
필요했다. 밖에서의 나는 괜찮으니까. 밖에서의 나는 평범
한 고등학생이었고, 학비를 벌어가며 대학을 졸업했고, 구
직을 하면서도 과외를 해가며 용돈 한 번 받지 않았으니까.
그런데 집에만 들어오면 나를 자기들과 다른 종의 사람인
것처럼 배려하고 기도해주고 나아질 수 있다고 믿게 만들
려는 두 손을, 표정들을, 이 현실에서의 나는 어리석고 하늘
의 뜻은 헤아릴 수조차 없다고 말하는 목소리들을 나는 도

저히 견딜 수가 없었다. 떠나온 나를 여기까지 찾아와 내가 마치 그들을 구원하기라도 한 것처럼, 그들의 기도 덕분에 내가 변화했고 그 덕에 자기들이 고난 가운데 구원받을 수 있었다는 듯한 저 말들을 견디고 싶지 않았다.

한참 소리를 지르다 보니 목이 잠겼다. 쇳소리가 나서 더 소리를 지를 수도 없었다. 그들은 여전히 아무 말도 하지 않았다. 내가 있을 곳은 여기가 아니었다. 비틀거리며 일어나 휴지로 얼굴을 닦았다. 숨을 한 번 크게 들이마셨다가 내뱉었다. 온 힘이 다 빠져나가 가슴이 비어 있는 느낌이었다.

그들을 돌아보지 않고 쉘터에서 나왔다. 화장실에서 내 꼴을 좀 정리해야 했다. 누가 봤을까 부끄러워 바닥만 보며 걷고 있는데 누군가 내 어깨에 손을 올렸다. 덕규 아저씨였다. 덕규 아저씨는 나를 쳐다보지도, 어떤 말을 하지도 않았다. 방금의 일이 한참 지난 일 같았다. 허무하고 우스워 웃음이 나왔다. 그제야 덕규 아저씨가 나를 쳐다봤다. 그러고는 소리 내 웃었다.

*

"어! 왔네요? 언니랑 저랑 먼저 먹고 있었어요. 와서 드세요!"

전자레인지에 데운 냉동식품 몇 개와 즉석밥, 과자, 음료

수, 그리고 맥주가 있었다. 대학 시절 생각이 났다. 학교 앞 마트 테라스에 모여 앉아 소주와 과자 두어 봉지를 뜯어놓고 밤새도록 마시던 기억. 나중에는 누가 와서 앉아 있는지, 누가 떠났는지도 알 수 없을 지경으로 취해서 눈을 뜨면 집이었던 기억. 나는 종종 그때의 우리는 다 어디로 갔는지 궁금했다. 그러나 이제 와 그런 이야기를 꺼내는 건 촌스러운 일이었다. 누가 먼저 꺼낼지 전전긍긍하면서도 끝까지 패를 보이지 않고 자리를 매듭짓는 게 어른의 교양이었다.

"일찍 왔네요?"

"네. 다들 피곤하다고 해서 좀 쉬라고 했어요."

"아저씨도 맥주 드실래요?"

"당연하지. 나 한 캔 주고 너희는 마트에 있는 거 다 마셔버려라. 다 끝장을 내버려. 성결이는 내일 일어나서 또 마시고."

재희 씨는 금방 눈치를 챈 것 같았다. 세인이는 어리둥절하며 음료수로 같이 건배를 했다.

"누가 건배사 한번 해봐!"

"요즘 누가 건배사를 해요."

"맞아요. 그러니까 성결 씨가 해봐요."

"예?"

"이러다 오십견 오겠다. 빨리 좀 하자, 빨리."

머릿속이 새하얬다. 아직 방금의 흥분이 다 가라앉지 않은 상태였다. 그러나 건배사를 하지 않으면 다들 정말 영원히 팔을 내리지 않을 것 같았다. 마음의 전환이 필요했다.

"저…… 겨울이! 아니, 예서! 우리 다 같이 고생했고, 물론 예서도 고생 많았고, 함께한 시간은 그리 길지 않지만 그래도 많은 일을 같이 겪으면서…… 이렇게 같이 앉아서 술잔을 기울이면서…… 우리가 그……."

"그래서 장가갈 수 있겠냐?"

"맞아. 그래서 장가나 가겠어요? 그냥 제가 할게요. 자, 사우나!"

"언니 사우나가 뭐예요?"

"사우나가 뭐냐면……."

자신 있게 이야기한 재희 씨였지만 설명하기는 조금 부끄러워 보였다.

"사랑과…… 우정을! 나누자! 사우나!"

"싸우나!"

덕규 아저씨가 이렇게 즐거워하는 건 처음이었다. 재희 씨의 민망한 표정과 세인이의 정색한 표정 사이에 아저씨의 커다란 웃음소리가 끼어들었다. 듣는 사람을 따라 웃게 만드는 소리였다. 나는 생각이 다른 데 가 있었지만 우리는 서로를 바라보며 한참을 웃었다.

쉘터에 있을 그들 생각이 문득문득 떠오를 때마다 비관으로 빠지는 걸 필사적으로 멈춰야 했지만, 술이 들어갈수록 점점 잊을 수 있었다. 맥주가 떨어지면 덕규 아저씨와 내려가서 더 사 왔다. 한 캔만 마신다던 아저씨는 이제 손에 잡히는 대로 끝도 없이 마셔대고 있었다. 재희 씨 옆에도 빈 캔이 꽤 많이 쌓여 있었지만 전혀 취하지 않은 것 같았다. 취해가는 건 나였다. 술을 오래 안 마시면 간이 회복되는 만큼 주량이 더 올라갈 줄 알았지만 그게 아닌 모양이었다. 얼굴이 붉어지고 조그만 트러블이 생기고 있었다. 이전엔 얼굴색은 항상 그대로였는데, 한두 해 사이에 몸이 많이 달라지고 있는 게 느껴졌다.

"너 왜 음료수 마시냐?"

"술이 좀 올라서……."

"장가 안 갈 거지?"

"아저씨 정말 삼십 대 정도만 됐어도 친구 삼아서 아주 그냥……."

"곧 오십 되는 사람도 못 이기면서 삼십 대는 가능성이 있겠냐?"

내 허벅지만 한 팔뚝을 보니 가능성이 전혀 없어 보였다. 저 팔로는 걸어 다녀도 괜찮을 것 같았다.

"성결 씨, 무리예요. 차라리 아저씨 팔순 잔치를 노려봐요."

"그래야겠네요. 그럼 저는 환갑이니까 이길 수 있어요. 서른이 되어보니까 여기서 환갑 되는 건 어째 더 빠를 것 같기도 하고……."

"그때까지 살아 있는 것도 중요해요."

"너희 지금 나 죽으라고 하는 소리냐?"

우리의 대화를 가만히 듣고 있던 세인이가 먼저 일어났다. 내일 학교에 가야 해서 어쩔 수 없었다. 어쩌면 경민이와 세인이가 이 쉘터에서 가장 힘든 사람이겠다는 생각이 들었다. 가장 예민하고, 그래서 꼭 행복해야 할 시기였다. 내 학창 시절을 다시 떠올려보면 그때의 나는 기억할 만한 게 없었다.

매번 비슷한 일상 사이에서 등장하는 사건들은 어떤 방식으로든 충격이었고, 그런 건 항상 기억에서 많은 용량을 차지했다. 저장할 자리를 마련하기도 전에 찾아오는 기억은 시간 위에 제멋대로 덧씌워졌다. 그래서 돌아보면 하루가, 한 달이, 일 년이, 십 년이 온통 하나의 기억인 경우가 많았다. 저들에게도 이 기억을 덧씌울 만한 새로운 기억이 찾아올까.

기억도 오래되면 썩어 신경을 건드리곤 했다. 뽑아낼 수도 없이 일상을 통증 속에 놔둘 수밖에 없었다. 인류가 죽지 않고 영원히 살 수 있게 된다면 기억을 제거하거나 이식하는 기술이 개발되고 난 다음일 것이다.

화장실에 다녀오니 아저씨는 사라지고 재희 씨만 남아

있었다.

"아저씨 어디 갔어요?"

"취해서 헛소리할까 봐 무섭다고 가셨어요."

"아니, 그렇게 장가를 가네 마네 해놓고 먼저 가요? 무슨 장가가셨나? 제가 가서 데려올까요?"

"아저씨를요?"

"네. 금방 가서 잡아 오죠."

"그렇게 하고 싶어요?"

"재희 씨는요?"

"성결 씨 하고 싶은 대로 해요."

둘만 남은 지금이 처음 만났을 때만큼 어색하게 느껴졌다. 재희 씨는 차분했지만 나는 조금 들떠 있었다. 그 간극이 천천히 좁혀져가고 있었다.

"가족분들이랑은 이야기 잘 나눴어요?"

"네. 혹시 들으셨어요?"

"아뇨. 저는 바로 올라왔잖아요."

"별 얘기 안 했어요. 오래간만에 봤으니까 어떻게 지냈는지 좀 얘기하고, 피곤해 보여서 하루 자고 가시라고 했어요."

"그러셨구나. 잘하셨어요. 성결 씨도 가족 이야기 잘 안 하시니까 궁금했어요. 그런데 동생도 있고 은근 대가족이네요."

"맞아요. 동생은 저보다 아홉 살 어려요. 늦둥이예요. 저도 대학 다니다 졸업하고 본가 가니까 동생이 또 대학 간다고 떠나서 같이 산 건 얼마 안 돼요."

"동생이 형 많이 보고 싶어 하고 따르겠어요. 저는 혼자라 그런 게 가끔 부럽더라고요."

"뭐 이제 걔도 성인이니까 혼자 앞가림해야죠. 저도 그랬고……."

"그래도 아직 앤데요, 뭐. 지금도 그렇지만 그 나이 때 저는 정말 아무것도 몰랐어요. 이런 일 저런 일 다 겪어가면서 온 게 지금 여기인데 가끔 생각해보면 그때의 저를 꼭 지금의 제가 키운 거 같아요. 뭐…… 시간 여행 같은 거?"

"저도 시간 여행 좋아해요. 특히 영화요."

"어! 저도 그런데. 후회하는 일이 많나 봐요?"

"이런 질문을 바로 한다는 건 재희 씨도 그렇다는 거 아니에요?"

"어떻게 알았지? 그런데 저는 사실 다시 돌아가고 싶은 때는 없어요. 오히려 미래로 가고 싶은 편?"

"저는 항상 가고 싶은 때가 있어요. 전에는 잘 때도 그때로 가는 꿈꾸려고 계속 생각하다 잠들었어요."

"그때가 언젠데요?"

"음…… 그건 비밀이에요."

"그런데 만약에 지금이 그리 나쁜 때가 아니고, 알고 보니 오히려 좋은 때면요? 돌아가서 다시 살아보니 더 안 좋게

풀린다거나…….”

“사실 저도 요즘 들어 자꾸 여기가 미래라는 생각이 들어요. 더 갈 곳도 없고 더 상상할 수도 없는 거죠. 항상 최선인 상태가 알고 보니 지금인 건 아닐까 싶어요.”

“그럴 수도 있을 것 같아요. 저는 아직 제 인생에서 가장 슬프고 되돌리고 싶은 일은 등장하지 않은 것 같아요. 부모님과 따로 떨어져 있긴 해도 살아 계시고, 하고 싶은 일도 질리게 해봤고요. 행운이었던 것 같아요. 앞으로 언제까지 이렇게 지낼 수 있을지 모르겠어요.”

나만의 개인적인 미래는 이미 떠올릴 수 없게 된 지 오래였다. 내 슬픔을 눈앞의 사랑에게 먹이로 주는 건 어렵지 않았다. 하지만 내가 꿈꾸는 것이 미래의 사랑인지, 사랑의 미래인지 알 수가 없었다. 지금 여기에도 사랑이 있다고 믿지만, 어쩐지 사랑을 떠올리면 비 오는 날 어느 지붕 아래 미래와 미래의 사랑이 함께 서 있는 모습이 그려졌다. 그게 미래에 비로소 이루어진 사랑인지 사랑 안에서만 볼 수 있는 미래인지 판단이 서지 않았다. 한 가지 확실한 건 내 사랑이 지금 눈앞에 있다는 것이었다. 그러나 그뿐이었다. 내 쉘터에는 그들이 자고 있었다. 사랑이 위태로워지고 있었다.

“갑자기 그렇게 멍 때리시면 제가 이상한 말을 한 거 같잖아요.”

재희 씨가 테이블을 치우고 있었다. 얼른 일어나 치우는 일을 거들었다.

"미안해요. 조금 취했나 봐요. 이거 얼른 치우고 가서 잘 게요."

"괜찮아요. 다른 건 두고 뜯어놓은 것들만 모아주세요."

테이블이 깨끗해지는 게 아쉬웠다. 바닥에 맥주라도 쏟고 싶었다. 하지만 차마 그럴 수는 없었다.

"재희 씨 오늘 정말 고생 많았어요. 푹 주무시고, 그럼 내일 같이 해장해요."

"성결 씨도 고생 많이 하셨어요. 그럼 내일 뵐게요!"

이제는 정말 돌아가야 했다. 언제나 멀어지고 싶었지만 좀 처럼 멀어지지 않는 자리로.

쉘터의 불은 다 꺼져 있었다. 들어갈 마음이 생기지 않았다. 지금은 다른 공간이 필요했다. 순간 떠오르는 곳이 있었다. 무빙워크를 지나 1층으로 내려갔다. 발소리가 크게 나지 않도록 천천히 쉘터들을 지나쳤다. 그리고 문 앞에 멈춰섰다. EPS실이었다. 예서를 발견한 이후로는 한 번도 온 적이 없었다. 손잡이를 잡고 살살 돌려 당겼다. 문이 열리지 않았다. 다시 제자리로 뒀다가 반대로 돌려 당겼다. 역시 열리지 않았다. 힘을 줘서 몇 번 더 당겨봤지만 문은 조금씩 들썩이기만 할 뿐이었다. 한숨이 나왔다. 예서가 발견된 이후로 문을 잠그기 시작한 것 같았다.

문에 등을 기대고 섰다. 식당으로 가는 게 가장 나을 것 같았다. 다른 곳들은 자칫 생각이 너무 깊어질 수 있었다. 그때 어디선가 부스럭거리는 소리가 났다. 누가 일어난 듯했다. 얼른 앉아서 몸을 숨겼다. 다시 아무런 소리가 나지 않다가 아주 작게 속삭이는 목소리가 들렸다. 몸을 더 숙이고 소리에 집중했다. 다시 속삭이는 소리가 들렸다. 그 순간 등 뒤가 뜨거워졌다. EPS실 안에서 나는 소리였다.

나는 생각할 겨를도 없이 일어나 달리기 시작했다. 일부러 발소리를 크게 내며 달렸다. 무빙워크로 올라가려다 지나쳐 EPS실에서 보이지 않도록 넓게 돌아 반대편 무빙워크에 도착했다. 몸에서 식은땀이 흐르고 있었다. 귀신이라거나 하는 생각으로 놀란 것은 아니었다. 나는 그 안에 있는 게 누구인지 본능적으로 알 수 있었다. 그건 아마 그들도 마찬가지였을 것이다. 하지만 우리는 서로를 확인하지 않았으니 최악의 상황은 면한 셈이었다.

다시금 EPS실을 택한 스스로를 자책했다. 1층에 오래 머무르고 있을 수도 없었다. 무빙워크를 걸어 천천히 올라갔다. 혹시 그들이 EPS실에서 나와 바로 무빙워크를 올라온다면 마주칠 수도 있었다. 무빙워크 끄트머리에 쪼그리고 앉아 복도를 살폈다. 소화전의 붉은빛과 비상구의 초록빛이 번져 섞이고 있었다. 그때 갑자기 뒤에서 나를 부르는 소리가 들렸다. 놀라 엉덩방아를 찧었다. 고개를 들어보니 재

190

희 씨가 나를 보며 터지는 웃음을 참고 있었다.

재희 씨는 왠지 내가 안 자고 있을 것 같아 쉘터 앞까지는 갔는데 차마 들어가볼 수는 없어서 다시 돌아온 참이었다고 했다. 그런데 누가 무빙워크로 걸어 올라오는 소리가 나기에 와보니 내가 무빙워크 끝에 앉아 고개를 이리저리 움직여가며 이상한 짓을 하고 있던 것이었다. 나는 질문이 많아진 재희 씨를 데리고 다시 재희 씨의 쉘터로 들어갔다.

"성결 씨 방금 뭐 하신 거예요?"

"아 그게…… 잠이 안 와서 마트 돌고 있었어요. 잠깐 스트레칭 한 거예요."

"목 스트레칭이에요, 다리 스트레칭이에요? 자라 같았어요, 자라."

결국 나도 웃음이 터져버렸다. 재희 씨는 이제 끅끅대며 웃고 있었다. 다시 떠올려본 상황이 당황스럽고 웃겨서 따라 웃을 수밖에 없었다. 그러려던 게 아니었지만 이상하게도 이럴 때마다 재희 씨가 있으면 상황이 너무 재미있게 각색되었다.

"해보실래요? 내일부터 운동하러 나오세요."

"그럼 저는 목으로 웨이브 하는 것부터 배울래요. 이렇게 막 꿀렁꿀렁하면서. 아까 어떻게 한 거예요?"

"목 디스크부터 걸리고 시작하는 거예요."

"아니, 원래 이렇게 웃긴 사람이었어요?"

"저는 진지한데요?"

"저도 진지한데요?"

계속 웃다 보니 배가 당기고 악관절이 아팠다. 정말로 아팠다. 뭔가 이상했다.

"악! 저 터……터 빠져혀요. 터……우흐며 아 되느데, 악! 자까마요."

턱이 빠져버렸다. 옛날에는 종종 빠졌지만 이번엔 정말 오래간만이었다. 침이 흐르려 해서 입을 가리고 화장실로 뛰었다. 악관절을 툭툭 치고 아래턱을 조금씩 앞뒤로 움직여서 아귀를 맞춰야 했다. 자주 빠질 땐 곧잘 끼웠는데 그때의 감각이 잘 기억나지 않았다. 너무 오래 걸리면 재희 씨가 걱정할 것 같아 힘을 줘가며 억지로 입을 닫으려 했다. 감전되는 듯한 통증이 느껴졌다. 아래턱을 툭툭 쳐도 효과가 없었다. 침을 뱉어내고 잠깐 숨을 골랐다. 거울을 보니 나도 모르는 새 눈물이 흐르고 있었고 고개를 쳐든 꼴이 우스워 보였다. 이상하게 자꾸 웃음이 나왔다. 그러다 보니 거울에 비치는 모습이 점점 처량해졌다. 턱이 빠진 채로 눈물에 침에다 흘려가며 웃고 있다니. 겨우 웃음을 진정시키고 그때의 감각을 찾으려 노력했다.

어릴 적 풀던 캐스트 퍼즐 같았다. 사슴뿔 모양의 퍼즐 두 개가 서로 맞물려 풀릴 듯 풀리지 않고 계속 어딘가가 걸려 있던 그 퍼즐. 나는 결국 그 퍼즐을 한 번도 풀지 못했다. 하지만 나는 이제 서른이었다. 심지어 이건 퍼즐도 아니고 내 턱이었다. 관절을 맞추는 내내 두통이 심했다. 입 안이 마르고 눈물도 계속 나면서 신경질이 나기 시작했다. 포기할 수 없었다. 시간이 점점 지나가고 있었다. 이제 재희 씨도 웃음을 멈추고 나를 걱정하고 있을 것 같았다. 어쩌면 화장실 밖에 와 있을 수도 있었다.

순간 허탈해지는 마음에 세면대를 붙잡고 주저앉았다. 나는 지금 잘하는 게 하나도 없었다. 금방 서러워져 눈물이 났다. 그리고 눈물은 지금의 내 상황을 다시 상기시켰다. 겨우 얻은 주택을 뺏어가려는 가족과, 지금껏 외면했지만 이제 다시 현실로 다가오는 밥벌이와 내 상황이 암울할수록 반대로 점점 눈이 부시게 밝아져 어느 순간 반짝하고 사라질 것만 같은 재희 씨까지. 입을 막아가면서 울었다. 몸에 힘을 주고 소리를 막다 보니 금방 열이 올랐다. 그러자 기다렸다는 듯 입이 다물어졌다.

나는 곧바로 일어나 거울로 얼굴을 확인했다. 멀쩡한 상태였다. 그제야 턱이 처음 빠진 날을 기억해냈다. 가족 여행 가는 날 싸우고 안 간다며 집에 남아 혼자 밤을 맞은 때였다. 무섭고 서러운 마음에 울고 울다가 입을 벌린 채로 잠들었고, 다음 날 일어나 턱이 아파 또 한참을 울었다. 그러다보니 턱이 제자리로 돌아가 있었다.

재희 씨는 다행히 쉘터에 앉아 있었다. 내가 장난을 치는 줄 안 모양이었다. 다행이었다.

"어디 갔다 왔어요?"

"화장실 갔다가 잠깐 쉘터 다녀왔어요."

"쉘터도 갔다 왔어요?"

"네. 혹시 누가 깼나 싶어서요."

"거짓말 아니에요?"

"어? 진짜예요."

"지금 눈도 빨갛고 얼굴 퉁퉁 부었어요! 진짜 자라 같아요."

"세수해서 그래요. 세수해서."

"그런 걸로 해요, 그럼. 저기 안에 칫솔도 있고 가글도 있어요. 양치하려면 하시고 먼저 주무세요."

지금 자고 가라는 거냐고 물어볼 뻔했지만 그건 좋은 질문이 아닌 것 같았다. 칫솔을 챙겨 천천히 양치를 하고 돌아왔다. 그리고 재희 씨의 칫솔 옆에 내 칫솔을 꽂아뒀다.

"재희 씨는 안 자요?"

"먼저 주무세요. 저는 오늘 일도 좀 적어두고, 이제 돈을 받으니까 예서한테 필요한 것들 목록도 다시 짜보다 자려고요."

긴 토퍼 끄트머리에 엎드려 뭔가를 쓰고 있는 재희 씨를 바라봤다. 지금 이 시간이 영원히 지속되길 바랐다. 하지만 방금 한바탕 울고 난 탓인지 몸이 으슬으슬하고 근육통이 찾아왔다. 조용히 몸을 돌려 누워 눈을 감았다. 이 순간보다 더 좋은 꿈을 꿀 자신이 없었다. 꿈같은 현실에서 잠들면 어떤 꿈을 꾸게 될까. 다시 깨어나도 지금이 이어졌으면 하고 기도했다. 의식이 멀어져가는 와중에 이 의식이 아주 멀어져 나를 떠나버려도 괜찮을 것 같았다.

*

주택공사는 내 질문을 잘 이해하지 못했다. 방법은 그들과 함께 살거나 신청자 명의로 공급 포기를 신청하는 것뿐이었다. 그들만 입주하지 못하도록 할 수는 없었다. 담당자는 잘된 일에 왜 불만을 갖는지 이해되지 않는다는 말을 반복하다가 이런 경우는 처음이며 명시된 규정 외로는 도와줄 방법이 없다는 말로 통화를 끝냈다.

그날 이후로 그들은 내게 별다른 말을 걸지 않았다. 어떻게 내게 기대를 하게 된 건지는 모르겠지만 나를 배신자 정도로 생각하는 것 같았다. 차라리 그게 더 편했다. 그들은 일주일 정도 더 머무르겠다고 했다. 여기서 각자 할 일이 있다고 했다. 그게 뭔지 전혀 궁금하지 않았다. 가방 하나에 이런저런 짐을 챙겨 덕규 아저씨에게 갔다. 아저씨는 내 짐가방을 보더니 내려놓고 운동이나 가자고 했다. 죄송하다는 말

195

에 아저씨는 내 집도 아니니까 신경 쓰지 말라고 했다. 그걸로 끝이었다. 아저씨가 쉘터를 비울 때마다 빨래와 청소를 했다. 아저씨는 매번 먹을 걸 하나씩 더 사 왔고, 내게 빠짐없이 고맙다는 인사를 했다.

우리 셋은 한 번 술을 마신 이후로 더 자주 만났고 매일 저녁 시간을 함께 보냈다. 그러다 보면 아저씨가 먼저 일어날 때가 많았고, 나는 새벽이 지나도록 재희 씨와 단둘이 이야기를 나눴다. 그러다 잠드는 날도 있었다. 그러는 동안 경민이와 세인이는 한 번도 찾아오지 않았다.

나흘째 되던 날 아침 일찍 할머니가 찾아왔다. 나는 막 쉘터를 나서려다 이제 막 온 척을 했다.

"아니, 이 시간에 학생은 여기 웬일이야?"

"아, 얼마 전에 잃어버린 게 있는데 혹시 여기 있나 물어보러 왔어요. 할머니는 무슨 일이세요?"

"아니, 뭐…… 그냥 뭐…….."

"예?"

"뭐 학생이랑 얘기할 건 아니고……. 재희 씨! 별일 없었어요?"

"아! 할머니 오셨어요?"

"응. 재희 씨랑 할 얘기가 있어서 왔지."

"아, 네. 성결 씨는 아까 얘기한 거 찾았어요?"

"찾아봤는데 없나 봐요. 다른 데 더 찾아봐야겠어요. 저 그럼 가볼게요! 할머니 저 가보겠습니다."

"그래요. 또 봐요."

이상한 예감에 쉘터를 나와 벽에 기대섰다. 인사치레하는
게 들렸지만 눈치가 보이는지 본론은 작은 목소리로 이야
기해서 잘 들리지 않았다. 혹 안 좋은 소리를 하나 싶어 앞
을 지나치는 척 안을 잠깐 들여다봤다. 재희 씨와 눈이 마주
쳤지만 다투는 건 아닌 것 같았다. 그대로 덕규 아저씨의 쉘
터로 돌아왔다.

"둘이 아주 같이 사냐?"

"재희 씨 쉘터에 할머니가 오셨어요."

"그게 뭔 뜬금없는 대답이야?"

"그냥 그렇다는 거죠, 뭐."

"할머니는 왜 오셨는데?"

"글쎄요. 이따 식당에서 재희 씨한테 물어보려고요."

"조심조심 다녀. 소문나면 떠나는 사람은 몰라도 남는 사
람은 고달파."

"네⋯⋯. 모르는 건 아닌데 이게 참⋯⋯. 조심할게요."

외투를 벗어두고 신발은 신은 채로 매트리스에 상체를 눕
혔다. 늦은 새벽에야 잠들어서 피곤이 채 가시지 않은 상태
였다. 똑같이 피곤하더라도 자야 할 때보다 자면 안 될 때
더 쉽게 잠들곤 했다. 눈을 뜨면 식사 시간일 것이었다.

"성결 씨."

재희 씨가 보였다. 놀라 벌떡 일어나보니 다들 식사하러 갈 채비를 마친 채였다. 예서도 함께였다.

"어? 예서도 왔네요? 지금 아홉 시인데 벌써 가도 괜찮아요?"

"예서 이제부터 할머니가 맡아주시기로 했어요. 식사하고 같이 데려다주려고요."

"네? 예서를 할머니가요?"

"일단 내려가요. 밥 먹으면서 얘기해줄게요."

생각지도 못한 일이었다. 할머니가 예서를 데려간다니. 전에 불이 난 뒤로 잠깐 맡아준다는 식으로 예서를 돌보기 시작했으니 안 된다고 할 만한 건 없겠지만 타이밍이 의심스러웠다. 예서의 친모 문제로 마음고생도 많았고, 다 정리해서 조건과 기한까지 정해뒀는데 다 된 밥에 숟가락만 얹으려 하는 것 같았다. 이것은 나만의 생각이 아니었다.

"재희야. 그러면 그 사람이랑 협상하고 개고생한 건 어떻게 되는 거냐?"

자리에 앉자마자 덕규 아저씨가 작은 목소리로 물었다.

"아, 그거요. 돈은 제가 받아서 할머니한테 전해드리기로 했어요."

"아주 죽 쒀서 개 주는구먼. 이제 키울 만하겠다 싶은가 보지?"

"저도 잘 모르겠어요. 사정을 듣긴 했는데 할머니가 좀 힘드신가 봐요. 특히나 금전적으로 문제가 좀 있나 보더라고요."

"힘들다고 해도 예서로 돈 벌려고 하시는 거 같아서 좀 그러네요."

나도 끼어들어 한마디 거들었다.

"설마 그런 이유만 있겠어요? 말 못 할 사정이 또 있겠죠. 괜찮아요. 저 하나 힘들면 모르겠는데 우리 다 힘들었잖아요. 큰일 하나 치렀으니 좀 쉰다고 생각하면 될 거 같아요."

덧붙이고 싶은 말은 많았지만 당사자가 괜찮다니 더 할 말이 없었다. 눈치가 빠른 것보다는 없는 것이, 그래서 무례와 친근 사이를 넘나드는 사람들이 결국 얻어가는 게 많았다. 소심할수록 눈치를 많이 보고, 그러다 보면 사람들의 감정을 쉽게 파악할 수 있어 그에 맞추게 되어 있었다. 그러다 보면 마지막엔 다들 만족하는 사이 내 감정만 버려지곤 했다. 이해할 수가 없는 건, 그에 맞춰 같은 수준으로 대하면 그들이 오히려 내게 무례하다며 화를 낸다는 것이었다.

그러나 그럴 때도 사과를 할 수밖에 없었다. 열 명 중 다섯은 무례하고, 셋은 모든 것에 무관심했다. 나를 포함해 남은 둘은 상황을 다 알고 있지만 오랜 경험을 통해 남의 싸움에는 개입하지 않았다. 그 둘이 지내는 게 가장 좋겠다고 생각할 수도 있지만 그것도 아니었다. 둘에게는 또 나름의 무

례와 무지가 넘쳐났다. 그러면서도 서로 싫은 소리 한 번 못
하다가 어느 날 상황이든 술이든 무언가에 취해 죽도록 싸
우게 되는 것이었다. 원래 육식동물끼리의 싸움보다 초식
동물끼리의 싸움이 더 독한 법이었다. 서로 확실히 죽일 무
기도 없으면서 잘 닿지도 않는 앞발만 죽어라 휘둘러대는
꼴이란, 싸우면서도 자괴감에 빠져 싸움이란 무엇인가에
대해 성찰해보게 되는 것이었다.

"맞아요. 재희 씨 마음 가는 대로 해야죠. 그동안 너무 고
생했어요."

"그래, 너무 고생했지. 벌써부터 이래서 나중에 애 낳고 싶
겠어?"

"애 낳을 생각 없으니까 키웠죠. 예행연습이라고 생각했
으면 진작 때려치웠을 거예요."

"애 낳을 생각이 없어?"

"아저씨는 있어요?"

"나야 없지!"

덕규 아저씨는 대답을 하며 나를 슥 쳐다봤다. 나는 질색
을 하며 이를 드러냈다.

"요즘 제 친구들도 이제 애 안 낳으려고 그래요. 아니, 아
예 결혼도 안 하겠다고 비혼 선언하는 애들도 많아요."

얼른 선수를 쳐서 아저씨의 잠재적인 농담들을 차단했다.
아저씨는 재희 씨 몰래 나를 검지로 가리키더니 엄지를 치

켜세웠다. 나는 중지를 치켜세우고 싶었다. 친구들 중에 가끔 생각을 바로 행동에 옮기는 애가 몇 명 있었다. 나도 항상 망설임 없이 행동하고 싶었지만 내 안에 내재된 유교적인 무언가가 온몸을 붙들곤 했다. 예서는 이런 걸 배우면서 크지 않길 바랐다.

"제 친구들은 이제 저 빼고 다 시집가긴 했는데 저는 별생각이 없어요. 지금까지 생각 없는 거 보면 앞으로도 없을 것 같아요."

고개까지 끄덕이며 듣고 있었지만 가슴에 비수가 박히는 것 같았다. 아직 연애도 못 했으면서 결혼까지 생각하는 건 염치가 없었다. 그러나 생각은 자꾸 결혼식장 앞에 서 있었다. 모임에서 결혼을 앞둔 친구가 뭘 해줄 건지 물은 적이 있었다. 다들 김치냉장고, 세탁기, 오븐 같은 걸 이야기했지만 나는 달랐다. 언제든 도망칠 수 있게 결혼식장 뒷문에 차를 대고 기다리고 있겠다고 했다. 줄담배를 피우며 쓸쓸하게 꽁초를 하나둘 쌓아가다가 식이 끝나면 멋지게 떠나서 다시 돌아오지 않는 그런 역할이었다. 물론 농담이었지만 재희 씨에게 그런 친구가 있다면 나는 구청에 신고를 할 것이었다. 꽁초 하나에 과태료 오만 원이니 한 갑이면 백만 원이었다. 그 정도까지 감수한다면 어쩔 수 없는 운명이라고 생각할 수 있었다.

어색한 침묵 속에서 식사를 이어갔다. 우리 셋의 시선은 계속 예서에게만 머물러 있었다. 아주 보내는 것도 아니고 언제든 볼 수 있는 곳으로 가는 건데도 왠지 마음이 아파왔다. 이렇게 착하고 순한 아이는 내 평생에 다신 없을 것이었다. 별다른 일도 없이 지내던 생활에 반전을 가져다준 아이이기도 했다. 나중에 다시 서른 살을 떠올린다면 세 손가락 안에는 떠오를 이름이었다. 아마 겨울이라고 불렸다가 뒤늦게 예서라고 정정하게 될 테지만, 그보다 이 겨울의 날씨와 분위기가 먼저 떠오를 것 같았다.

사실 한편으로는 다행이었다. 이제 기한이 한 달 반밖에 남지 않아 계속 시간에 쫓기는 처지였다. 감정을 아껴야 했다. 조금이라도 다른 데에 쏟기에는 너무나도 아까웠다. 이걸로 예서에 대한 책임과 감정을 조금은 내려놓을 수 있게 되었다. 재희 씨의 쉘터에서도 항상 예서의 눈치를 볼 수밖에 없었고, 그건 재희 씨도 마찬가지였다. 양심의 가책이 조금 느껴지긴 했지만 지금은 그래도 괜찮았다. 그건 나중에 나만의 내밀한 방식으로 반성하면 될 일이었다. 그렇게 생각하며 식당에 앉은 사람들을 멍하니 바라봤다. 그러다 생각이 멈추고 초점이 돌아왔다. 나도 모르게 엄마와 눈을 마주치고 있었다.

내가 본인을 부르고 있었다고 생각하는지 자리에서 일어난 엄마가 내게로 다가오기 시작했다. 과장된 웃음을 지은 채였다. 그 모든 움직임이 다 슬로우 모션처럼 보였다. 아니라고 입 모양으로 소리쳤지만 소용없었다. 고개를 돌려 아빠에게도 아니라고 입을 벙긋거렸지만 마찬가지로 가만히 웃고 있었다. 교회에서 자주 보여주던 웃음이었다.

"아들! 엄마 불렀어?"

나는 대답 대신 재희 씨와 덕규 아저씨의 눈치를 살폈다. 덕규 아저씨는 이미 자리에서 일어나고 있었다. 자리를 떠주는 게 내겐 가장 고마운 일이었다. 하지만 곧 꾸벅 고개를 숙였다.

"안녕하세요, 어머니. 성결이랑 같이 지내고 있는 정덕규라고 합니다."

"어머, 안녕하세요. 성결이 엄마예요. 성결이가 저희 식구 지내라고 방을 비워주는 바람에 실례가 많습니다. 죄송해서 어떡해요."

"아닙니다. 성결이 오니까 저는 오히려 할 일이 없어서 편합니다."

"아무튼 저희는 또 금방 떠나니까 잘 부탁드릴게요. 아가씨도 오래간만에 보네요."

"안녕하세요. 오래간만에 뵙습니다. 지내시기는 편안하세요?"

"다 감수하고 지내야죠. 다들 힘들잖아요. 그런데 아가씨 이름을 까먹었어. 이름이 뭐라 그랬죠?"

"재희입니다. 이재희요."

"아 재희 씨! 미안해요. 나이가 드니까 이름이나 얼굴이나 자꾸 까먹어. 성결이는 밥 잘 먹고 있니?"

다시 울화가 치밀었다. 안 그래도 항상 시선이 집중되던 테이블에 더 많은 눈과 귀가 모이고 있었다. 한마디 쏘아붙이고 싶은 마음과 사람들에게 먹이를 주고 싶지 않은 마음이 부딪혔다. 그러나 내가 고려해야 할 건 나뿐만이 아니라는 걸 잘 알고 있었다.

"다 먹었어. 이제 일어나려고. 방이나 먹는 건 괜찮아?"

"얘는. 살던 데만 하겠니. 그래도 다들 참고 견디는 거야."

"아니, 그게 아니라, 그건 당연히 알고 있는데 그냥 잘 지내나 싶은 거지."

"잘 지내지. 아빠 일도 거의 다 보셨고, 네 동생은 학교 가깝다고 친구들 만나고 아주 신났어."

"잘됐네. 언제 간다고?"

"이제 모레 가야지."

"그래. 그럼 그때 또 얘기해."

할 말을 끝내고 엄마가 이제 자기 테이블로 돌아가길 바랐다. 우리와 가볍게 목례를 나누고 가려는 듯하더니, 엄마는 순간 다시 몸을 돌려 말했다.

"근데 이 아기는 누구니?"

"어. 겨울이. 아니, 예서라고 마트에서…… 아니, 좀 긴 이야긴데 맡아서 키우고 있어."

"애 엄마는 어디 있고?"

"지금은 여기 없어."

"네 애라거나 그런 건 아니지?"

화가 목구멍 끝까지 올라와 말문이 막혔다. 무슨 말로 화를 표현해야 가장 좋을지 골라야 할 수준이었다.

"아뇨, 어머니. 예서 마트 밖에서 온 아이예요. 사정이 딱해서 저희가 맡아 키우고 있었어요. 이제 다른 분이 키워주실 거고요."

"아, 네. 농담이에요. 쟤가 생전 연애도 한 번 안 해본 앤데 재희 씨랑 같이 다니고 하기에 신기해서. 아이고, 애기가 착하네."

엄마가 예서의 볼을 만졌다. 예서는 손가락을 붙잡으려 하며 웃었다.

"성결이도 요때 참 예뻤는데. 참 예쁠 때예요. 어쩜 이렇게 순둥이일까."

화를 참느라 눈에 눈물이 맺히고 있었다. 어린 시절부터 눈물이 많은 편이었지만 안구건조증이 생긴 이후로는 우는 날이 울지 않는 날보다 많았다. 엄마가 떠나자 재희 씨와 아저씨가 나를 보고 살짝 웃었다. 눈물을 닦기에도 흘려보내기에도 애매했다. 기침하는 척 휴지를 가져와 입과 눈가를 닦았다.

어릴 적부터 나는 싸움에 휘말리면 눈물이 났다. 그래서 왕따를 당했다. 나중에는 싸움이 나면 눈물을 감추려고 소리 내서 웃어댔다. 별명이 울보에서 사이코로 바뀌었다. 왕따에서는 벗어났지만 불량한 친구들이 생겼다. 그들을 피해 멀리 떨어진 중학교로 갔지만 거기도 마찬가지였다. 겨우 삼 년을 버티고 다시 더 멀리 떨어진 고등학교로 갔지만 그곳 역시 마찬가지였다. 그래도 왕따를 당하진 않았다. 그거면 되는 일이었을까.

"미안해요. 괜히 저 때문에."

"사과할 거 없어요. 사과받아야 할 사람도 없고요."

"그래, 임마. 장가도 못 가면서 사과는 무슨."

얼굴은 금방 반사하듯 웃음이 지어졌지만 마음은 그렇지 않았다. 오히려 얼굴과 무너지는 마음 사이의 낙차가 커서 속이 뒤틀렸다.

할머니는 예서를 맞을 준비를 다 해둔 상태였다. 부끄러움과 치욕 속에서 한 번 무너진 마음은 잘 재건되지 않았다. 다시 공황이 찾아오고 있었다. 잊고 있던 불안이 나를 찾아 이리로 오고 있었다. 내게 들어오는 자극에 생각이 과하게 집중되고 있었다. 예서를 할머니에게 안겨주고 인사를 나누는 모습이 부질없어 보였다.

저들은 문장을 나누고 있을 뿐이었다. 이미 의미가 있는 단어를 조합해서 문장을 만들고, 문장이 끝나기도 전에 다 누설되어 끝나버리는 대화를 나누는 게 무슨 의미가 있을까 생각했다. 저런 말을 하려고 할머니는 할머니가 될 때까지 살았고, 나는 내가 될 때까지 살아왔다고 생각하면 이게 다 무슨 의미가 있나 싶어 회의감이 들었다. 인사를 하지 않으면 반갑지도 않을까. 오래간만이라고 말하지 않으면 오래 떨어져 있던 게 아니게 될까. 예쁘다고 하지 않으면 예쁘지 않고, 보고 싶었다고 하지 않으면 보고 싶지 않았던 걸까. 사랑한다고 말해서 사랑이 된다면 사랑한다고 말하지 않고 사랑하는 건 무슨 뜻을 가지게 될까. 내가 나라고 말하지 않으면 나는 주어가 아닌 걸까. 그러면 나는 누가 될까. 나도 누가 될 수 있을까. 이렇게 세상이 움직인다면 입을 다물어 세상을 멈추게 할 수도 있을까. 끝까지 묻지도 대답하지도 않으며 세상의 거대한 오류를 발견해버린 것처럼 멈춰서 누군가의 화면 안에서 영원히 살 수 있을까.

"성결아! 가자!"

입구에 서서 나를 바라보는 둘의 모습이 보였다. 출구에 서 있는 것이기도 한 그들을 따라 여기서 나가야 했다.

"성결아, 너 왜 그래?"

대답을 바라는 질문은 아니었다. 대답 대신 아저씨의 얼굴을 물끄러미 쳐다봤다. 아저씨는 고장이 난 듯 가만히 서 있었다. 웃음이 나왔다.

"아니에요."

재희 씨와 덕규 아저씨를 지나쳐 쉘터에서 나왔다. 앞서 걸어본 게 얼마 만인지 기억나지 않았다. 천천히 걸으면 이들은 나를 앞지를까, 옆에 설까, 아니면 뒤를 따를까 궁금했다. 천천히 걷다 뒤돌아보니 그들도 나처럼 멈춰 나를 바라봤다. 또 웃음이 났다. 그러나 여기서 더 이상한 짓을 해서는 안 됐다. 설명할 수 없는 일은 설명할 수가 없다. 그들이 왜 그러는지 물어보면 나는 할 말이 없었다. 물어보기 전에 말을 하면 그 물음을 영원히 멈출 수도 있었다.

"죄송해요. 갑자기 옛날 생각이 나서요."

옛날 생각이라고 하자 갑자기 눈물이 나올 것 같았다. 감정이 고장 나고 있다는 게 느껴졌다. 울고 싶은 건 아니었다. 하지만 울어도 상관없었다. 그러면 저 둘은 옛날 생각이 무엇일지 상상할 것이고, 그들의 기억을 토대로 상상 가능한 슬픔을 떠올릴 것이다. 그러고는 각자의 과거를 도닥이는 마음으로 나를 위로해줄 것이다. 그럼 나는 그들의 슬픔까지 덧씌워진 채로 울면 된다. 내가 울다 그치면 그들의 슬픔도 같이 그칠 것이었기에. 하지만 눈물은 이제 나올 것 같지 않았다. 이 정도는 포즈로 이해될 수 있었다. 제대로 꾸며서 말하기만 한다면.

"제가 먼저 이야기하는 건 처음인 거 같은데요. 우리 예서도 가고 헛헛한데 술이나 한잔할까요?"

"낮술을 하자고?"

"낮술 좋잖아요. 오늘 그냥 운동 쉬고 낮술 하시죠. 재희 씨, 전에 마시던 술 좀 남았죠? 그럼 아저씨랑 저는 안주랑 술 조금 더 사가지고 갈게요."

"낮술 하면 애미 애비도 못 알아본다는데. 너 나한테 괜히 지랄하려고 마시자는 거지?"

"지금도 못 알아보는데 술 먹으면 오히려 잘 알아볼 수 있어요."

나는 덕규 아저씨와 재희 씨를 번갈아 쳐다봤다. 재희 씨는 조금 고민하더니 고개를 끄덕였다.

"그러죠. 그런데 지금은 말고요. 아저씨! 성결 씨! 술은 이따 저녁에 마시고 지금은 우리 놀러 나가요."

"갑자기 놀러 가자고요?"

"네! 원래 놀러 가는 건 갑자기 해야 돼요. 에서도 이제 할머니가 맡아주시니 우린 지금 자유잖아요."

"좋은 생각인데? 가자! 야 성결아, 군소리하지 말고 가서 옷 갈아입고 나갈 준비하고 와."

"몇 시까지요?"

"무슨 몇 시야. 당장 가서 준비해야지. 십 분 이따가 1층 자전거 대놓는 데 앞에서 보자."

"역시 성질 급한 사람이 일을 맡아야 한다니까. 그래요. 그럼 십 분 이따 봐요! 성결 씨 얼른 준비해요!"

냉탕에 있다가 온탕에 들어간 것처럼 온몸을 훑으며 긴장이 빠져나가는 게 느껴졌다. 뜬금없었지만 갑자기 첫 수

학여행을 앞둔 아이처럼 마음이 설렜다. 그건 우리 셋 모두 마찬가지였는지 무빙워크를 뛰어 올라가 각자의 쉘터로 흩어졌다. 뭘 입을까 고민하다가 얼마 없는 옷으로 꾸미는 건 더욱 촌스러울 것 같아 입고 있던 옷에 검은색 롱 패딩을 걸쳤다. 주민자치회 덕분에 롱 패딩의 선택지는 검은색뿐이었다. 그러고 나니 준비가 다 끝나버렸다.

시간은 팔 분이 더 남아 있었다. 먼저 내려가 있을까 하다가 옛날에 사둔 왁스 생각이 났다. 얼른 입에 칫솔을 물고 왁스를 든 채 화장실로 달려갔다. 거울 앞에 서서 빠르게 양치질을 하며 머리를 어떻게 손질할지 구상했다. 이런저런 헤어스타일이 시뮬레이션처럼 지나갔다. 잘 고를 수가 없었다. TV에서 본 남자 연예인들을 떠올렸다. 그러다 보니 문득 한 가지 헤어스타일에 꽂혀버렸다. 쉼표 머리였다. 거품을 뱉고 입을 헹군 다음 핸드 드라이어로 손을 뽀송뽀송하게 말렸다. 그리고 거울을 보며 왁스를 어떻게 발라야 할지 설계를 시작했다. 넓은 이마가 콤플렉스여서 최대한 덜 드러나도록 발라야 했다. 게다가 가르마 없이 말린 머리라 왁스를 발라도 금방 다 주저앉을 것 같았다. 머리에 살짝 물을 묻히고 핸드 드라이어로 가르마를 만들어가며 말렸다. 시간이 얼마 남지 않아 초조했다. 얼른 왁스를 열고 손에 덜어 비빈 다음 머리를 털듯 전체적으로 발랐다. 그리고 가르마를 따라 최대한 이마가 덜 보이도록 머리카락을 한 올 한 올

쉼표 모양으로 꺾었다. 처음이라 그런지 생각처럼 잘 되지 않고 어색했다. 그러다 갑자기 초심자의 행운인지 맘에 드는 모양이 나왔다. 얼른 손질을 멈추고 손에서 왁스를 닦아 냈다. 다시 거울을 봐도 마음에 들었다. 칫솔과 왁스를 얼른 쉘터에 가져다두고 1층으로 내려갔다.

벌써 십오 분이 지나 있었다. 재희 씨와 덕규 아저씨는 이미 밖에서 나를 기다리고 있었다. 유리문을 열자 센 바람이 훅 들어왔다. 나는 반사적으로 고개를 숙이고 몸을 돌려 뒤로 걸어 나왔다.

"죄송합니다. 잠깐 급하게 할 일이 있었어요. 얼른 가요!"

나는 고개를 들어 둘을 쳐다봤다. 그런데 나를 보는 눈빛이 이상했다. 나는 재빨리 몸을 돌려 유리문에 비치는 내 모습을 바라봤다. 왁스를 발라둔 머리가 바람에 날려 하늘로 솟아 있었다. 허둥지둥 머리를 내려 이마를 가렸다. 그러나 이번에는 손가락 모양대로 앞머리가 갈퀴처럼 갈라졌다.

"마트 밖에서는 뭐 잘 보여야 된다, 그런 거냐?"

나는 당황해서 연신 머리를 털다가 손으로 이마를 가렸다.

"성결 씨, 왜요. 일부러 뭐 바르기까지 했으면서 왜 가려요. 보기 좋아요."

재희 씨는 마치 손자가 뭘 하든 예뻐 보인다고 말해주는 할머니 같았다. 왁스는 바르지 말았어야 했다.

"그냥 대충 정리만 한 거예요. 빨리 가요, 우리. 아저씨! 저 그만 쳐다보고 빨리 가요."

나는 못 들은 척 앞장서 걸었다. 그때 재희 씨가 나를 지나쳐 앞으로 뛰어갔다.

"성결 씨! 아저씨! 저 버스 타야 돼요!"

덕규 아저씨도 나를 지나쳐 버스를 향해 뛰었다. 나는 고개를 숙이고 손으로 앞머리를 살짝 누른 채 엉거주춤 뛰어갔다. 어디로 가는 버스인지도 알 수 없었다. 아직 오전이라 그런지 다행히 빈자리가 많았다. 재희 씨와 아저씨는 버스 끝까지 들어가더니 맨 뒷자리에 앉았다. 비워둔 가운데 자리는 내 자리였다.

"재희 씨, 우리 어디 가는 거예요?"

"비밀인데요?"

나는 그제야 버스 노선도를 살폈다. 랜드마크라고 할 만한 곳이 가득했다.

"알겠다! 우리 지금 경복궁 가는 거죠?"

재희 씨는 대답 대신 빙그레 웃기만 했다.

"명동이에요? 대학로?"

역시 대답이 없었다. 나는 맞히는 걸 포기하고 스마트폰을 꺼내 앞머리를 살폈다. 다행히 갈라진 건 다 메워졌지만 쉼표는 온데간데없었다. 창밖을 보니 서울은 여전히 붐비고 차도 사람도 많았다. 아무 일도 없었던 것 같은 풍경에 마치

나도 아무 일도 없었던 사람이 된 것 같았다. 우리는 약속이나 한 듯이 아무 말 없이 창밖을 멍하니 바라봤다. 풍경이 빨리 감기 하는 필름처럼 지나갔다. 걸어가는 사람들보다 몇십 배는 빨리 미래를 요약해서 보고 있었다. 정거장에 멈출 때마다 마치 중요한 장면을 보듯 주변을 둘러봤다.

"그런데 우리 정말 어디 가는 거예요?"

"이번에 내리면 돼요."

재희 씨가 버스 앞 유리 쪽을 바라보며 대답했다. 나는 고개를 돌려 덕규 아저씨를 쳐다봤다. 아저씨는 이미 너무 신나 있었다. 우리는 곧 버스에서 내려 주변을 둘러봤다. 그랜드하얏트 호텔이었다.

"우리 지금 호텔 온 거예요? 아저씨 여기 그랜드하얏트 호텔이래요."

"이야. 그랜드하얏트! 우리 호캉스 온 거냐?"

"우리 진짜 여기에 놀러 온 거예요?"

순간 여러 생각들이 스쳐 지나갔다. 재희 씨가 갑자기 돈이 생긴 건지, 저녁에 술을 마시기로 했으니 호텔은 대실인지, 그보다 저런 호텔에 대실이라는 게 있기나 한지 도무지 알 수가 없었다. 재희 씨는 내린 자리에 가만히 서서 스마트폰을 들여다보고 있었다. 그러더니 다시 근처 정류장으로 들어오는 버스를 손가락으로 가리켰다.

"저거 갈아타야 돼요!"

나는 얼떨결에 정류장으로 달려가 버스에 올라탔다. 이번에는 버스에 타고 있는 사람이 많아 앉을 자리가 없었다. 나는 이제 어딜 가는지 물어보는 걸 완전히 포기했다.

"우리 좋은 데 가는 거죠?"

"글쎄요? 아마 좋을 수도 있지 않을 수도 있지 않을까요?"

"그건 또 무슨 말도 안 되는 말이에요."

버스는 호텔을 떠나 한적한 길을 달렸다. 서울에 이런 길이 있다는 게 신기했다. 다시 말 없는 시간이 온 듯했지만 덕규 아저씨가 입을 열었다.

"이야. 진짜 오래간만이네, 저거."

나는 덕규 아저씨가 쳐다보는 방향을 쳐다봤다. 남산타워였다.

버스에서 내려서 십 분 정도를 걸어야 했다. 바람이 많이 불고 바닥이 얼어서 고된 길이었지만 우리 셋은 지치지 않았다. 빙산을 오르는 원정대처럼 꿋꿋하게 나아갔다. 그러다 보니 어느새 남산타워에 도착했다. 남산타워는 아주 어릴 적에 한 번, 대학 때 친구 커플과 한 번 오고 나서 세 번째였다.

"우리 사진부터 찍어요!"

재희 씨의 제안으로 서울이 다 내려다보이는 자리에서 함께 사진을 찍었다. 서로 찍어주기도 하고, 둘씩 찍기도 하고,

타이머를 맞춰서 셋이 찍기도 하고, 지나가는 사람에게 부탁해 찍기도 했다. 자물쇠가 잔뜩 매달린 철망에서도 사진을 찍었다. 나는 친구 커플이 달아둔 자물쇠를 찾아서 그때의 이야기를 꺼냈다. 지금은 헤어져서 각자 결혼했다는 얘기도 덧붙였다. 재희 씨는 내 말을 듣고 있지 않았고, 덕규 아저씨는 찍은 사진들을 확인하고 있었다.

"그래, 좋겠다. 자랑이네."

"걔들 지금 생각하면 얼마나 부끄러울까요."

"넌 안 부끄럽냐?"

"제가 왜 부끄러워요?"

"아니다."

"제가 걔들보다 더 잘살 텐데요, 뭐."

"됐고, 남는 건 사진밖에 없으니까 사진이나 더 찍어. 저기 서봐."

덕규 아저씨는 정말 열심히 사진을 찍었다. 무릎을 꿇다가 바닥에 눕기도 했다. 재희 씨는 자연스럽게 나오는 게 좋다며 딴 데 보고 있을 때 찍어달라고 했다. 나도 스마트폰을 꺼내 열심히 재희 씨를 찍었다. 하나하나 모두 소중한 사진들이었다. 그러다 보니 코와 귀가 빨갛게 얼고 있는 줄도 몰랐다. 배도 고프기 시작했다. 눈이 마주친 재희 씨와 나는 스테이크를 사주겠다는 덕규 아저씨를 끌고 떡볶이 전문점으로 들어가서 떡볶이와 어묵을 시켰다. 전망 좋은 식당에

앉아 여기저기 흰 눈이 쌓인 서울을 내려다보며 먹는 점심
은 꿈같았다. 투덜대던 덕규 아저씨도 우수에 찬 눈으로 창
밖을 바라보며 어묵 국물을 커피처럼 마셨다.

"진작 이렇게 나와서 다닐 걸. 그간 왜 못 했을까요?"

재희 씨가 기지개를 켜며 말했다.

"마음에 여유가 없어서 그런 거지."

"아저씨, 어묵 국물 먹으면서 너무 분위기 잡는 거 아니에
요?"

덕규 아저씨는 이제 살짝 인상까지 써가며 포즈를 잡았
다. 왼손으로 어서 사진을 찍으라는 제스처를 취하고 있었
다. 나는 스마트폰을 꺼내 창밖이 보이게 사진을 찍었다. 찍
을 때마다 조금씩 포즈가 바뀌고 있었다.

"그런데 우리 요즘 더 힘들었잖아요. 마음에 여유는 더 없
어진 것 같은데 이렇게 나왔네요."

"더 없어질 게 없던 거지."

재희 씨와 나는 덕규 아저씨의 대답에 박수를 치며 호응
했다. 조금 큰스님 같기도 했지만 힘이 되는 말이었다.

"그러게요. 이렇게 앉아 있으니 지금은 또 다 가진 것 같
아요."

우리는 다시 창밖을 바라보며 다 가진 듯한 기분을 만끽
했다. 내 전부가 이 자리에 모여 있는 것 같았다.

"저 잠깐 화장실 좀 다녀올게요."

재희 씨가 사라지자 덕규 아저씨가 장난기 가득한 얼굴로 내게 물었다.

"너 잘해볼 마음은 있는 거냐?"

훅 들어오는 질문에 나는 대답을 하지 않고 웃으며 창밖만 바라봤다.

"아끼다 똥 된다."

이번에는 받아쳐보려 덕규 아저씨를 쳐다봤지만, 아까의 장난기 어린 표정은 어느새 사라지고 다시금 우수에 찬 눈이 되어 있었다. 그러자 전에는 잘 안 보이던 얼굴의 주름들이 보였다. 눈가부터 입가, 목에까지 깊지도 얕지도 않은 주름들이 여러 겹으로 패여 있었다. 멍하니 주름들을 바라봤다. 갑자기 가슴에서 슬픔이 응어리지는 느낌이 들었다. 내 시선이 느껴졌는지 덕규 아저씨가 나를 바라봤다.

"뭘 봐. 재수 없게."

"아저씨도 나이가 들었네요."

"무슨 같이 십 년은 산 것처럼 얘기한다? 또 헛소리하지 말고 저기나 봐라."

덕규 아저씨가 턱짓으로 가리킨 곳에 재희 씨가 혼자 서 있었다. 아까 처음 사진을 찍던 난간이었다.

"나가봐. 난 추워서 여기 있으련다."

나는 멋쩍게 웃으며 재희 씨의 외투와 목도리를 챙겨 나갔다. 재희 씨는 입김이 하얗게 퍼지는데도 춥지도 않은지

난간에 팔을 기대고 있었다.

"재희 씨! 추워요. 이거 얼른 입어요."

"아, 고마워요. 앉아 계시지, 참. 괜히 들켜버렸네요."

"혼자서 무슨 생각을 그렇게 해요?"

"생각은 안 해요. 생각을 안 하려는 생각을 한달까?"

"덕규 아저씨한테 말투가 옮으신 거 같아요. 생각을 안 하려는 생각을 하면 그것도 생각이잖아요."

"그렇긴 하네요. 그러면 진공 상태랄까? 저도 잘 모르겠어요. 지금은 그냥 이 풍경을 가만히 보고 싶어요."

"그러면 사진 찍어드릴까요?"

"괜찮아요. 사진은 아까 많이 찍었어요. 그냥 이대로 흘려보내고 싶어요. 지금은 지금밖에 없잖아요. 나중에는 또 달라질 거고, 그때 가면 또 그보다 더 나중이 있겠죠. 세상은 앞으로도 계속 바뀔 텐데 너무 오래 붙잡아두고 싶지는 않아요."

재희 씨의 말이 쓸쓸하게 느껴졌지만, 조금 더 생각해보니 오히려 더 씩씩한 말이라는 걸 어렴풋이 알 것 같았다.

"좋은 말이네요. 저도 그럴 수 있는 사람이 되고 싶어요."

그러자 재희 씨가 나를 바라보며 활짝 웃었다.

"성결 씨는 그럴 수 있을 거예요. 좋은 사람이니까요."

"재희 씨야말로 좋은 사람이에요."

나도 재희 씨를 바라보았다. 눈이 마주치니 잠깐 현기증이 일어서 조금 늦게야 웃을 수 있었다. 그래서 더 크게 웃었다.

남산에서 내려와 돌아가는 버스를 기다리는 중에야 정작 남산타워 안에는 들어가보지도 않았다는 걸 깨달았다. 그러나 아쉽지 않았다. 오히려 다음에 또 올 이유를 남겨두어서 좋았다. 돌아가는 동안 우리는 대화를 많이 하지 않았지만 입가에 계속 미소가 남아 있었다.

쉘터에 돌아가면 다시 꾸준히 약을 먹어야겠다고 생각했다. 터미널과 휴게소에서 먹은 게 마지막이었으니 이제 다시 직면해야 할 때가 된 것 같았다. 아침에는 정말 위험했다. 더 이상 그래선 안 됐다. 내게는 이제 치료만큼 예방이 중요했다. 앞으로 펼쳐질 미래가 너무나 소중했다.

*

마트로 돌아온 우리는 재희 씨의 쉘터에 모여 술을 마셨다. 나는 얼른 내 쉘터에 들러 약을 한 알 먹었다. 어느새 점심이 다 소화됐는지 안주를 차리다 보니 한 상 가득이었다. 건배를 하고 맥주를 들이켰다. 목구멍을 긁으며 내려가는 탄산의 느낌이 좋았다. 아저씨는 소주를 마셨다. 이렇게 기분 좋은 날에 소주를 보고 있으니 맥주만으로는 지는 기분이었다. 소맥을 타서 마시기 시작했다. 우리는 이야기를 나누며 처음으로 음악을 틀었다. 웃고 박수 치며 대화를 하다가도 각자의 신청곡을 들으며 감상에 잠겼다.

술을 마시다 보니 화장실을 자주 드나들었다. 볼일을 보고 거울에 비친 얼굴을 바라봤다. 얼굴이 붉었다. 문득 머리카락에 덮인 이마가 답답해 보였다. 물을 묻혀 머리를 넘겼다. 조금 나아 보였다. 나가면서 거울을 보니 다시 조금 내려온 머리가 맘에 들지 않았다. 물을 좀 더 묻혀서 다시 머리를 넘겼다. 머리가 조금 젖은 듯하게 됐지만 아까 발라둔 왁스 덕분인지 잘 내려오지 않았다. 거울 속 내게 엄지를 한 번 날려주고는 다시 술자리에 합류했다. 내 머리를 본 재희 씨와 아저씨가 웃었다. 나는 내보인 이마가 부끄러웠지만 가리지 않고 술을 더 들이켰다.

진작 가능했던 일이다. 마트는 도심에 있었고, 마실 술도 먹을 것도 많았다. 게다가 그 마트가 우리의 집이었다. 상상하던 모든 일이 가능했는데 왜 지금껏 안 했을까 후회가 됐다. 아무리 마셔도 집이고, 아무리 자도 여전히 내일 해도 될 일들뿐이었다. 술이 들어갈수록 기분은 점점 더 좋아졌다. 목과 몸이 분리되어 붕 뜨는 기분이었다. 손발에서 시작되는 현기증 비슷한 것이 온몸으로 퍼져갔다. 바닥에 앉아 있으니 추락할 곳도 없었다. 현기증에 마음껏 몸을 맡겼다. 앉은 채로 몸을 조금씩 돌렸다. 와인 잔에 와인이 돌듯 몸속에 피가 빙글빙글 돌고 있는 것 같았다. 피도 향이 더 짙어질 것이었다. 내가 와인이라면 나를 마시고 취할 수도 있을 것 같았다.

교회에 다닐 때 목사가 한 말이 생각났다. '내 살은 참된 양식이고 내 피는 참된 음료다.' 그 말대로라면 신의 몸을 먹고 마시면 취할 것이었다. 취해서 좋아지는 기분은 충분히 구원 같기도 했다. 하지만 피에는 너무 많은 것들이 기록되어 있었다. 피는 지워지지 않는 기억이었다. 혈육이라는 말의 뜻은 기억을 나눈 사람들이었다. 내 피에는 내가 그토록 벗어나고 싶은 가족들이 모두 들어 있을 것이다.

피는 멈추지 않고 심장에서 나와 심장으로 돌아간다. 떠난 자리로 다시 돌아올 수밖에 없는 굴욕이며 비애였다. 다신 돌아오지 않겠다고 떠났지만 나는 다시 돌아와 있었다. 아니, 나는 돌아가지 않았는데 심장이 돌아와 있었다. 그리고 나를 부르고 있었다. 다시 들어오라고, 다시 들어오라고 부르는 그 소리가 내 안에서부터 들리는 것 같았다.

한번 새겨진 기억은 어찌할 수가 없었다. 그 기억은 내가 읽을 수도 없이 몸을 내어준 문신과도 같았다. 내가 그 기억을 읽으려면 몸을 떠나야만 가능한 일일 것이다. 하지만 나를 제외한 사람들은 내 기억을, 문신을, 피를 읽어낼 수가 있었다. 나는 그걸 읽어낸 사람들의 표정을 통해 짐작만 할 뿐이었다. 내 몸에 그런 게 쓰여 있구나, 내 몸은 그런 뜻이구나 하고. 그건 그것대로 치욕이었다. 나만 모르고 있는 내가 있다는 건 이 세상에서 가장 오래된 농담 같았다. 그래놓고 서로를 이름 짓고, 이름을 부르고, 자기를 그대로 소개하고 있었다.

이 기억은 가업이나 마찬가지였다. 진짜 살아 있었는지도 알 수 없는 조상부터 이전 세대에 모든 걸 빚지고 있었다. 삼촌은 그 대물림을 끊어낸 것이었다. 나는 두려웠다. 이미 다 읽혀버린 책처럼 사람들 사이에 처박혀 낡아갈까 두려웠다. 역사는 그런 것이었다. 이미 빗장을 다 걸어버려서 더 추가할 수도, 수정할 수도 없이 슬프게 낡아만 가는 것. 과거에서 미래를 배운다는 건 현실의 수치심을 깨닫는 것과도 같았다. 다 알면서도 반복된다는 것. 심장을 출발해 다시 심장으로 돌아오는 것처럼 결국 다 반복될 수밖에 없음을 깨닫는 일이었다.

역사를 지나 진화를 향해 갈 때 우리의 조상이었다는 유인원들은 무슨 생각을 하고 살았을까. 또 그들과 같은 피를 조금씩은 모두 나누고 있을 우리들은 왜 유인원을 보러 가게 되는 걸까. 그들을 가두고 거리를 만들어 우리가 이만큼 떨어져 있다는 걸 왜 확인해야만 하는 걸까.

참 우스운 일이었다. 우리는 거울을 보기만 해도 될 텐데, 술에 취해서 점점 이상하게 보이는 나를 보고, 말을 걸고, 웃어봐도 좋을 텐데. 나는 결국 다시 돌아가게 될 것이다.

내가 태어난 곳으로, 근원이라고 믿을 수밖에 없는 미지의 세상 속으로 귀향하게 될 것이다. 나는 내가 짊어지고 있는 기억을 재희 씨가 읽을까 봐, 이미 다 읽어버렸을까 봐 두려 웠다. 내 기억이 재희 씨에게 새겨지는 것이 두려웠다. 우리 가 가야 할 곳은 과거가 아니라 미래였다.

"우리가 부모를 선택할 수는 없잖아요."

내가 신청한 음악을 가만히 듣고 있던 재희 씨가 말했다. 좋은 말이었지만 다시금 장막이 들춰진 듯해 부끄러웠다.

눈을 뜨니 내 쉘터였다. 가족들은 보이지 않았다. 순간 아 찔한 공포가 밀려왔다. 우리가 부모를 선택할 수 없다는 말 이 기억의 마지막이었다. 목이 너무 말랐지만 마실 만한 물 이 없었다. 마개를 연 지 오래된 물을 끓이는 수밖에 없었 다. 하지만 그러기엔 당장의 숙취가 너무 심했다.

시간은 밤 열 시를 지나고 있었다. 일어나 주변을 확인했 다. 토한 흔적이나 어질러진 건 없었다. 볼풀에서 나온 공만 몇 개 굴러다니고 있었다. 물부터 마셔야 했다. 몸을 추스르 고 일어나 밖으로 나왔다. 정수기로 가야 했다. 그때 전화가 왔다. 덕규 아저씨였다.

"안 받을 줄 알았더니 받네? 정신이 드냐?"

"네. 저 왜 여기 있어요? 가족들은 어디 갔고요?"

"너 취해서 헛소리하다 잠들기에 좀 더 자라고 놔뒀는데 너희 부모님이 찾으러 오셨었어. 그리고 너 보시더니 아들이 많이 취했다고 도와달라고 하셔서 같이 들어다 네 쉘터에 눕혀놨지."

"그리고요?"

"다 가셨어. 일정 당겨서 내일 가겠다고 이야기하러 오신 건데 인사도 못 하겠다고 바로 가셨어."

"아…… 죄송합니다."

"뭐 먹을 수나 있겠냐? 물이나 마시고 말아. 뭐 먹고 싶으면 와서 컵라면이나 먹고."

"네. 감사합니다. 상태 한번 보고 다시 연락드릴게요."

참담했다. 가족들이 간 건 잘된 일이었지만 주사를 부렸다는 게 마음에 걸렸다. 무슨 이야기를 했을까 기억을 더듬어봤지만 돌아오는 건 두통뿐이었다. 정수기에서 물을 연거푸 마시고 바로 화장실로 들어갔다.

경험상 이제 토할 때가 되었다. 목구멍에 손가락을 집어넣고 변기를 붙잡았다. 생각보다 안주를 별로 먹지 않았는지 술과 물이 잔뜩 쏟아졌다. 몸을 일으켜 숨을 들이쉬고 다시 손가락을 넣었다. 먹은 게 조금 나왔지만 역시 액체가 대부분이었다. 다리가 후들거렸다. 내장들이 경련하고 있었다. 한 번 더 시도했더니 흰 거품이 나왔다. 여기서 멈춰야 했다. 나와서 손을 씻었다. 거울 속 내 꼴이 말이 아니었다. 손에 물을 받아 입을 헹궜다. 다시 물을 받아 입에 머금고 고개를 젖힌 후 소리 내며 목을 헹궜다. 그러자 또다시 구역질이 나왔다. 다시 변기로 뛰어가서 차오르는 걸 토해냈다. 노란 즙이었다. 색을 확인하자마자 눈앞이 어지러웠다. 벽에 기대 앉아 스마트폰을 꺼내 SNS와 카톡을 확인했다. 다행히 글을 올리거나 메시지를 보내진 않았다. 이제 누가 오기 전에 자리를 떠나야 했다. 갑자기 속이 다 비어버려 쓴 냄새가 목구멍을 타고 올라왔다. 이대로 쉘터에 돌아가 혼자 있기는 무서웠다. 누구라도 옆에 있어야 이 자괴감을 조금 달랠 수 있을 것 같았다.

결심을 하고선 무빙워크에 올라탔다. 내려가는 동안 주저앉아 각자 쉘터에서 쉬는 사람들을 바라봤다. 영화 세트장 같았다. 우리의 현실도 영화와 그리 다르지 않아 보였다.

덕규 아저씨는 이불을 펴고 누워 유튜브를 보고 있었다.

"뭐 보시는 거예요?"

"어! 살아 있네?"

화면을 보니 먹방이었다. 주인공은 강아지였다.

"아저씨가 이런 걸 왜 봐요?"

"이 강아지 엄청 귀엽지 않냐? 얘가 나보다 좋은 거 더 많이 먹고, 돈도 나보다 더 잘 벌어."

강아지는 핫도그를 먹고 있었다. 떡볶이도 먹고, 랍스터도 먹고, 스테이크도 먹고, 연어도 먹었다.

"저런 거 먹여도 돼요?"

"강아지용으로 직접 만든 거래. 저런 건 주면 나도 먹겠다."

"마트에 개밥 많던데 좀 드실래요?"

"그래. 우리 개밥 먹방이나 해보자."

"제가 찍어드릴게요. 내일부터 시작해요."

"먹는 건 네가 할 건데?"

강아지는 이제 후식으로 아이스크림을 먹고 있었다. 하얀 털에 떡볶이 국물부터 아이스크림까지 다 묻어 있었다. 내가 다 씻고 싶어졌다.

"아저씨 저 아까 무슨 소리 했어요?"

"별의별 소리 다 했지. 알려줘?"

"아니, 뭐 실수한 거 있어요?"

"뭐 돌려차기 하겠다고 하다가 자빠지기도 하고, 사랑은 다 가짜라고 헛소리하고, 재희한테 왜 술 안 마시냐고 하고."

"아…… 그만 들을래요. 죄송해요."

"그리고 나중엔 막 찬송가도 불렀어. 박수도 치고."

차라리 모르는 게 나았다. 몸을 돌려 천장을 바라봤다. 쿠키 앤 크림 아이스크림 같은 무늬가 천장 전체에 박혀 있었다. 눈으로 하나씩 따라가며 선으로 이어보기 시작했다. 술에 취해서 그런 거니까 이해해줄 수 있을 것이었다. 그러나 나는 술에 취해 흐트러진 모습을 보이는 친구들을 싫어했다. 나뿐만 아니라 주사 부리는 사람들은 누구나 다 싫어했다. 정말 이해해줄까 걱정이 됐다. 천장의 선을 어디까지 이어가고 있었는지 까먹어버렸다. 아저씨는 이제 먹방 ASMR이란 게 있다며 이어폰을 찾아 쉘터를 뒤지고 있었다. 아저씨는 내 주사를 전혀 신경 쓰지 않는 것 같았다.

가장 부끄러운 건 찬송가를 불렀다는 것이었다. 노래는 힘이 셌다. 어릴 적 배운 찬송가 멜로디는 도저히 잊어버릴 수가 없었다. 직관적이고도 반복이 많았다. 또 한 가지 문제는 노래가 떠오르면 율동도 함께 떠오른다는 것이었다. 떨쳐낼 수 없는 업보였다. 길을 가다가도 찬송가가 들리면 머리로는 거부하지만 몸은 이미 흥에 젖어들고 있었다.

"아저씨 저 혹시 춤도 췄어요?"

"그거 춤인가? 그게 춤이면 춤도 췄지."

죽고 싶었다. 한숨도 나오지 않았다. 지금까지 위태롭게 지켜오던 자존감이 모두 무너져 내리고 있었다. 다시 숙취가 심하게 올라왔다. 코가 막혔다. 입으로 숨을 쉬며 머리를 감싸 안았다. 낭떠러지로 떨어지는 느낌에 화들짝 놀라 눈을 뜨니 아저씨는 이어폰을 끼고 먹방을 보고 있었다. 스마트폰을 꺼내 시간을 확인했다. 잠들었던 건지 새벽 두 시가 다 되어가고 있었다.

"아저씨 그걸 무슨 세 시간을 봐요."

"이거만 본 거 아니야. 이 알고리인지 갈고리인지 뭔지가 계속 추천해주는데 재밌더라고. 요즘 시간 가는 줄 몰라."

"재미있게 보시고, 저는 그럼 가볼게요. 죄송했어요, 오늘."

"그래. 내일 아침에 보자. 아니지. 오늘이네."

"네. 이따 봬요."

쉘터 밖은 적막하고 어두웠다. 술독이 좀 빠졌는지 배가 고팠다. 어김없이 벌건 국물 생각이 났다. 다시 아저씨에게 갈까 했지만 더 이상의 민폐는 안 됐다. 무빙워크로 가서 전원 상태를 확인했다. 꺼져 있었다. 뒤꿈치를 들고 천천히 내려갔다. 절반쯤 내려가니 시선 밖에서 불빛이 느껴졌다. 누군가와 눈을 마주치게 될 것 같아 고개를 숙이고 곁눈질로 불빛이 나오는 위치를 확인했다. 그리고 바로 깨달았다.

불이었다. 또 불이었다. 할머니의 쉘터에 또 불이 나고 있었다. 불이야 소리를 지르며 무빙워크를 뛰어 내려가다 손잡이를 잡고 밖으로 뛰어내렸다. 지난번의 경험이 도움이 됐는지 사람들이 벌써 쉘터에서 나오고 있었다. 사람들 사이를 가로질러 할머니의 쉘터로 달렸다. 달리는 와중에 이게 정말 현실이 맞는지 의심스러웠다. 하지만 아무리 몸에 힘을 줘도 꿈에서 깨지 않았다. 여긴 현실이었다. 쉘터에 가까워질수록 벽에 비치는 빛과 그림자가 또렷하게 보였다. 점점 커지고 있었다.

그때 불덩이 하나가 쑤욱 쉘터 밖으로 나왔다. 나는 제자리에 붙들린 듯 멈춰버렸다. 할아버지였다. 할아버지가 불타고 있었다. 할아버지가 비명을 지르며 불에 타고 있었다.

"물! 소화전에 호스! 호스! 거기 아저씨! 119 불러요!"

너무 급해 문장이 만들어지지 않았다. 사람들은 불타는 할아버지를 보고 비명을 질렀다. 누군가는 소화전 앞까지 뛰어갔지만 제대로 열지 못하고 우왕좌왕했다. 나는 두 가지 선택지 앞에서 양쪽 모두를 향해 뛰어가려 했고, 결과적으로 판단이 되지 않아 순간 멍한 상태가 됐다. 예서를 먼저 확인해야 했다. 누군가 소화기든 호스든 가져올 것이고, 거기까지 뛰어가기엔 여기가 더 긴박했다.

쉘터로 뛰어 들어가자마자 예서를 안고 있는 할머니가 보였다. 예서는 울고 있었다. 할머니는 어딘가를 바라보며 알 수 없는 말을 중얼거리고 있었다.

"할머니! 뭐 하시는 거예요! 빨리 나오세요! 할머니!"

소리를 지르며 할머니의 팔을 붙잡았다. 그러자 할머니가 화들짝 놀라며 나를 바라봤다.

"죄송해요, 어머니. 애가 잠을 안 자고 울어서요. 같이 나와 봤어요. 탄은 아까 갔어요. 금방 뜨듯해질 거예요."

"지금 무슨 얘기하시는 거예요! 그러다 예서 다쳐요. 빨리 나와요!"

할머니가 갑자기 몸을 홱 돌려 내 손을 뿌리쳤다. 예서를 안은 팔에 힘이 들어가고 있었다.

"어머니, 제가 잘못했어요. 그래도 제 아이예요. 제가 꼭 며느리 구실 할게요. 아이 데려가지 마세요. 잘못했어요. 제가 잘못했어요."

할머니의 눈빛이 죽은 할머니와 닮아 있었다. 할머니는 지금 여기 있는 게 아니었다. 기억 속 어딘가에 가 있었다. 대화로 달랠 수는 없을 것 같았다. 시간이 부족했다.

"안 데려가요. 할머니, 이쪽으로 오세요."

할머니는 계속 나를 등지며 눈을 흘겼다. 할머니에게 천천히 다가갔다. 예서가 위험했다. 떨어뜨리거나 함께 불구덩이로 뛰어들 수도 있었다. 할머니의 몸에 손끝이 닿았다. 그대로 옷을 당겨 잡아 할머니와 예서를 함께 안았다. 할머니는 몸을 부들부들 떨며 소리를 질렀다.

"어머니! 춘실 아버지! 춘실 아버지! 나 좀 도와주세요! 어머니 이거 놓으세요!"

할머니와 예서 사이에 팔을 집어넣어 할머니의 몸과 예서를 떼어놓았다. 할머니는 내 팔을 물기 시작했다. 다행히 겉옷이 있어 아프지 않았다. 나는 힘주어 할머니와 예서를 쉘터 밖으로 끌고 나갔다.

"죽었으면서! 죽었으면서!"

할머니가 계속 소리쳤다.

"데려가지 마! 죽었으면서! 죽었으면서!"

귀신 들린 사람 같았다. 일산화탄소 때문에 눈물과 콧물이 나오고 뱉은 침이 늘어졌다. 숨이 막혔다. 그때 알람이 울리기 시작했다. 마트 전체에 비상등이 들어왔다. 스프링클러가 작동했다. 그래도 할아버지 몸에 붙은 불은 잘 꺼지지 않았고 여전히 비명을 지르고 있었다. 성대가 열에 녹아들고 있는지 비명이 점점 기괴하고 소름 끼치게 변하고 있었다. 나는 사람들에게 할머니와 예서를 넘기고 소화기를 찾아 들었다. 핀을 뽑고 할아버지에게 소화기 분말을 분사했다.

"천천히…… 천천히……."

할아버지를 빗자루로 쓰레받기에 담듯이 몸을 쓸어냈다. 불은 금방 꺼졌다. 할아버지는 바닥으로 고꾸라졌다. 곧바로 쉘터로 들어가 잔불을 정리했다. 화원은 또 석유난로였다. 이전 화재 때 책을 다 치운 덕분에 불이 옮겨갈 자리는 많지 않았다. 할아버지는 이불에 누워 있다가 불길에 휩싸인 것 같았다. 이불이 검게 타 있었다.

"119 불렀어요?"

사람들을 향해 소리쳐 묻고 나서 할아버지의 상태를 살폈다. 옷을 벗겨서 열기를 빼내야 했지만 살이 녹아 섬유에 달라붙어 있었다. 다행히 숨은 쉬고 있었지만 아무래도 가망이 없어 보였다.

"여기 있어요."

아저씨가 내게 스마트폰을 내밀었다. 119와 통화 연결이 되어 있었다.

"여기 당안동 이마트 1층 서점 코너입니다. 급자 전신 3에서 4도 화상이고, 맥박과 호흡 있습니다. 칠십 세 이상 고령입니다. 빨리 와주세요. 1층 주차장으로 진입하면 가깝습니다."

이야기를 마치고 아저씨에게 스마트폰을 던졌다. 신고도 제대로 못 하는 한심함에 환멸이 났다.

"아저씨. 할아버지한테 계속 말 걸고 있어요. 만지지 마시고요."

나는 일어나 예서를 찾았다. 왕언니파 아주머니에게 안겨 있었다. 예서를 건네받으려다 내 상태를 확인했다. 온몸이 다 젖고 불 냄새가 짙게 배어 있었다. 할머니는 혼절한 상태였다. 총무 아주머니가 할머니를 흔들어 깨우고 있었다. 맥박과 호흡은 안정적이었다. 119에 다시 전화를 걸어 구급차 한 대를 더 보내달라고 했다.

뒤늦게 현장에 도착한 사람들이 할아버지를 보고 비명을 질렀다. 이제 더 할 수 있는 게 없었다. 주차장으로 가는 문 앞에 주저앉았다. 알람이 울릴 때 자동으로 신고가 됐는지 소방차 사이렌 소리가 들렸다. 다시 일어나 문을 활짝 열어 고정하고 주차장 입구를 바라봤다. 소방차가 막 우회전해 들어오고 있었다. 수신호를 보낸 다음 다시 현장으로 가서 할아버지의 상태를 확인했다. 숨이 꺼져가고 있었다.

할아버지와 할머니는 곧 병원으로 이송됐다. 구급대원으로부터 할아버지는 장기 손상이 심해 제세동기도 사용할 수가 없다는 이야기를 들었다. 충격에 울고 있는 사람들이 많았다. 스프링클러가 작동한 덕분에 불을 쉽게 진화할 수 있었지만 사람들은 당장 잘 곳을 잃었다. 다들 황망한 마음으로 식당에 모여들었다.

왕언니와 왕오빠가 사라졌다. 사람들은 아무 말이 없었다. 혼자 있으면 몸에 한기가 돌고 공포감이 느껴졌다. 나는 재희 씨를 보자마자 다가가 품에 안겼다. 그럴 수밖에 없었다. 할아버지가 치매였다는 건 이제 아무도 알지 못할 것이었다. 그러나 사람들은 이제 할머니가 치매에 걸렸다는 걸 알게 됐다.

그들은 돌아오지 못할 게 분명했다. 할머니는 왜 오늘 예서를 데려갔을까. 할머니는 왜 갑자기 돈이 필요했을까. 상상할 수는 있었지만 무엇도 답이 되지 못했다.

테이블 앞에 멍하니 앉아 있는 내게 진우 형이 다가와 무슨 일이냐고 물었다. 나는 꺼져 씨발놈아 하고 대답했다. 그러자 진우 형은 욕을 하기 시작했다. 그때, 앉아 있던 덕규 아저씨가 일어나 한 손으로 진우 형의 목을 움켜쥐고 비틀었다.

경찰이 왔다. 나는 함께 경찰서에 갔다가 동이 트고 나서야 마트로 돌아왔다. 이제 그만 꿈에서 깨어나야 하는데 도무지 깨어날 수가 없었다.

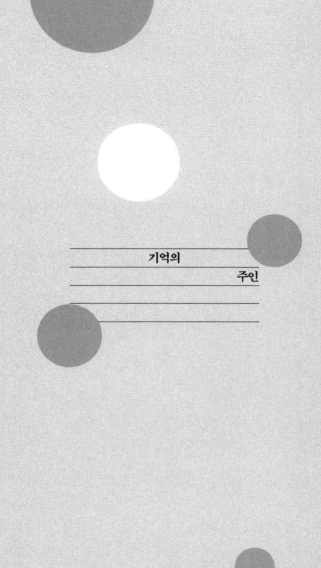

기억의
주인

한번 파괴된 일상을 재건해본 사람들은 적응이 빨랐다. 말없이 각자의 쉘터를 정리하고, 정리가 끝난 사람은 주변 쉘터에 힘을 보탰다. 다시금 상기되는 슬픔을 서로 다독였다. 물에 젖은 옷과 이불들을 한데 모아 말렸다. 그동안 1층의 사람들은 2층과 3층, 4층으로 나뉘어 올라갔다. 긴 새벽을 보내고 어린아이들이 먼저 잠들었다. 가족마다 한 명씩은 깨어 잠든 배우자와 자식들의 등을 가만히 쓰다듬어주었다. 우린 모두 깨어 있었다. 깨어 있는 채로 학교에 가는 아이들을 보고 마트 노래를 들었다.

　화재조사팀과 마트 관계자들이 함께 마트를 돌며 사람들의 생활을 살폈다. 관계자들은 우리가 들을 수 있다는 걸 잊은 듯 이재민들의 특성과 마트 운영의 어려움을 토로했다.

그러나 아무도 들은 체하지 않았다. 모두 죄인이 되어 자는 척하거나 쉘터 구석으로 숨어들었다.

고요하게 점심이 되고 저녁이 되었다. 와중에 말리던 이불이 타서 또 불이 날 뻔했는데 다행히 식당이라 금방 진화할 수 있었다고 했다.

병원에서 돌아온 총무 아주머니는 할아버지가 죽었다는 소식을 전했다. 그리고 할머니 아들이 멀리 있어 간호할 사람이 없으니 병원에 다시 가봐야 한다고 했다. 할머니는 정신이 돌아올 때마다 악을 쓰다 혼절하길 반복하고 있었다. 잠깐 저마다의 굴에서 나온 사람들은 이야기를 듣고 다시 더 깊은 어둠 속으로 돌아갔다.

나는 쉘터를 1층 사람들에게 내어주고 덕규 아저씨의 쉘터에 머물렀다. 재희 씨는 다시 예서를 떠맡았다. 예서는 전과 달리 자주 울었다. 동이 트거나 전등 빛이 얼굴에 비칠 때마다 놀라 울었다. 재희 씨는 화재 이후 쉘터 밖으로 한 번도 나오지 않았다. 사람들은 예서를 가여워하면서도 조금씩 무서워했다.

우리는 전처럼 농담하지 않았다. 전처럼 여유를 발견하려고 애쓰지 않았다. 모든 걸 극한으로 줄여서 생활했다. 식사도 연료처럼 움직일 수 있는 만큼만 먹었고, 필요하지 않은 일은 하지 않았다. 기자들이 다녀갔다. 사람들은 이제 뉴스도 잘 보지 않았다. 기자들이 쉘터까지 찾아와 당시의 상황을 물었지만 덕규 아저씨가 제지해 돌려보냈다.

아저씨는 진우 형과 이백만 원에 합의를 봤다. 진우 형은 나를 봐서 취하해주는 거라며 거들먹거렸다. 나는 진우 형에게 욕한 걸 사과하고 교회 시절의 이야기까지 다 꺼내면서 비위를 맞췄다. 그때가 좋았다는 진우 형의 말에 그땐 그걸 몰랐다고 대답했다. 해가 뜨는 걸 보면서 담배를 한 대씩 나눠 피웠다. 담배가 다 타들어가는 동안 덕규 아저씨는 경찰서 입구에서 나를 기다리고 있었다. 미안하다고 했더니 아저씨는 돌아가자고 했다. 돌아가는 길이 낯설었다. 어떻게 여기까지 왔는지 잘 기억나지 않았다.

할머니와 할아버지가 머물던 쉘터는 폐쇄됐다. 안전상의 이유로 등유 난방이 전 층에서 금지되었다. 마트는 이제 겨울의 절정으로 진입하고 있었다. 나는 편지를 쓰기 시작했다. 수신자를 고민했지만 정하지 않기로 했다. 누구에게도 닿지 않을 터였지만 일단 첫 문장을 적고 나니 다음 문장부터는 이상하게 분노가 들끓었다. 한 장을 채우고 처음부터 다시 읽었다. 쓸 때의 분노는 모두 어디로 갔는지 슬픔만 가득한 글이 되어 있었다. 편지를 접어 짐 가방 깊숙이 넣어두었다.

조금만 멍해지면 할머니와 할아버지 생각이 났다. 말수가 적다 못해 없어 고요보다 더한 진공의 세계에 있는 것 같던 할아버지가 불길에 휩싸여 비명을 질러대던 모습이 떠올랐다. 이어 할머니의 눈이 떠올랐다. 검은자가 커서 맹점도 없을 것처럼 생긴 눈. 잿빛 눈동자에 내 얼굴이 흐리게 비치는 걸 마주하게 되는 눈. 그때 나는 너무 많은 걸 들켜버린 듯했다. 들킨 건 나뿐만이 아니었다. 내가 할머니의 기억을 봐버렸을 때 할머니의 기억은 내 기억을 들여다보고 있었다. '죽었으면서! 죽었으면서!' 하던 외침은 어쩌면 시어머니가 아니라 다른 누군가에게 던진 말이었을지도 몰랐다. 모든 게 기억에 사로잡힌 과거진행형이었다.

그러나 나의 시제는 현재진행형이길 바랐다. 증명하는 방법은 간단했다. 살아 있다는 기분이 들지 않으면 살아 있지 않은 것이었다. 나는 재희 씨의 쉘터에 더 자주, 더 오래 머물렀다. 전처럼 많이 웃지는 못했지만 가끔씩이라도 웃을 일이 있었다. 웃고 나면 다시 현실이 다가왔다. 하지만 시간이 아무리 오래 걸려도 회복될 거란 믿음이 남아 있었다. 사람들도 다시 낙관을 양육했다. 누구나 다 서로의 기억을 파산시키지 않도록 각자의 삶을 잘 관리했다. 우리는 모두 새로운 기억의 가능성이자 조금씩 매몰되는 기억의 생존자였다. 살아남았다는 감각이 우리를 지배하고 있었다. 미래를 탄생시키는 게 공동의 목표가 되었다.

　재희 씨에게 첫 달 양육비가 들어왔다. 재희 씨는 곧바로 지수 씨에게 전화를 걸었다. 지수 씨는 마트에 불이 난 걸 알고 있었고, 수연 씨는 아직 아무것도 모르고 있었다. 재희 씨는 전화를 끊고 한숨을 쉬었다. 아주 깊고 긴 한 번의 숨이었다. 함께 카트를 끌고 장을 봤다. 이제 예서가 이유식을 시작할 때가 되었다고 했다. 이유식 재료와 도구, 장난감과 자잘한 용품들을 카트에 집어넣었다. 재희 씨는 이런 걸 어떻게 다 아는 걸까 생각했지만 내가 모르는 게 당연한 건 아니었다. 유모차도 한 대 사서 그 자리에서 박스를 뜯고 조립을 마쳤다. 카트의 물건을 유모차로 옮겨 담아 쉘터로 들어갔다. 우리를 본 사람들 중 절반은 웃었고 절반은 표정이 없었다.

　"성결 씨 요리할 줄 알아요?"

　"자취를 좀 해서 요리까지는 몰라도 끼니 정도는 차릴 수 있어요."

　"잘됐네요. 이따 내려가서 이유식 좀 같이 만들어요."

　"네. 한 시간쯤 뒤에 사람들 없을 때 가죠."

　재희 씨는 이유식 만드는 법을 검색하고 있었다. 옆에 따라 앉아 검색을 해보았다. 이유식은 초기, 중기, 후기, 완료기로 나뉘어 있었다. 그중 예서가 먹을 건 초기 이유식이었다. 처음에는 쌀가루로 미음을 끓여 먹이고, 점점 소고기와 녹색 채소들을 갈아서 함께 끓여 먹이는 식이었다.

"출국 때까지 좀 쉬면서 준비하려고 했는데 마음대로 되는 일이 없네요."

"출국이요? 출국하세요?"

재희 씨가 이상하다는 표정으로 나를 쳐다봤다.

"그때 이야기했었는데 기억 안 나세요?"

"그때요?"

"술 마셨던 날, 정말 하나도 기억이 안 나요?"

그날의 추태는 덕규 아저씨에게 전해 들어 내내 괴롭던 참이었다. 내가 한 말에 대해 걱정하고 불안해했는데, 내가 들은 이야기에 대해선 전혀 생각도 못 하고 있었다.

"네…… 뭐…… 부끄럽네요."

"응원도 해주고, 축복한다고 노래도 부르시더니. 근데 기억 못 할 것 같긴 했어요. 저 2월에 캐나다 가요. 아직 정확한 날짜는 안 잡혔는데 아마 2월 중순 지나서일 거예요."

"캐나다요? 캐나다에는 왜요?"

"엄마가 캐나다에 있다고 했잖아요. 제가 먼저 얘기했어요. 잠깐 가서 좀 살아보겠다고요."

처음 듣는 이야기였다. 지금까지 재희 씨와의 생활이 주마등처럼 스쳐갔다. 이럴 수는 없는 일이었다.

"갑자기 왜요?"

"저 원래 한 달 살이 하고 있었잖아요. 캐나다도 똑같다고 생각하고 가보려고요. 가서 괜찮으면 공부도 좀 해보고 싶기도 하고요."

"지금까지 기다린 건 어떡하고요?"

"저 혼자잖아요. 신청해도 안 돼요. 그럼 덕규 아저씨 이야기도 기억 안 나요?"

"덕규 아저씨도 무슨 이야기했어요?"

재희 씨가 말을 시작하기도 전에 이미 눈빛에서 많은 걸 읽어버렸다. 이제 내가 읽은 걸 확인받아야 할 차례였다. 이런 예감은 항상 틀리는 법이 없었다. 너무나 진부한 예감이 맞아드는 건 그렇게 될 만한 이유가 있어서였다.

"덕규 아저씨도 성결 씨 가고 나면 쉘터 뺀다고 하셨어요. 밑에 내려가서 살다가 다시 고향으로 가신다고……."

이건 배신이었다. 도저히 납득할 수 없는 배신이었다. 재희 씨는 지금 우리가 다 찢어질 거란 얘기를 하고 있었다. 함께 지탱해오던 세상이 내 머리 위로 무너지고 있었다. 지금껏 나를 버티게 한 관성에서 벗어나 손을 내밀도록 만든 사람들이 나를 떠나겠다 말하고 있었다. 제대로 한번 부딪혀본 적도 없이, 내가 지켜오던 마음이 사랑도 친분도 아니게 되고 있었다.

나는 의지했다. 그들에게 의지해 내 목에 스스로 목줄을 감았고 손잡이를 넘겨줬다. 내가 나의 주인됨을 포기하고 내민 최초의 악수였다. 나는 이제 그들이 손잡이를 놓아도 목줄을 물고 그들에게 돌아가야 할 만큼 길들여져 있었다. 혼자여서 버틸 수 있던 일을 여럿이 나누어 혼자만도 못하게 된 나였다. 나만 포기하면 끝나는 싸움을 질질 끌어가게 만들어두고 이렇게 해서는 안 됐다. 멀리 떨어뜨린 채 방관하던 기억을 다시 살려놔 고통으로 두고 이들과 지내는 삶을 진통제처럼 복용하고 있었는데 이래선 안 되는 일이었다. 이토록 경계에 선 사람을 내버리면 안 되는 일이었다.

한참을 멍하니 재희 씨의 얼굴을 보고 서 있다가 쉘터를 나왔다. 나를 부르는 소리가 들렸지만 다가와 돌려세우진 않았다. 나는 여기서도 스스로 돌아가지 않으면 영영 돌아갈 수 없는 사람이었다. 딱 그 정도였다. 이 순간이 서러워 웃음이 나왔다. 나도 모르게 눈물이 흐르고 있었다. 나는 고장 났다. 웃는 입에 눈물이 들어가 짠맛이 났다. 더 크게 웃음이 터졌다.

내가 사는 세상은 이런 것이었다. 나를 두고 돌아가는 세상이 내 앞에 대가리를 들이밀고 나를 경멸하고 비웃고 얼굴에 침을 뱉어도 이렇게 살아야 하는 걸 알고 있었다. 그래서 누군가를 데려와 내 삶을 살게 하고, 나는 그 누군가로 살고 싶었다. 그리고 나는 나를 누구의 것도 아니었던 양 모르는 척하면 되는 것이었다. 하지만 나는 이제 짐승 같았다. 기쁠 때도 울고 슬플 때도 우는, 아플 때도 죽고 싶을 때도 하다못해 심심할 때도 똑같은 소리로 우는 짐승 같았다. 왜 우는지도 모르면서 자꾸 울고 있는 내 모습을 점점 이해할 수가 없었다. 이게 사실 슬픔이 아니라 기쁨이라면 그땐 정말 어떻게 해야 할지 알 수가 없었다.

예서의 이름을 사랑이라고 붙여놨다면 사랑이 도리도리를 하고 잼잼을 하고 까꿍 하면 웃고 사랑을 남기고 죽을 수도 있었다. 사랑이 자라서 기어 다니고 걸어 다니고 말을 하고 낮에도 밤에도 시도 때도 없이 마치 이것이 사랑이라는 듯이 나를 못살게 굴며 계속 살게 할 수도 있었다.

생각의 전원을 꺼야 한다는 생각이 들었다. 그러나 그 또한 생각이라 스위치가 있을 리가 없었다. 가까운 기억엔 닿지 않는 손이 자꾸 먼 기억에 닿았다. 기억에 긁힌 상처들이 나를 부르고 있었다. 다시 긁어달라고, 다시 피를 보자고 나를 부르고 있었다. 여기서는 내가 나를 배신해야 살 수 있을 것이다. 나도 나를 배신해야 내게 믿음이 사라질 것이다.

지난 통화 목록을 뒤져 주택공사 담당자의 번호를 찾아 전화를 걸었다.

"네, 주택공사 복지사업팀 김정식 주무관입니다."

"이번 주택 공급 당첨된 사람인데 포기 신청하려고요."

"예? 당첨자세요?"

"대곡지구 1분기 당첨자 김성결이고요, B타입 투룸형 주

택 당첨됐습니다. 입주 의사가 사라져서 포기 신청하려고
요."

"당첨자 본인이시고요?"

"네, 김성결이라고요. 주민등록번호 불러드려요? 뭐가 필
요해요?"

"아뇨. B타입 같은 경우에는 4인 이상 가구 배정이라 포기
신청을 하시려면 가구원 모두의 동의서가 필요해요. 그런데
갑자기 왜 포기를 하려고 하세요?"

"아니, 신청은 저 혼자 해서 당첨된 건데 왜 가족 새끼들
이랑 무조건 같이 살라는 거예요? 전에는 씨발 같이 살라고
지랄을 하더니 이제는 포기도 내 맘대로 할 수가 없다고?"

"지금 통화 다 녹음되고 있어요. 담당 공무원에게 폭언 및
협박을 하시면 법적으로 처벌받을 수 있습니다."

"내가 신청한 걸 내가 포기도 못 하면 그럼 뭐, 가서 집 다
부숴버리면 포기야? 이런 씨발 진짜 다 죽여버리면 되겠네.
가족 새끼들 다 죽여버리고 나 혼자 살면 되겠네. 그렇게 하
라는 거죠?"

"두 번째 경고 드립니다. 세 번째에는 제가 끊을 수 있어요.
포기 신청서는 공사 홈페이지 자료실에 있습니다. 작성해서
이메일이나 팩스로 보내주시면 확인 후 처리됩니다."

"이 새끼야 지금 그게 안 되니까 하는 말 아니야! 이 개새
끼가 지금 날 등신으로 보나, 내가 씨발 그것도 모를 거 같

아?"

"세 번째입니다. 상부로 보고될 것이고, 서면으로 경고문 받아보실 수 있습니다. 상담 종료하겠습니다."

전화가 끊어졌다.

쉘터에 앉아 바깥을 바라보다 고개를 돌리길 반복했다. 다가오는 발소리가 있었고 지나치는 발소리가 있었다. 발소리가 가까워질 때마다 자세를 다듬었다. 점점 초조해졌다. 다리가 떨렸다. 몸에 한기가 돌고 땀이 났다. 뜯던 입술에서 비릿한 피 맛이 났다. 짐 가방에서 약통을 꺼냈다. 하지만 그래선 안 됐다. 이 배신감을 끝까지 놓지 말고 몰아가야 했다. 내가 사과해야 하는 게 아니었다. 누군가는 내게 사과를 해야 했다. 아무런 갈등에도 휘말리고 싶지 않았고, 그만큼 주목받고 싶지 않았던 나를 여기까지 오게 만들었다는 걸 인정하고 내게 사과를 해야 했다.

나는 이제 혼자서 온전한 하나가 될 수 없었다. 사람들은 이제 나를 보면 다른 둘 혹은 셋 그 이상을 함께 떠올릴 것이고, 나는 거기서 떨어져나간 한 덩어리 정도로 기억될 것이다. 나는 그들 중 하나가 아니라 혼자서도 하나였는데 이제 무엇도 아닌 게 되었다. 그저 다른 사람을 떠올리기 위한 매개가 되어 나는 사라지고 다른 사람들은 더욱 또렷해질 것이다. 그들은 그들보다 항상 한 명씩은 더 많을 것이고,

나는 나보다 항상 몇 명씩 부족할 것이다.

그렇게 되어선 안 됐다. 재희 씨와 덕규 아저씨가 떠난다면, 예서도 떠나고 경민이와 세인이도 떠난다면 나는 너무나 적어져 이 세상에 떠다니는 유령이나 마찬가지일 것이었다. 그리고 그것들은 내 잘못이 아니었다. 불이 나고, 친모가 찾아오고, 한밤중에 EPS실에 둘이 있다가 들킨 건 내 잘못이 아니었다. 불은 났고, 친모는 찾아왔고, 그 둘은 한밤중에 EPS실에 갔다. 그저 내가 거기에 있었을 뿐이다. 내가 그걸 몰랐다면 나와는 전혀 상관없는 일로 나를 스쳐 가고 말 것들이었다.

사람들이 아침마다 식당에 앉아 주택 공급 뉴스만 기다리듯이, 나는 내게 중요하지 않은 뉴스들을 기꺼이 모르는 척할 수 있었다. 하루에도 수천수만 개씩 터지는 사건들 속에서도 나는 죽지 않고 살아남았다. 나는 살아남고 있었다. 그들과 엮이지 않으려, 나를 위협하고 슬픔에 빠뜨릴 수 있는, 내가 어찌할 수 없는 숙명들과도 내외하며 눈을 돌려왔다. 내가 좀 더 아름다워진다고 해서, 기자가 찾아와 나를 영웅이라고 부르고 표창장을 준다고 해서 내가 다른 사람이 되는 건 아니었다.

나는 언제나 나를 살릴 수 있는 사람이어야 했다. 사람으로서, 인간으로서 버틸 수 없는 일이 되어선 안 됐다. 그렇게 버틸 수 없는 건 사람이 아닌 것으로 버틸 수밖에 없기 때문이다. 한번 사람됨을 포기하고 나면 그다음은 쉬웠다. 그러면 믿음이 찾아올 수밖에 없었다. 믿을 만한 것을 찾고, 맹목과 맹신을 찾은 다음에는 안온하고 편향적인 내 피난처에서 함께할 누군가를 찾아내기 위해 어디든 섞이려 드는 사람이 되고 말 것이다. 나의 부모, 그리고 부모에게 순종하는 동생이 나보다 먼저 그래 주었다. 나는 그들이 있는 덕분에 그 자리에서 계속 도망칠 수 있었다. 그들은 내게 검은빛이었다. 희망의 증인들이었다.

저녁 시간이 지났다. 그들은 자기들끼리 밥을 먹었을까. 사람들은 그들 사이에서 사라진 나를 찾았을까. 그들은 내게 시간이 필요하다고 생각하는 걸까. 시간이 해결해주는 건 무력함을 깨달아 현실에 적응하도록 만들어주는 것뿐이었다.

잊을 수 없다고 생각하던 것도 언젠간 잊히고 만다는 건 우리가 우리 삶의 피지배자에 불과하다는 걸 상기시켰다. 그리고 무엇보다 기억은 시간에 따라 직렬로 구성됐다. 가까운 기억에 스위치를 켜면 먼 기억까지 함께 켜졌다. 먼 기억에 스위치를 켜려면 가까운 기억부터 전류를 흘려보내야 했다. 그러니까 잊는 건 적어도 우리의 몫이 아니었다. 우리의 다른 이름들은 언제나 모든 걸 기억하고 있었다.

*

　밤이 되어 마트가 소등됐다. 손전등을 든 사람들이 2인
1조로 마트를 돌았다. 자정이었다. 여전히 같은 자리에 앉
아 바깥을 바라봤다. 사람들이 또 지나갔다. 새벽 세 시였다.
아무도 찾아오지 않았다. 그래서 나도 찾아갈 수 없었다. 마
치 처음부터 그랬던 것처럼 아무 일도 일어나지 않았다. 아
무 일이 없다는 게 내게는 큰일이었다. 모든 게 다 없던 일
이 되어가고 있었다.

　쉘터 밖으로 나와 주변을 살폈다. 어떤 쉘터는 어두웠고
어떤 쉘터에서는 불빛이 새어 나오고 있었다. 나는 천천히
마트를 돌기 시작했다. 3층은 깨어 있는 사람 반, 잠들어 있
는 사람 반이었다. 옥상 정원에 모여 담배를 피우고 있는 사
람들이 있었다. 의자에 띄엄띄엄 앉아 스마트폰을 들여다
보는 사람들이 있었다. 나와 눈이 마주친 사람들은 금방 딴
청을 피웠다. 꼭 꿈같았다. 나는 이게 꿈이라는 걸 알아차린
사람 같았다. 내 입에서 '이거 꿈이지?'가 튀어나오기 전에
진실과 연루되지 않으려는 듯 저마다 다른 일에 몰두하고
있었다.

　2층에는 깨어 있는 사람들이 더 적었다. 나는 목적이 있는
사람처럼 빠르게 걸어 쉘터들을 지나쳤다. 재희 씨의 쉘터
를 지날 땐 고개를 돌린 채 걸었다. 덕규 아저씨의 쉘터도 마

250

찬가지였다. 지나서 돌아보니 두 쉘터는 모두 불이 꺼져 있었다.

1층으로 내려갔다. 1층은 아주 조용했다. 불이 켜진 쉘터가 없었다. 식당을 시작으로 반시계 방향으로 크게 돌다 할머니가 살던 쉘터가 보이기 전에 왼쪽으로 방향을 틀었다. 거기서부터는 다시 시계 방향이었다. EPS실이 나왔다. 문을 열어보니 아무도 없었다. 옆에 달린 화장실로 들어갔다. 역시 아무도 없어 내가 들어가자마자 자동으로 불이 켜졌다. 변기 칸을 하나씩 열어봤다. 역시 아무도 없었다. 밖으로 나와 EPS실을 지나쳐 걸었다.

그 쉘터가 나왔다. 화재 조사가 아직 끝나지 않았는지, 아니면 그냥 출입을 막아놓은 건지 테이프가 쳐져 있었다. 몸을 숙여 안으로 들어갔다. 첫 번째 화재와 두 번째 화재의 기억이 생생하게 되살아났다. 엄습하는 공포에 몸의 세포들이 반응하는 게 느껴졌다. 찬물에 있다가 갑자기 뜨거운 물에 들어간 듯 내 몸을 감싸고 있던 한기가 진동하는 것 같았다.

더 나아가지 못하게 되기 전에 억지로 안쪽으로 들어갔다. 몸과 정신이 분리되는 듯했다. 아주 오래 걸은 것처럼 다리가 까부라졌다. 책이 다 치워진 서점은 프레임만 남은 가구들의 집 같았다. 여기 살던 사람들의 흔적은 깔끔하게 치워져 있었다. 죽은 건 할아버지뿐이었지만 할머니도 이미 이

세상 사람이 아닌 것 같았다. 어떤 세상에서는 할아버지가 아직 저 가판대에 앉아 웃고 있고, 할머니는 이부자리에 누워 이제 잘 시간이라며 할아버지를 부르고 있을 것 같았다. 그리고 나는 그들의 몸과 포개어지기도 하고 통과하기도 하면서 여기 함께 있는 것일 수도 있었다.

그 검고 부연 안개가 낀 눈은 분명 이 세상을 보는 눈이 아니었다. 그건 눈 뒤편의 어둠이었다. 삶과 자리를 바꾼 기억이었다. 재희 씨는 과거보다 미래로 가고 싶다고 했다. 사람에게 미래는 이미 오래전에 완결되어 있었다. 그래서 자꾸 왔던 길로 돌아가고 있는 것이었다. 기억은 가까운 것들부터 사라진다고 했다. 오늘 본 사람이 기억나지 않고 어제 나눈 이야기가 떠오르지 않는데 먼 옛날의 내가 점점 또렷해진다면, 미래도 이젠 돌아갈 곳에 불과하게 되는 것이었다.

본 것을 다시 보는 일이 삶의 전부일 때 그마저도 점점 새로워지기 시작한다면, 그 삶도 이제 박물관이나 고궁이 되어 관람객을 맞아야 할 때가 되었다는 거겠지. 당혹스러운 치욕에 휩싸여 우리가 같은 줄 알았더니 어느새 이만큼이나 멀다고 생각하게 되는 유인원처럼. 그러나 그런 생각은 언제나 너무 느릴 뿐이었다.

어둠 속에 있으니 혼자가 아닌 기분이 들었다. 죽은 삼촌이 있고, 죽은 할아버지와 할머니가 있었다. 나도 그들과 함

께 있었다. 그들은 이제 미래의 사람이었다. 가끔씩은 다수
결로 결정해야 하는 일이 생기곤 했다. 살아 있는 나는 여기
서 소수였다. 나는 그동안 기쁠 수도 있었지만 슬픔이 다수
결이라 슬프기로 해왔다. 기쁨은 나와 같이 소수였기에 이
제 나는 기쁨과 한편이었다. 죽은 그들은 슬픔과 한편이 됐
다. 불만이 쏟아져 나왔다. 죽어서도 그래야 하냐는 것이었
다. 그러나 규칙은 규칙이었다. 이건 일종의 게임이었다. 다
순서가 있었다. 먼저 삼촌 차례였다. 삼촌은 역할에 맞게 울
면서 말하기 시작했다.

"내가 외로웠을까? 나는 외롭지 않았어. 외로운 건 남겨
진 너희들이었지. 안 그래요, 아버지?"

할아버지가 고개를 끄덕였다.

"그런데 나는 지금에 와서 외롭네. 이들이 내게 와서 외로
워. 밤마다 혼자 잠들 수도 없어."

삼촌이 할아버지와 할머니를 손가락으로 가리켰다. 할머
니가 할 말이 있다는 듯 나섰지만 할아버지가 조용히 막아
섰다. 다 순서가 있었다.

"다행인 건 내가 더 나중에 죽었다는 거야. 이제 너도 알
겠지. 이게 무슨 의미인지?"

나는 통쾌하다는 듯 웃으며 고개를 끄덕였다.

"나는 아내도 자식도 없었지만 네가 있었어. 이 정도면 좋
은 복수지. 기쁘니?"

나는 기뻐서 춤을 추기 시작했다. 내 몸에 불이 붙어 활활 타고 있었다.

"아무리 그래도 그래서 되겠어? 너는 여전히 이 아비의 뜻을 모르는구나. 그래서 내가 무슨 득을 봤는지 봐라. 나 좋자고 한 일이 아니었다."

이번에는 할아버지가 나서서 이야기하기 시작했다.

"내가 몇 날 며칠을 울었는지 아니. 봐라, 지금도 울고 있지 않느냐. 그래도 지금 우리가 같이 있지 않니. 그래서 가족인 게야. 안 그러냐?"

나는 이제 자리에 앉아 할아버지의 이야기를 들었다. 할아버지는 목이 다 쉬도록 소리를 지르면서 울고 있었다. 삼촌은 맥주를 가져와서 내게 한 캔을 내밀고는 바닥에 주저앉아 캔을 따고 있었다.

"그 맥주는 뭐냐?"

"요즘 맥주요."

"나도 하나 줘봐라."

삼촌은 할아버지에게도 맥주 한 캔을 건넸다. 할아버지는 곧바로 맥주를 따서 벌컥벌컥 마셨다.

"술이 싱겁구나."

"그럼 소금 쳐서 잡수시든가요."

"이 인간들이 아주 부자지간 아니랄까 봐 여기서도 술을 마시고 앉았네."

할머니가 먹태를 뜯어 내왔다. 할아버지와 삼촌은 아예 자리를 깔고 앉아 먹태에 맥주를 마셨다. 할머니가 나를 보고 말했다.

"안녕하세요?"

"네. 안녕하세요?"

"누구세요?"

나는 다시 일어나 덩실덩실 춤을 췄다.

"할머니. 원래 이렇게 농담을 잘하셨어요?"

할머니는 젊어졌다 늙었다를 반복하고 있었다. 그 바람에 허리가 펴졌다가 굽고 머리가 하얗게 셌다가 검게 물들었다가 정신이 없었다.

"너 내가 보는 거 알았지? 내가 너 보고 있는 거 알았지?"

나는 뒤를 돌아봤다. 뒤에는 내가 서 있었다.

"어떻게 알았지? 어떻게 알았지?"

나는 둘이 대화하도록 몇 걸음 물러나 자리를 피해줬다. 그리고 남은 맥주를 들이켜며 마저 춤을 췄다. 둘은 옛날이야기를 하고 있었다. 삼촌과 할아버지도 옛날이야기를 하고 있었다. 몸에 붙은 불이 꺼져가고 있었다. 그들이 점점 어두워졌다.

나는 그들을 그대로 두고 기쁨과 함께 나왔다. 밤이 새도록, 낮이 다 가도록 이야기를 나누고 있을 것이었다. 이 모든 것이 상상 안에서 그랬다. 깨어날 필요가 없었다.

비상구를 열었다. 비상계단을 내려가 다시 지하 1층 비상구 손잡이를 밀었다. 다행히 문이 열렸다. 한쪽으로만 돌아가는 개찰구를 뛰어넘었다. 식품 코너였다. 냉동식품이 들어 있는 냉장고 문들을 모두 활짝 열었다. 아이스크림을 꺼내 여기저기 집어던졌다. 만두 봉지를 뜯어 고기만두와 김치만두를 골고루 집어던졌다. 요즘은 별의별 만두가 다 있었다. 보다 보니 칠면조 다리가 있었다. 아주 거대했다. 냉동닭 다리가 담긴 봉지를 뜯어 그 안에 칠면조 다리를 욱여넣었다.

냉장육 코너도 있었다. 한우였다. 투 플러스 한우를 잔뜩 들고 수산물 코너로 갔다. 물고기들이 가만히 떠 있었다. 한우를 뜯어 수족관에 던져 넣었다. 옆에는 살아 있는 랍스터도 몇 마리 있었다. 내가 먹어본 것보다 컸다. 랍스터를 꺼내서 바닥에 풀어줬다. 갑작스러운 자유가 얼떨떨한 듯 나를 보고 집게발을 휘두르며 화를 냈다. 미안해서 랍스터에게도 한우를 몇 점 줬다.

베이커리 코너에 팔리지 않은 빵들이 있었다. 빵 봉지를 주먹으로 내려쳤다. 빵 터졌다. 빵은 촉감이 조금 약했다. 다시 수산 코너로 가서 문어 머리를 찰싹 때렸다. 소리가 좋고 은근한 리듬감이 있었다. 배가 좀 고팠다. 즉석식품 코너는 다 비어 있었다. 과자 코너로 가서 안 먹어본 과자들을 뜯어 한 개씩 꺼내 먹고 버렸다. 음료수 코너에서도 한 모금씩 마시고 바닥에 던져버렸다. 지나가다 보니 밀가루가 보였다. 밀가루를 뜯어 졸업식 때처럼 여기저기 뿌렸다. 밀가루를 생각하니 까나리 액젓도 생각나서 가져다가 여기저기 뿌렸다. 밀가루 때문에 기침이 났다. 얼른 자리를 피해 다시 냉동식품 코너로 갔다. 아까 꺼내 던진 아이스크림들도 겨울이라 그런지 잘 녹지 않았다. 엑설런트 아이스크림을 뜯어 먹었다. 이십 년쯤 전에 먹어본 맛이었다. 아이스크림들 옆에 뜬금없이 불닭 소스가 있었다. 뜯어서 아주 조금 맛을 봤다. 너무 매웠다. 스트레스가 해소된다고 믿으려 해도 역시 매웠다. 하나를 주머니에 챙기고 나머지는 멀리 집어 던져버렸다.

우유를 찾아 뛰었다. 바나나 우유는 역시 맛있었다. 옆에 삼각 커피 우유가 있었다. 집어 던져봤더니 퍽 터지는 게 재미있었다. 몇 개를 더 집어 던졌다. 주류 코너로 넘어갔다. 비싼 양주들이 있었다. 학교 앞에서 싸구려 양주를 바가지 써서 마셨던 게 생각났다. 제일 비싼 양주를 꺼내 뜯었다. 숨을 내쉬고 먼저 향을 맡아본 다음 한 모금을 마셨다. 독했다. 비교할 만한 걸 먹어본 적이 없어 맛있는지 알 수가 없었다. 위스키를 던져서 보드카를 깼다. 진을 던져서 와인을 깼다. 세계의 통합이 이루어지고 있었다. 다이소가 보였다. 저기서 시간을 보내기엔 가성비가 없었다. 벌써 네 시를 지나고 있었다.

2층으로 올라가 등산 코너에서 로프를 챙겼다. 운동용품 코너에서 바벨을 들어 진열대에 던졌다. 던지는 족족 진열대가 무너졌다. 진열대가 감당할 수도 없는 걸 진열해두고 있었다. 자전거를 타다가 넘어지고는 전동 킥보드로 갈아타 반려동물 코너로 갔다. 다른 동물들은 다 사라지고 왕관앵무만 남은 지 오래였다. 앵무새에게 말을 걸었다.

"안녕?"

"야!"

"안녕하세요?"

"야!"

"사랑해."

"야!"

"야!"

"야!"

대답이라고 하기에 뭐했다. 왜 이걸 배운 건지 알 수가 없었다. 풀어줄까 하다가 어디 숨어서 굶어 죽을까 봐 그대로 뒀다. 저 앵무새가 다른 집에 가서 야! 하고 살면 그거대로 좋을 것 같았다. 당혹스러워하는 주인의 표정이 보이는 듯했다. 사랑해 하면 야! 하고, 안녕하세요? 해도 야! 하고 대답하는 뚝심 있는 앵무새였다.

온 길을 그대로 돌아가 다시 1층으로 나왔다. 아직 어둠이 짙었다. 식당에는 불이 꺼져 있었지만 사물을 분간할 순 있었다. 의자를 꺼내 TV 밑에 두고 올라갔다. 브래킷에 팔이 닿지 않았다. 의자를 치웠다. 다시 테이블을 조심조심 옮겨서 그 위로 올라갔다. 아직 조금 모자랐지만 먼저 매듭을 묶어두고 돌리면 될 것 같았다. 로프를 브래킷 뒤로 넘겨 매듭을 지었다. 그런데 제대로 묶인 건지 알 수가 없었다.

스마트폰을 꺼내 자살 로프라고 검색하니 그대로 검색되는 게 있었다. 검색이 되는 게 이상했지만 링크를 타고 교수형 매듭을 찾았다. 교수형이라고 하니 스스로를 사형하는 기분이 들었다. 로프를 다시 내려놓고 설명에 맞춰 매듭을 지었다. 여러 번 반복해도 잘 이해가 되지 않았다. 결국 어설프게 묶인 로프를 다시 브래킷에 걸고 여러 번 매듭을 지었다. 이건 어차피 의지의 문제였다.

로프를 목에 걸어봤다. 테이블에 발을 딛고 있어서 그런지 압박이 거의 느껴지지 않았다. 다시 내려와 테이블을 발이 닿는 선에서 최대한 멀리 밀어 떨어뜨렸다. 그리고 다시 올라가 목에 로프를 걸었다. 몸을 앞으로 기울여 로프에 무게를 실어봤다. 강한 압박이 느껴졌다. 몸을 세우고 심호흡을 했다. 이럴 땐 숨을 최대한 참다가 뛰어야 하는 건지, 아니면 혹시 모르니 숨을 최대한 들이마시고 뛰어야 하는 건지 알 수 없었다.

다시 스마트폰을 꺼내 검색을 했다. 목매는 법을 검색하니 넥타이나 스카프만 잔뜩 나왔다. 그냥 뛰어내리기로 했다. 마치 물에 뛰어드는 것 같았다. 몸에 힘을 주든 주지 않든 가라앉을 수밖에 없는 공평한 물이었다.

사람들은 자기들이 타의로 태어났다는 걸 까먹고 사는 것 같았다. 혼자 태어난 줄 아는 사람들이 많았다. 그런 사람들은 분노를 밖으로 잘 표출할 줄 알았다. 처음부터 자의적인 선택으로 세상에 등장했기에 스스로를 의심하지 않는 까닭이었다. 나도 나를 태어나게 한 그 타의를 잊고 싶었다. 얼마간은 멀리 떨어져 살며 잊어버리기도 했다. 그러나 가족이란 건 꼭 다시 떠올리게 되고 마는 것이었다. 자신이 거대한 관계망 속 하나의 점에 불과하다고 생각하는 사람들은 분노할 수 있는 대상이 자신밖에 없었다. 누구에게 화를 내고 누구를 원망하든 그것은 결국 내게 돌아오고 마는 것들이었다. 그래서 나를 먼저 의심하고, 나를 먼저 벌하고, 나를 먼저 반성하다 보면 살아 있는 것도 잘못이 되곤 했다.

나는 내 기억의 주인이 아니었다. 나는 기억을 공동으로 양육하는 여러 사람 중 하나일 뿐이었다. 각자 사는 만큼 전체에 더해질 뿐이었다. 하지만 지금의 나는 나의 기쁨과 함께였다. 나는 내게 가장 큰 낙관이 되어줄 수도 있었다.

로프가 목을 파고들었다. 숨이 막혀 죽기 전에 로프에 목이 잘려나갈 것 같았다. 몸이 흔들려 로프와 목 사이에 공간이 생길 때마다 막히던 숨이 조금씩 빠져나갔다. 시야가 점점 천장을 향해 올라가는 게 느껴졌다. 이대로는 내 두개골이 들여다보일 수도 있을 것 같았다. 점점 의식이 흐려졌다.

　나는 오늘의 메인 뉴스일 것이다. 사람들이 식당에 나오면 나를 보게 될 것이고, 나를 도저히 잊을 수 없게 될 것이다. 마침 이제 크리스마스였다. 깜짝 선물을 받은 아이처럼 놀라게 될 것이다.

　시간이 갑자기 느리게 흘렀다. 현기증이 찾아왔다. 기분 좋은 어지러움이었다. 나는 떨어지고 있었다. 깊은 지하로 떨어지고 있었다. 바닥이 느껴졌다. 몸이 마음대로 튀어 올랐다. 눈이 저절로 뜨였다. 드디어 꿈에서 깨어난 것 같았다. 그때 뭔가가 내 머리로 떨어졌다. 정신이 번쩍 들었다가 다시 멀어졌다.

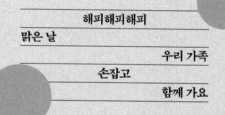

해피해피해피
맑은 날
우리 가족
손잡고
함께 가요

눈을 뜨니 사람이 보였다. 눈을 뜨니 하얀 천장이 보였다. 눈을 뜨니 밝은 빛이었다. 눈을 뜨니…… 엄마가 울고 있었다. 다시 눈을 감았다.

눈을 떴다. 아무도 없었다. 다시 눈을 감았다. 눈을 뜨려고 하니 사람들의 목소리가 들렸다. 눈을 뜨고 싶지 않았다. 눈을 감으면 잠이 왔다. 잠에서 깨면 두통이 찾아왔다. 다시 잠들면 두통이 사라졌다. 밤낮을 알 수 없었다. 다시 정신이 들었다. 조용했다. 천천히 눈을 떴다. 누가 화장실에서 나오고 있었다. 다시 눈을 감았다.

잠든 것 같았지만 꿈이 없었다.

눈을 떴다. 날이 추웠다. 누군가 문을 열고 들어왔다.

"저기요. 주워…… 아니, 치워…… 아니, 창문…… 어?"

이상했다. 떠오르는 문장이 있는데 말로 나오지 않았다. 떠올린 문장을 생각하면 희미했다. 지워지는 자막을 따라 읽는 것 같았다.

"그러니까…… 이게 왜…….."

물 묻은 손을 옷에 문질러 닦던 아주머니는 나를 보더니 놀라 밖으로 뛰쳐나갔다. 나는 살아 있었다. 아마도 그랬다. 다만 뭔가 잘못되어 있었다. 살아 있는 것보다 잘못된 무언가가 있었다.

"어…… 발이…… 아니! 말! 왜 이래!"

머리에 떠오르는 말이 입 밖으로 번역되기 전에 흐릿하게 사라지고 이상한 단어가 튀어나왔다. 뭔가 크게 잘못됐다. 짚이는 게 있었지만 그래선 안 됐다. 무서웠다. 너무 무서웠다. 너무나 무서워서 눈물이 났다.

"난방! 난바아아앙! 아아아악!"

난 난방을 말하려고 한 게 아니었다. 사람을 부르고 싶었다. 지금 여기가 너무나 무서웠다. 병원이라면 내가 아픈 것이었다. 아픈 건 두려운 일이었다. 병원은 아픈 사람이 오는 곳이다. 내가 지금 병원에 있었다. 사람이 필요했다. 당장 사람이 필요했다.

"나빠! 나빠아아아아!"

눈물이 줄줄 흘렀다. 온몸의 뼈에 전기가 흐르는 듯 뻐근했다. 이마가 뜨거웠다. 쇄골이 뜨거웠다. 아니, 뜨겁지 않은 곳이 없었다. 너무 뜨거웠다. 내가 끓고 있었다. 당장 꺼야 했다.

"진정하세요. 성결 씨 진정하세요."

의사 가운을 입은 사람들이 뛰어 들어왔다. 빨리 꺼야 했다. 이러다가는 온몸이 녹아서 사라져버릴 것 같았다. 최대한 한 단어에 생각을 집중했다. 이 한마디라도 뱉고 나서 정신을 잃어야 했다.

"차…… 차가워!"

몸이 지진이라도 난 것처럼 떨리고 있었다. 내 이가 부딪히는 소리가 귀에 울리다 이명이 들리기 시작했다. 눈이 점점 뒤집히며 빛이 사라지고 있었다.

"모르핀! 모르핀 가져와!"

누군가 뛰어나가 소리를 질러대기 시작했다. 이럴 시간이 없었다. 이미 너무 늦었다. 눈앞이 깜깜해졌다. 보이는 게 아무것도 없었다. 눈을 감았다. 눈꺼풀이 저절로 열리는 게 느껴졌다. 하지만 여전히 보이는 건 없었다.

눈을 떴다. 한낮이었다. 빛이 오른쪽 얼굴을 비추고 있었다. 언제부터 빛을 받고 있었는지 알 수 없었다. 커튼을 치고 싶었다. 그러나 여기엔 아무도 없었다. 입을 살짝 벌려보니 전과 같은 두통이 찾아오는 게 느껴졌다. 입을 벌릴수록 두통은 심해졌다. 입을 다물면 괜찮았다. 목이 움직이지 않았다. 양옆에 부목 같은 게 대어져 있는 것 같았다.

눈을 돌려 주변을 살폈다. 역시 병원이었다. 내가 본 의사와 간호사들은 진짜였다. 검지를 움직여봤다. 살짝 움직이려고 했는데 손목이 통째로 돌아갔다. 더 움직였다간 360도까지도 돌아갈 것 같았다. 더 힘을 줘서는 안 됐다. 얼른 다른 생각으로 넘어갔다. 여기서 얼마나 오래 누워 있었는지 알 수 없었다. 무슨 생각을 해도 알 수 없을 뿐이었다. 발가락을 움직여봤다. 발가락은 다행히 꼼지락거리며 잘 움직였다.

그때 쥐가 나기 시작했다. 발가락 끝부터 시작된 경련이 종아리를 타고 올라왔다. 엄청난 고통이었다. 그러나 비명을 지를 수도 없었다. 입을 벌리면 찾아올 두통이 더 두려웠다. 이를 악물어도 두통이 찾아왔다. 이를 맞대지 않으면서 최대한의 목소리를 냈다. 누군가 와줘야 했다. 그러나 아무도 올 생각이 없었다. 문밖으로 사람들이 돌아다니는 소리가 났다. 카트 같은 걸 끌고 다니는 소리도 났다. 고통은 점점 긴박하게 찾아왔다. 다시 기절해버리는 게 나을 것 같았다. 나도 모르게 준 힘 때문에 손목이 더 돌아가고 있었다. 다행히 어느 순간부터 쥐가 난 게 조금씩 사라졌다. 그러나 완전히 사라지지 않고 종아리에 미세한 긴장이 남아 있었다. 힘을 조금만 잘못 주면 다시 시작될 것이었다.

온몸에 느껴지는 부자유에 저항하지 않으며 힘을 빼려고
했다. 수영을 배울 때와 비슷했다. 배영 자세로 입만 뜬 채
모두 물에 잠겨 있는 것처럼 천천히 규칙적으로 숨을 쉬었
다. 가끔 호흡이 엉킬 때마다 아찔하게 가라앉는 느낌이 들
었다. 온몸에 열과 땀이 나고 있었다. 몸이 조금씩 침대에 녹
아드는 것 같았다. 정말 물속에 있는 기분이었다. 정확히는
물에 녹아 있는 기분이었다. 흐름을 거스르지 않고 최대한
함께 흘러가려고 했다. 여기는 침대니까 발이 닿지 않을 리
도 없었다.

그러자 여기가 정말 침대일까 하는 의심이 들었다. 의심
을 멈춰야 했다. 여기는 침대였다. 여기는 분명히 침대였다.
세 번을 반복하기 전에 다리가 발작하듯 까부라졌다. 다시
엄청난 고통이 찾아왔다. 숨이 막혔다. 나는 가라앉고 있었
다. 그때 누군가 내 손을 잡았다. 순간 물속에서 끌어 올려
지듯 막혔던 숨이 터졌다. 엄마였다.

엄마의 다급한 외침에 간호사가 뛰어 들어와 진통제를
놔줬다. 약물이 핏줄을 타고 들어가는 느낌이 서늘하고 욱
신거렸다. 눈에 힘이 들어갔다. 그제야 다시 엄마의 얼굴이
보였다. 엄마는 내 왼손을 잡고 엎드린 채 부들부들 떨고 있
었다. 손가락을 까딱거렸다. 엄마가 고개를 들어 나를 쳐다
봤다.

"아들. 정신이 들어? 엄마 보여?"

나는 그렇다는 뜻으로 눈을 깜빡거리며 소리를 냈다. 입을 움직이지 않고 낼 수 있는 최대한의 소리였다. 그러자 엄마는 큰 소리로 울기 시작했다.

"하나님 아버지 감사합니다. 감사합니다. 성결이를 지켜주셔서 감사합니다."

엄마는 또 신부터 찾았다. 내게는 화낼 힘도 없었다. 의사가 들어와 눈을 확인하고 열도 잰 다음 몇 가지를 물어보겠다고 했다.

"성결 씨. 제 말 들리세요?"

나는 눈을 깜빡거렸다.

"제가 뭐 하는 사람인지 아시겠어요?"

나는 다시 눈을 깜빡거렸다. 그러자 의사는 가져온 종이에 뭔가를 쓰더니 가버렸다. 엄마는 괜찮은 거냐며 의사를 따라나섰다. 다시 혼자 남겨진 게 불안했다. 다행히 엄마는 금방 돌아왔다. 그러고는 입구에서 뭔가를 치우기 시작했다. 식기들이었다. 순간 잃어버린 감각이 돌아온 듯 코가 뚫렸다. 음식 냄새가 났다. 지금은 점심시간이었다.

음식 냄새가 육중하게 코로 넘어왔다. 잔반통에 코를 처박고 있는 것 같았다. 코를 막고 입으로만 숨을 쉬었다. 호흡량이 떨어지자 머리가 어지러웠다. 그래도 역한 냄새를 맡고 있는 것보단 나았다. 엄마는 점심 식사를 다 쏟은 것 같았다. 엄마가 다시 내 손을 잡았다.

"성결아, 엄마야. 감사합니다. 감사합니다, 하나님. 성결이는 깨어날 줄 알았어. 내가 그럴 줄 알았어. 내가 기도했어. 내가 믿었어."

손을 잡은 온기가 방금의 주사약처럼 몸 안으로 퍼져가는 게 느껴졌다. 그와는 반대로 몸 밖에선 한기가 느껴져 소름이 돋았다.

"이따가 아빠랑 동생도 다 올 거야. 걱정하지 마. 우리가 밤낮으로 팔다리 주무르고 계속 씻겨서 하나도 안 아프도록 했어. 걱정하지 마. 괜찮을 거야."

엄마의 말에 갑자기 눈물이 났다. 서러운 건지, 무서운 건지 잘 알 수 없었지만 눈물이 났다. 눈물이 나는 게 너무 부끄러웠다. 아무에게도 보이고 싶지 않았다. 눈을 꽉 감았다. 엄마가 내 손을 더 꽉 쥐며 함께 울었다. 그러나 이건 절대 화해가 아니었다.

계속 하품이 나려고 했지만 안간힘을 써서 막았다. 잠이 오는 건 아니었다. 간호사는 하품이 증상 중 하나라고 했다. 지금껏 평생 하품을 해왔는데 이걸 증상이라고 하니 이상했다. 그럼에도 증상을 멈출 수가 없었다.

저녁 시간이 되자 아빠와 동생이 왔다. 아빠도 엄마와 똑같이 왼손을 붙잡고 울었다. 역시 하나님을 찾고 기도도 했다. 동생은 내 발치에 서서 울었다. 내 몸에는 손을 대지 않았다. 나는 이 모든 광경을 문간에 서서 보고 있는 것 같았다. 내가 누워 있는 병원에 내가 병문안을 와 있는 기분이었다. 이건 찢어진 관계가 봉합되는 장면이었다. 이대로 봉합할까 고민했다. 그러나 몸도 움직이지 못하고 누워 있는 지금은 결정할 만한 때가 아니었다. 내가 내게 속고 있는 것일 수도 있었다.

그런 마음과는 별개로 엄마든 아빠든 동생이든 와서 울면 나도 똑같이 눈물이 났다. 간호사가 와서 그만 울어야 한다고 주의를 줄 정도였다. 이틀 동안 침대에 누운 채로 여기저기 끌려다니며 검사를 받았다. 나한테는 결과를 알려주지 않았다. 가끔 엄청난 두통과 경련이 찾아오긴 했지만 이제 내 왼손엔 버튼이 쥐어져 있었다. 아플 것 같을 때마다 한 번씩 누르면 확실히 견딜 만한 고통만 찾아왔다.

나는 최대한 깨어 있으려 노력했다. 오래 꿈을 꾸지 않아서 그런지 잠들면 기괴한 꿈이 시작됐다. 논리가 하나도 맞지 않았다. 축구 경기의 규칙이 야구와 같았고, 아는 얼굴이 보여 가까이 가면 다른 사람이었다. 밥을 삼킬 때마다 목구멍에서 클랙슨 소리가 났다. 이상하게 생긴 누군가가 다가와서 헛소리를 하기도 했다.

"제가 어제 펜 뚜껑을 열었더니 강아지가 술을 마시고 들어와서는 내가 풀을 뜯고 있었다는 겁니다. 그게 직업적으로 축구 선수라서 동생이 배트에 맞아 날아갔어요."

"그게 뭔 소리예요."

"그러니까 이해 못 하실 수도 있지만 다 이해합니다. 화장품이라는 게 다 그렇죠. 다들 안경이나 쓰면서 사는 거예요."

듣다 못해 화를 내면 두개골을 도끼로 내리찍는 듯한 두통과 함께 잠에서 깨어 버튼을 누를 수밖에 없었다.

일주일쯤 지나자 병원 생활에 어느 정도 익숙해졌다. 가족들도 내가 고통스러워하는 모습을 목격할 때가 아니면 잘 울지 않았다. 엄마는 스마트폰에 영화를 담아 와서 저녁마다 보여줬다. 그러고는 계속 이해가 되냐고 물었다. 도무지 영화에 집중할 수 없었지만 화를 낼 수도 없었다. 영화를 보여주다 자꾸 울음을 터트렸기 때문이다.

나는 이제 말을 할 수 있을 만큼 입을 벌릴 수 있었다. 두통은 많이 사라져가고 있었다. 그러나 가족들에게는 말을 꺼내지 않았다. 처음으로 무슨 말을 할지 고를 수가 없었다. 다만 의사의 질문에는 이제 소리 내 대답했다. 의사는 회복 속도가 빠른 편이며 후유증도 점차 줄어들 것이라고 했다. 그 후유증이 무엇을 말하는 것인지 나는 예감하고 있었지만 시도해보기가 두려웠다.

두개골과 척추골절이었다. 좌뇌 영역에 다발적인 손상이 있으며 약간의 신경 손상으로 운동계에 이상 증상이 생길 수 있다고 했다. 지금도 가끔 손목이 돌아가는 걸 보면 이상 증상은 이미 시작된 것 같았다. 가장 큰 문제는 언어였다. 다발적이지만 손상의 정도가 크지 않아 일시적일 수도 있고, 예후가 좋기 때문에 재활하면 극복이 가능할 거라고 했다.

나는 사용하는 단어를 극소수로 줄이고 그것들을 계속해서 반복했다. 네, 아니요, 좋다, 싫다, 배고프다, 아프다 같은 것들이었다. 네와 아니요, 좋다와 싫다처럼 간단한 판단은 금방 할 수 있게 됐지만 배고프다와 아프다는 아니었다. 배고프다고 말했다고 생각했지만 들어보면 목마르다거나 배 아프다고 말해버린 것이었다. 아프다는 아빠다 또는 바쁘다라고 말하곤 했다.

얼마 안 가 내가 말할 수 있단 걸 들키고 말았다. 가족들은 말하기 연습을 하는 나를 보고 들고 있던 짐을 모두 떨어뜨렸다. 나는 다시 입을 다물었지만 금방 질문이 쏟아졌다. 몸을 돌려 누워도 소용이 없었다. 목에 찬 보호대가 숨쉬기를 힘들게 할 뿐이었다. 체념하고 다시 바로 누워 질문에 대답하기로 했다.

"엄마 이름이 뭐야?"

"서……은애."

"맞아! 그래 잘했어. 그럼 아빠! 아빠 이름은 뭐야?"

"김…….."

머릿속에 떠오르는 이름이 있었지만 그 이름이 사람으로 잘 변하지 않았다. 글자를 다 떼어서 그려보는 게 나을 것 같았다.

"인……한."

"그래! 잘했어 성결아! 그러면……."

"김한……결."

자기 이름을 들은 동생이 울면서 내게 다가와 안겼다. 당황스러웠다. 내가 이들의 삶에 최고치의 고난이 되어버린 것 같았다. 헛웃음이 나왔다. 분노가 사라진 건 아니었다. 갑자기 그들을 이해하게 된 것도 아니었다. 마트를 죄다 망가뜨렸던 그날 느낀 기분의 잔열이 두려울 뿐이었다. 다시 목줄을 틀어쥔 건 나였고, 내게 다시 목줄을 맨 것도 나였다.

나는 싸움판에 나가 피를 뚝뚝 흘리면서도 주인을 보고 꼬리를 흔드는 짐승이었다. 맞아 죽어가면서도 이빨 한 번 드러내지 않는 순종이었다. 그리고 내가 나를 살려두고 있단 걸 알고 있는 주인이기도 했다. 나는 이제 다시 회복기에 있었다. 아파야 나을 수 있었다. 아프지 않으면 이전으로 돌아갈 수 없었다. 아프지 않아야 다시 아파볼 수 있었다. 나는 완전히 지쳐 있었다.

내가 이름을 부른 뒤로 가족들은 더욱 친절을 베풀었다. 어디서 동물이나 사물이 그려진 카드를 사 와서 테이블 위에 한가득 늘어놓았다. 짝 맞추기 게임 같은 게 아니었다. 그림을 다 보여주고 있어 맞출 것도 없었다. 동생이 카드 하나를 가리켰다. 사자가 그려져 있었다. 어쩌라는 건지 영문을 몰라 동생을 가만히 쳐다봤다. 그러자 동생이 말했다.

"이게 뭐야?"

어이가 없었다. 대답하지 않고 가만히 있었더니 금방 울상이 되었다. 어쩔 수가 없었다.

"호랑이."

"뭐?"

"호랑이?"

"어…… 맞아. 그럼 이건?"

이번에는 비행기를 가리키고 있었다.

"나비."

"뭐? 나비?"

"나비."

재미있었다. 동생은 고개를 돌리고 코를 훌쩍였다. 너무 재미있는 게임이었다. 나는 손가락으로 코끼리를 가리키고는 말했다.

"원숭이."

빌딩을 가리키고 말했다.

"안경."

동생은 이제 대놓고 울고 있었다. 그게 너무 즐거워 소리

내서 웃었다. 나를 돌아본 동생이 아연실색했다. 나는 동생
한테 말했다.

"안녕하세요?"

이제 동생은 점점 무서워하고 있었다. 여기서 멈추긴 해
야 했다. 더 하면 엄마와 아빠까지 합세해 나를 귀찮게 굴 게
뻔했다.

"놀이야."

말을 내뱉고 난 뒤 이상한 말을 한 걸 깨달았다.

"아니…… 장난이야."

동생은 내 말을 믿지 못하는 것 같았다. 가만히 카드를 치
우는 동생의 눈치가 이상했다. 하지만 해명할 시간은 많았
다. 지금 걱정할 만한 건 아니었다.

의사는 내가 곧 퇴원하게 될 거라고 했다. 오전에 재활 치
료사가 똑같이 카드를 늘어놓고 내게 하나씩 물었다. 가끔
은 시력검사처럼 뭔지 알 수 없는 걸 내밀기도 했지만 그건
모른다고 하는 게 정답이었다. 시간은 조금 걸렸지만 모두
맞출 수 있었다. 그 후 문장을 보고 소리 내 읽는 훈련을 했
다. 형용사가 붙은 명사 앞에서 조금씩 시간이 걸리긴 했지
만 어렵지 않게 모두 읽어냈다. 날씨나 취미 같은 걸 물어보
기도 했다. 대화가 길게 이어지진 않았지만 그건 후유증 때
문이 아니었다. 그냥 할 말이 많지 않았을 뿐이다. 치료사는

내게 꾸준히 하는 게 중요하다고 했다. 그러고는 웃으며 손을 한 번 잡고는 나를 병실로 데려다줬다. 그러더니 담당 의사에게 좋게 이야기를 해준 것 같았다.

"곧이 언제쯤인가요?"

"빨리 가고 싶으세요?"

"뭐 가도 된다면야 빠르면 좋죠."

"그동안 정이 있는데 서운하네요, 성결 씨."

나는 하하 웃고는 지금 나가도 되냐고 물었다. 의사는 따라 웃으며 그건 안 된다고 했다. 이런저런 검사가 마무리되면 모레쯤 퇴원이 가능하다고 했다. 아직 축하는 이르지만 일단 절반은 축하한다며 내 등을 몇 번 두드리고는 병실을 떠났다. 의사의 말을 함께 듣고 있던 가족들의 표정이 아주 밝았다. 아마 나도 공동주택에서 같이 살 거라 생각하고 있을 것이다.

그러나 나는 그럴 생각이 없었다. 서로의 상처에 스카치 테이프라도 붙여두게 되었으니 이럴 때 차라리 떨어져 사는 게 더 나을 것 같았다. 하지만 얼마간은 병원에도 자주 와야 하니 일단은 함께 들어가긴 해야 했다. 이들은 내가 마트에서 왜 그런 건지는 알고 있을까 궁금했다.

얼마 전, 어떻게 찾았는지 짐 가방에 넣어둔 편지를 엄마가 꺼내 들고 있었다. 나는 놀라서 얼른 편지를 낚아챘다.

"뭐야. 이거 읽었어?"

"아들! 누가 준 거야?"

"이거 읽었냐고!"

"안 읽었어. 러브레터야? 누구?"

"아니야. 옛날에 학교 다닐 때 받은 거야."

나는 편지를 다시 짐 가방에 넣으려다 엄마가 보는 앞에서 여러 번 찢어 쓰레기통에 넣었다. 엄마의 표정이 미묘했다. 읽은 건지 안 읽은 건지 알 수가 없었다. 지금의 나는 이 편지와 무관했다. 모두 오답일 뿐이었다. 마트 사람들 중 가장 근접한 답을 가지고 있는 건 둘뿐이었다. 하지만 그들이 그걸 이야기했을 것 같진 않았다. 그 정도가 적당한 작별 인사였다.

*

바깥바람이 차가웠다. 사람들이 병원 앞에 나와 통화하며 담배를 피우고 있었다. 평온한 일상이었다. 뉴스를 못 본 지 오래되었다. 내가 나올 것 같아서였다. 의식불명으로 한 달을 누워 있었어도 여전히 겨울이었다. 이제 지진 같은 뉴스는 오전에나 다뤄지고 있을 것이었다. 벌써 일 년하고도 석 달이 지난 일이었다. 이 감각들이 새삼 소중했다.

브래킷이 떨어지며 대형 TV가 나를 덮쳤다고 했다. 나는 내가 죽었다고 믿었고, 내 몸도 내가 죽었다고 한 달을 넘게 믿고 있던 듯했다. 그때는 죽은 채로 살아 있었고, 지금은 죽었다가 살아난 셈이었다. 그날을 기점으로 나는 달라졌다. 이제는 돌아가고 싶은 때가 없었다. 시간 여행을 한다면 미래의 아무 날로 날아가서 지난날을 천천히 떠올리다 오늘에 도달할 것이다. 어쩌면 지금의 나도 미래의 기억일 수 있었다. 여기가 나의 기원이었다.

마트 사람들을 떠올리는 건 열지 말라고 쓰인 상자를 열어 속을 들여다보는 것과 마찬가지였다. 그들이 떠오르려고 할 때마다 서둘러 다른 생각을 하며 상자에 테이프를 더 감았다. 이제는 상자보다 감긴 테이프가 더 커서 공이 되어 굴러다닐 지경이었다. 그런 게 진짜로 있다면 눈밭에서 한참을 굴리고 굴려 커다란 몸통을 만들어두고 떠날 것이다. 그러면 나중에 누군가 와서 머리를 만들어 눈사람을 완성시켜줄 것 같았다. 이름은 겨울이라고 지어도 좋을 것이다.

마트 사람들 중에 예서는 그 상자에 들어가 있지 않았다. 예서를 생각하면 또렷하게 떠올랐다. 아무런 브레이크가 걸리지 않았다. 방글방글 웃는 얼굴이 눈앞에 맴돌았다. 그런 이야기가 떠올랐다. 태어난 지 얼마 안 된 아기들은 아직 삶보다 죽음에 더 가까이 있어서 한참 동안 세상을 구분하지 못한다는 이야기였다. 나는 빛과 어둠이 뒤섞인 검은빛 안에서 예서와 처음 만났다. 예서는 나를 보고 웃었다. 그때 나는 얼마나 어두운 빛이었을까.

나는 자주 암전되었지만 그대로 나아가기만 하면 되었다. 내가 구분될 만큼의 빛이면 충분했다. 너무 많은 빛 안에서는 내가 사라져버릴 수 있었다. 내가 사라져버린 자리를 사람들은 그림자라고 생각할 것이다. 그러나 거기 서 있는 건 더 이상 내가 아니었다.

나는 이렇게도 살 것이다.

챙길 짐이 없었다. 마트에 있던 건 모두 챙겨 왔다고 했지만 그것들은 처음 들고 왔던 짐 가방에도 다 들어갈 수 있는 수준이었다. 전기장판은 가족들이 내내 간이침대에 올려 쓰고 있었다. 아빠가 원무과에서 퇴원 수속을 밟고 돌아왔다. 얼마가 나왔는지는 묻지 않았다. 벌어서 갚겠다고 했다. 아빠는 괜찮다며 내 어깨를 두드렸다. 동생은 내 짐을 가져가 들었다. 엄마가 보이지 않았다. 동생은 엄마가 올 때까지 앉아서 기다리자고 했다. 침대에 앉아 병실을 돌아봤다. 내가 살던 어느 곳보다 넓었다. 심지어 남향이라 겨울에도 낮이면 해가 들어 따뜻했다. 햇살로 잠에서 깰 수 있는 집에 사는 건 내 버킷 리스트 중 하나였다. 게다가 화장실도 딸려 있고, TV에 와이파이까지 완벽했다. 한 달 내내 눈을 뜨지 못하고 있던 게 억울할 정도였다. 이런 집에서 잠만 잔다고 생각하면 월세가 아까웠다.

어쨌든 나는 살아 있었다. 죽지 않으면 살아 있을 수 있었다. 이제 나는 나를 지켜야 했다. 몸이 좀 더 낫는 대로 알바라도 구해 일을 할 것이다. 일 년 안에 돈을 모아 독립하는 목표를 세웠다. 그동안 가족들과 싸울 수도 있겠지만 내게는 이제 지금 이 순간의 기억이 있었다. 그것은 비축해둔 식량이나 마찬가지였다. 일 년쯤은 충분히 먹고 살 수 있었다.

이제 새로운 삶이 시작되고 있었다. 죽는 건 아무것도 아니었다. 잘 죽는 게 문제였다. 그리고 그보다 어려운 건 잘 죽었다가 살아남는 것이었다. 나는 그걸 해냈다. 내게 엮여 있던 사슬을 끊어내 나만이 내 주인으로 살도록 하는 데 성공했다. 통쾌한 배신이자 반란이었다.

그때 엄마가 병실로 들어왔다.

"아들. 다 준비됐어? 여보, 한결아. 다 챙겼어?"

"응. 충전기랑 스마트폰까지 다 확인하고 챙겼어. 이제 가면 돼."

"그래. 그럼 가자. 갑시다, 여보!"

가족들이 내 짐을 하나씩 나눠 들었다. 병실 창문에 든 빛이 복도까지 닿아 있었다.

"자, 들어오세요!"

엄마가 별안간 문에서 비켜서서 누군가에게 말했다. 문 너머에서 인기척이 들렸다. 동생이 깜짝 선물이라며 박수를 치고 있었다. 풍선 다발 그림자가 보였다. 누군가가 들어오고 있었다. 한 사람이 아니었다. 여러 명이었다.

상자가 뜯어지고 있었다.

뒷걸음질 치다 침대에 부딪혀 주저앉았다. 저 상자를 닫
아야 했다. 누구라도 저 상자를 닫아야 했다. 저 상자 위에
올라가서 눌러야 했다. 누가 테이프를 다 뜯어 놨다. 닫아야
했다. 상자가 내게 쏟아지고 있었다. 안에 든 걸 다 보여주
려 열리고 있었다. 나를 향해 다 열리고 있었다. 내가 열리
고 있었다. 닫아둔 내가 쏟아지고 있었다. 내가 떠난 마트가
내게 돌아오고 있었다.

"상자가 다 쏟아져서 인사를 했어요. 그래서 누구세요? 했
더니 밥이 다 됐다고 하지 뭐예요. 또 열렸죠. 안녕하세요?
사랑해 하니까 안녕하세요?"

"성결 씨?"

재희 씨였다.

"학생 죄송해요. 나이가 들면 죽었으면서 깜빡깜빡해요.
그래서 수저를 들었는데 아저씨가 엄마를 후려쳐서 과제를
냈지 뭐예요?"

"성결아! 너 왜 그래. 간호사! 간호사!"

사색이 된 엄마가 간호사를 찾아 병실 밖으로 뛰어나갔
다. 내가 하고 싶은 말은 이런 게 아니었다. 해야 할 말이 있

었다. 내게 말이 있었다. 하지만 내가 원하는 말은 한마디도 할 수 없었다.

이들과 다시 만나고 싶지 않았다. 이런 모습으로는 더더욱 만나고 싶지 않았다. 재희 씨는 캐나다에 가고, 덕규 아저씨는 고향에 가고, 경민이와 세인이는 대학에 가고, 예서는 엄마의 집으로 가고 긴 시간이 흘러 그때가 아무것도 아닌 게 될 때, 내게 단 한 번씩의 기회가 다시 주어질 것이었다. 나는 그때까지 기억을 잘 밀봉해 보관하고 있으면 되는 일이었다. 그때 가서 옛날에 내가 그랬고 우리가 그랬다며 지난 일로 밀어두고 다시 시작되는 지금을 살면 되는 일이었다. 그것이 내가 기대할 수 있는 최대의 회복이었다.

지금은 낫기에 너무나 이른 때였다.

"학생! 나 좀 봐. 아무리 코끼리라도 그렇지. 그래서 대답을 못 해? 겨울이라고? 어, 겨울이? 겨울이! 겨울이!"

재희 씨의 품에 예서가 안겨 있었다. 예서는 나를 보고 웃고 있었다. 항상 웃고만 있는 건 아니겠지만 예서는 나를 볼 때마다 항상 웃었다. 예서와 나의 영혼은 한데 묶여 있는 듯했다. 예서는 있는 그대로의 나를 볼 줄 알았고, 나는 그것이 종종 무서웠다. 내게 예서는 마트의 사람이 아니었다.

"겨울이가 겨울이 해서 겨울이로 겨울이를 했어? 그러면 겨울이도 겨울이? 겨울이가?"

"아부부…… 아부아부……."

예서가 옹알이를 하고 있었다. 내게 하고 싶은 말이 있는 것 같았다. 나도 예서와 마찬가지였다. 하고 싶은 말이 많았지만 할 수 있는 말이 없었다. 예서는 이제 자라면서 나를 잊어갈 것이다. 나는 시간이 지날수록 희미해지다 나중에는 없는 사람이 될 운명이었다. 하지만 그걸로 좋았다. 예서의 한 시절이 묻혀 있는 기억의 무덤으로 사는 것도 나쁘지 않았다. 지금 나의 추한 모습도 나중엔 기억하지 못할 거라고 생각하니 오히려 안심이 됐다. 재희 씨와 덕규 아저씨, 세인이, 경민이를 잃어도 예서만은 남겨둘 수 있었다. 그리고 예서를 남겨두면 예서와 함께할 저들도 내게 남아 있는 것과 마찬가지였다.

"성결 씨! 성결 씨 가고 예서가 뭐라고 했는지 알아요?"

날 보고 충격을 받았는지 한참 동안 말을 잇지 못하던 재희 씨였다. 눈가에 눈물이 고였지만 여전히 내 눈을 피하지 않은 채 마주 보고 있었다. 참 건강한 사람이구나 싶어 슬픈 기분이 들었다. 나는 이들을 망칠 수도 없는 사람이었다.

"예서가 오빠라고 했어요. 성결 씨를 찾았어요. 예서야, 오빠 해봐. 오빠!"

재희 씨가 지금껏 내 생각을 하고 있었던 것이다. 재희 씨는 나를 한 번도 오빠라고 부른 적이 없었다. 대신 예서에게 가서 나와의 이야기를 하고 있었던 것이다. 나는 재희 씨가 내 사소한 진심들을 무심하게 넘긴다고 생각했지만 사실은 다 알고 예서에게 전해주고 있었다. 이런 상황에서야 알게 되는 진심이 너무나 원망스럽고 절망스러웠다. 마지막에 고백하는 사랑은 비극일 뿐이었다. 경민이와 세인이는 울고 있었다. 내게 미안하다며 사과하고 있었다. 덕규 아저씨가 다가와서 부들부들 떨리는 내 어깨를 붙잡았다.

"성결아. 들어봐라. 정신 차리고. 응?"

덕규 아저씨가 내게 얼굴을 가까이 대고 달래듯이 말했다. 붉게 충혈된 아저씨의 눈에 눈물이 고여 있었다. 내 떨림이 잦아들수록 아저씨의 손이 떨리는 게 느껴졌다.

"예서야! 오빠! 해봐야지. 아까도 했잖아. 오빠!"

재희 씨가 예서를 달래며 말했다. 오빠란 단어는 낯간지러웠지만 듣기에 나쁘지 않았다. '성결 씨'보다는 훨씬 더 가까운 사이가 된 것 같았다.

"겨울이? 겨……. 예서가?"

"아부아!"

예서가 나를 부르고 있었다.

"오부아? 우부부…… 아쁘아!"

"오……빠?"

정말이었다. 예서가 나를 오빠라고 부르고 있었다. 벅차오르는 감정에 눈물이 쏟아졌다. 내게 기회가 있었다. 내게도 떠올릴 만한 기억이 남아 있었다.

"아쁘아!"

"응, 예서야. 오빠야. 오빠…….."

회한이 몰려왔다. 모두 내 잘못이었다. 내가 믿지 못했고, 내가 견디지 못했다. 내가 모두를 괴롭게 만들었다.

"아쁘아!"

"응, 예서야……. 미안해 예서야……."

"아빠!"

"뭐?"

"아빠! 아빠!"

잘 들어보니 오빠가 아니라 아빠였다. 당황한 재희 씨가 몇 번을 더 되물었지만 여전히 아빠였다. 웃음이 터져 나왔다. 이건 배신이었다. 의사와 간호사가 뛰어 들어오고 있었다.

나는 누가 처음 가르쳤을까. 누가 처음으로 나를 가르쳐 줬을까.

*

나는 이 주를 더 입원하고 퇴원했다. 아빠가 운전하는 쏘 렌토를 타고 공동주택으로 갔다. 집은 가족들의 취향대로 꾸며져 있었다. 다들 말이 없었다. 나도 말이 없었다. 내 방 에는 볕이 잘 드는 창이 있었다. 남서향이었다. 한낮이 눈부 셨다. 블라인드를 내리고 침대에 누웠다. 다시 잠들고 싶었지만 집이 고요해서 모든 소리가 잘 들렸다. 나는 아무 말도 하고 싶지 않았다. 약 기운이 오고 있었다. 내게 말을 거는 소리가 점점 커졌다. 그래도 나는 이제 잠들 수 있었다. 대답하지 않으면 세상을 멈출 수 있었다.

정말로 지진이 났던 걸까. 정말로 나는 마트에서 살았고, 사람들을 만났고, 이렇게 새로운 집으로 돌아오게 된 걸까. 이렇게 되어보니 나는 이렇게도 살 수 있었다. 기억의 상상만이 미래를 만들어왔을 뿐이었다. 그리고 이것도 마찬가지다. 이 이야기는 끝까지 쓸 필요가 없다. 여기에 등장한 모든 인물들은 결국 저마다의 이유로 죽어서 사라질 것이다.

그러나 이야기는 끝나지 않고 계속 이어진다.

누구나의 삶에서 자신이 주인공인 경우는 거의 없기 때문이다.

작가의 말

어쩌면 이 말은 영원히 도착하지 못할 것이다.
하지만 영원한 출발도 있는 법이라고 바꾸어 말하고 싶다.

열어본 편지엔 한 문장만이 쓰여 있었다.
그것은 내가 잃어버린 문장이어서 알아볼 수가 없었다.

누군가를 잃어버린 모든 세상들에게 이 책을 바친다.
이곳에서는 누구도 영원히 머무를 수 없다.

마트에 가면 마트에 가면

ⓒ 김종연, 2023

초판 1쇄 인쇄일 2023년 5월 8일
초판 1쇄 발행일 2023년 5월 19일

지은이   김종연
펴낸이   정은영
편집   박진혜 최찬미
디자인   이선희 연태경
마케팅   이언영 한정우 전강산
제작   홍동근

펴낸곳   (주)자음과모음
출판등록   2001년 11월 28일 제2001-000259호
주소   10881 경기도 파주시 회동길 325-20
전화   편집부 (02)324-2347 경영지원부 (02)325-6047
팩스   편집부 (02)324-2348 경영지원부 (02)2648-1311
이메일   munhak@jamobook.com

ISBN 978-89-544-4894-9 (03810)